KB243113

사마쌍협

邪魔雙俠

사마쌍협 7

월인 新무협 판타지 소설

초판 1쇄 찍은 날 § 2003년 5월 6일
초판 1쇄 펴낸 날 § 2003년 5월 15일

지은이 § 월인
펴낸이 § 서경석

편집장 § 문혜영
편집책임 § 장상수
편집 § 박영주 · 권민정
마케팅 § 정필 · 강양원 · 이선구 · 김규진 · 홍현경

펴낸곳 § 도서출판 청어람
등록번호 § 제1081-1-89호
등록일자 § 1999. 5. 31
어람번호 § 제2-0208호

주소 § 경기도 부천시 원미구 심곡1동 350-1 남성B/D 3F (우) 420-011
전화 § 032-656-4452 팩스 § 032-656-4453
http://www.chungeoram.com
E-mail § eoram99@chol.com

ⓒ 월인, 2002

값 7,500원

ISBN 89-5505-507-2 (SET)
ISBN 89-5505-669-9 04810

원인 新무협 판타지 7

사마쌍협

邪魔雙俠

사마쌍협(邪魔雙俠)

도서출판 청어람

◆ 제47장

요흠(臨泉)

염효(鹽梟)

덕무성(德舞星)은 뱃전에 손을 얹고 흥겹게 손가락을 두드렸다.

타다닥— 탁탁!

흥겹게 탁탁거리는 손가락의 움직임은 현재 그의 기분이 최고조에 달했다는 사실을 대변하고 있었다. 초여름의 햇살이 대낮 내내 칼날처럼 내리쬐었지만 시원한 강바람은 번번이 그 열기를 식혀주었고, 서산마루로 넘어가는 햇살은 밤의 정령에게 서서히 모든 권한을 넘겨주며 마지막 불꽃을 태우고 있었다.

"이 시간의 동정호 정경이야말로 세상 어떤 곳보다 아름답지! 그렇지 않나?"

덕무성은 동정호 기슭의 노을을 혼자 감상하기 아깝다는 표정으로 고개를 돌려 배 한복판에 앉은 부하들을 돌아보며 동의를 구했다.

"형님도 참! 매일 보는 노을인데 뭐가 그리 새삼스럽다고 유난을 떠시오. 이리 와서 오늘 올린 수익금이나 맞춰봅시다."

"하여간 분위기라고는 쥐꼬리만큼도 없는 놈들!"

덕무성은 지겹다는 표정으로 허겁지겁 돈을 세고 있는 부하들을 바라보았다. 솔직한 심정이야 자신이 제일 먼저 돈을 세고 싶었지만 최대한 그런 심정을 억제하고 의연한 자세를 취해야 부하들의 존경을 받을 수 있다는 생각에 덕무성은 지금 각고의 인내력을 발휘하고 있는 것이다. 그러나 가슴 깊은 곳에서 요동 치는 흥분은 손가락 끝을 통해 고스란히 분출되고 있었다.

얼마 전부터 손을 대기 시작한 소금 밀매!

그 사업은 그야말로 돈을 바가지로 퍼주는 사업이었다.

동정호 주변에서 도둑질을 일삼다가 몇몇 싸움에서 이기고, 형님이라 부르며 따르는 조무래기들을 모아 수룡방(水龍幫)이라는 그럴듯한 이름의 수적 단체 하나를 만든 것이 오 년 전이었다. 그동안 우여곡절 끝에 제법 조직을 키우고 이젠 한 단계 더 도약하기 위해서 며칠간 갈등을 거듭하다 결론을 내린 것이 소금의 밀매였다.

이제껏 내실을 다져 왔던 조직이 양적, 질적 팽창을 하려면 무엇보다 우선적으로 필요한 것이 자금이었고, 그것을 가장 빠르게 조달하는 것이 소금의 밀매였다. 그러나 세상일은 항상 손바닥의 앞뒤처럼 양면적인 것이다. 빠르고 많은 축재가 가능한 곳에는 그에 버금가는 위험이 도사리고 있는 것이다.

밀매업을 하다 관에 붙잡히기라도 한다면 그야말로 인생을 종 치게되는 것이다. 그러나 그 위험은 가장 초보적인 위험이었고, 정작 무서운 것은 동정호변의 더 큰 수적 무리들이다.

그들은 관보다 훨씬 더 신속하고 잔인했다.

그들은 자신들 밥상에 수저를 들이대는 무리들이 있으면 즉시 달려들어 철저하게 응징했다. 물론 몇 바가지 되지 않는 분량을 거래하는 좀도둑 정도야 그들의 촉수에 걸려들지도 않았고, 설사 눈치를 챘다고 하더라도 혹시 모를 관의 추적에 혼선을 주기 위해서라도 모른 척했지만 덕무성이 오늘 거래한 소금의 양은 결코 만만치가 않았다.

처음에는 부하들만 시켜 조심조심 소량을 거래하고 즉시 사라지게 했다. 그러다 차츰 돈맛을 알고 나서는 거래량을 늘렸고, 오늘은 자신이 직접 나서서 화끈하게 장사를 하고 그만큼 화끈하게 이익금을 남겼다. 그러니 매일 보는 동정호변의 노을도 정겹고, 그동안 무심결에 지나쳤던 호수의 바람도 감미로웠다. 이런 식으로 한 일 년만 더 장사를 하고 나면 수룡방을 동정호에서도 제법 손꼽히는 조직으로 키울 수 있을 것 같았다.

"다 왔습니다, 형님!"

부하들의 목소리가 들리자 짙어져 가는 노을을 바라보며 한껏 무게를 잡던 덕무성은 느릿하게 고개를 돌리며 몸을 일으켰다.

부하들이 수풀 사이로 배를 숨기고, 나무 틀에 엮어 만든 인공 수풀을 덮어 주변을 정리하는 사이 덕무성은 느긋하게 뒷짐을 지고 수룡방을 향해 걸어갔다.

스스슥!

수풀 사이로 뱀이 지나가는 듯한 미세한 소음이 들려왔지만 덕무성은 앞으로 한 단계 더 성장해야 할 수룡방주의 채신을 생각해 미동도 않고 앞으로 나아갔다.

"누, 누구냐?"

그러나 수풀 속에서 불쑥 솟아오르는 여러 명의 인영들을 본 순간 덕무성은 더 이상 수룡방주의 근엄한 모습을 유지할 수가 없었다.

미세한 소음만을 남기고 코앞에서 불쑥 솟아오른 사내들은 아무리 보아도 만만한 상대가 아닌 것 같았다. 비록 뒤에 몇 명의 부하들이 따르고 있었지만 그들과 자신이 합공을 해도 이들 중 한 명을 제대로 이길지 의문이 들 정도로 막강한 기도를 풍기는 사내들이었다.

고수는 못 되더라도 어린 시절부터 뒷골목을 전전하며 주먹을 쓰고 칼을 배운 그이기에 마주 선 상대가 어떤 수준이란 것은 본능적으로 느낄 수 있었다.

"웬 놈들이냐?"

뒤를 따르던 부하들도 신속히 덕무성의 옆으로 늘어서며 긴장된 소리를 질렀다.

며칠 동안 소금을 밀매하며 얻은 수입에 고무되어 내일부터는 인원을 훨씬 더 늘려 본격적인 장사를 하고, 신변의 안전에도 각별히 신경 써야겠다는 생각을 하고 있었는데 놈들의 대응이 상상도 못할 만큼 신속했다.

이들은 결코 관인이 아니다!

그들의 복잡한 보고, 명령 체계상 이렇게 빠른 대응은 절대로 불가능하다. 그렇다면 제일 우려했던 다른 수적 무리들인 것이다. 그들이라면 관인들과는 비교도 안 되는 신속함을 보일 수 있을 것이다.

'아무리 그래도 이건 너무 빠르다!'

덕무성은 내심 혀를 내둘렀다.

하루만 더 늦게 나타났어도 좀 나은 대책을 세웠을 것이지만 지금은 모든 것이 허술하다. 자신은 물론이고 자신의 부하들까지…….

'어디서 나타난 놈들일까?'

덕무성은 빠르게 염두를 굴렸다.

현재 동정호에서 제일 큰 수적 세력은 청하방(靑河幇)이다. 그리고 둘째는 동정채(洞庭寨), 세 번째는…….

생각을 이어가던 덕무성의 눈이 번쩍 빛을 발했다.

자신들이 오늘 밀매를 한 곳은 사신방(死神幇)에서 제일 가까운 곳이었다.

본거지가 발각되지 않게 최대한 먼 곳으로 가서 장사를 하다 보니 그곳이었고, 그곳은 사신방의 세력권이라 할 수 있었다.

세력으로만 따진다면 사신방은 동정호 수적 세력 중 세 번째나 네 번째 정도에 지나지 않는다. 그러나 그들의 잔혹함은 첫 번째인 청하방을 능가했다.

소금 밀매에 있어서는 초보 수준이다 보니 그 경계를 확실히 하지 않았다. 아니, 그것보다 놈들이 이렇게 빨리 손을 쓰리라고는 생각도 못한 것이다. 어차피 신흥 세력으로 뛰어들었으니 누구의 세력권에서건 장사를 해야 했고, 그에 따른 위험도 예상했지만 그곳이 사신방이고 놈들의 대응이 너무 빠른 것이 문제였다.

"웬 놈들이냐고 물었다!"

덕무성이 최대한 침착하게 고함을 질렀다.

"오늘 수익금 전부와 팔 하나씩을 내놓으면 목숨은 살려주겠다."

냉혹한 표정의 사내 하나가 싸늘한 목소리로 말했다.

"사신방에서 오셨소?"

덕무성은 아랫배에 힘을 주며 다시 질문했다.

"그런 것까지 네놈들이 알 필요는 없다!"

사내의 목소리가 더욱 차갑게 흘러나왔다.

'맞는 모양이군. 젠장!'

덕무성은 가슴이 무거워져 오는 것을 느꼈다.

사신방이라면 팔 하나를 가져가겠다는 말이 결코 엄포만은 아닐 것이다. 놈들은 수익금을 몽땅 빼앗은 후에 기필코 팔 하나를 잘라갈 것이다. 그것도 순순히 수익금을 내어주고 스스로 팔을 잘라주었을 때에 한해서 말이다. 만약 조금이라도 반항하면 가차없이 목을 날릴 것이다.

"쳐라!"

덕무성은 주위의 부하들에게 신속히 명령을 내렸다.

칼을 든 팔이 잘린다는 것은 현재 자신들의 모든 것을 포기하라는 것이고, 그것은 곧 죽음이나 마찬가지이다. 그렇게 될 바에야 꿈틀거려나 보고 죽는 것이 낫다.

쨍―

쨍강―

주위에 섰던 부하들도 같은 생각이었던지 명령이 끝나기도 전에 막아선 사내들을 향해 달려들며 칼을 휘둘렀다.

"크윽!"

그러나 사내들의 무서움은 칼을 몇 번 나눠보기도 전에 확연히 드러났다.

부하들이 달려들거나 말거나 미동도 않고 서 있던 사내들은 부하들의 칼이 코앞에 들이닥칠 때서야 번쩍 하며 칼을 휘둘러 부하들의 칼을 막았고, 연속된 공격으로 부하들의 가슴이나 허리, 어깨 등을 갈랐다.

단 한 번의 격돌로 덕무성은 이들과 처음 마주쳤을 때 느낀 자신의 판단이 너무도 정확히 들어맞음을 알았다. 이들은 자신들 모두가 합공을 해도 한 사람을 제대로 제압하지 못할 수준의 사람들이었다.

휘익!

"아악!"

다시 한 사내의 칼바람 소리가 일었고, 남아 있던 마지막 부하 하나도 바닥을 뒹굴었다.

"이, 이놈들!"

덕무성의 눈빛이 분노로 얼룩졌다.

오랜 세월을 자신과 같이했고, 조금 전까지도 흥분된 얼굴로 돈을 세던 부하들이었다. 그들이 단 몇 번의 칼바람 소리와 함께 피를 흘리며 바닥에 뒹굴고 있었다.

"경고를 무시했으니 네놈들의 목숨을 가져가겠다!"

사내 하나가 덕무성을 향해 걸어나왔다.

"이, 이놈들, 우리가 뭘 잘못했다고……!"

덕무성이 거의 이성을 잃고 악을 썼다.

"사신방의 밥상을 건드린 당신의 불찰이지, 누굴 탓하겠소?"

냉혹하게 늘어선 사내들 옆에서 한줄기 느긋한 목소리가 들려왔다. 그 목소리는 이제껏 자신과 자신의 부하들을 상대하던 사신방 사내들과는 한참 다른 음색이었지만 이성이 거의 마비된 덕무성은 그것을 구별할 수가 없었다.

"웬 놈이냐?"

갑자기 자신들 옆에서 들리는 목소리에 제일 오른쪽에 선 사신방 사내가 흠칫 놀라며 고함을 쳤다.

"내가 알기엔 사신방의 칠대사신이 나서면 가족까지 위험해진다던데, 이젠 어쩔 것이오?"

제일 오른쪽 사내 옆에서 들리던 느긋한 목소리가 제일 왼쪽 사내 옆에서 똑같은 음색으로 울려 퍼졌다.

휘익—

정반대로 고개를 돌리며 주의력을 집중시키던 제일 왼쪽의 사내가 바로 옆에서 들리는 소리에 반사적으로 칼을 휘둘렀다.

"애꿎은 풀은 왜 베는 것이오?"

파팍!

이번에는 우두머리인 듯 가운데 서 있는 사내 뒤쪽에서 소리가 들렸고, 사내가 빙글 신형을 돌리며 칼을 뿌렸다.

퍽!

"으윽!"

다시 제일 왼쪽에서 타격음과 신음성이 들리며 사내 하나가 속절없이 바닥으로 꼬꾸라졌다.

스스슥—

스스슥!

도저히 방위를 예측할 수 없게끔 이곳저곳에서 갈대 흔들리는 소리가 들리며 남은 여섯 사내들의 신경을 분산시켰다.

"조심해라! 사술을 익힌 놈이다!"

우두머리사내가 좌우로 고개를 빠르게 움직이며 고함을 쳤다. 동시에 익숙한 동작으로 손짓을 하자, 한 줄로 늘어선 사내들이 빠르게 움직이며 원형진을 만들었다.

"멋진 생각이오!"

"어엇!"

등 뒤에서 갑자기 들리는 소리에 사내들이 깜짝 놀라며 얼른 등을 돌리고 서로를 마주 보는 자세가 되었다. 그러나 그들의 눈에는 매일 보아왔던 동료들의 얼굴밖에 보이지 않았다.

"쿡쿡!"

갈대 숲 한곳에서 웃음소리가 흘러나왔다.

여섯 사내들이 만들었던 원형진 안으로 스며들어 한줄기 목소리를 흘린 자운엽은 그들이 등을 돌리기도 전에 그곳을 빠져나와 다른 곳에 몸을 숨긴 것이다.

"어느 고인이시오? 모습을 드러내시오!"

혼비백산한 사내들 중 하나가 잔뜩 긴장한 목소리로 고함을 쳤다.

자신들이 신속히 만든 원형진 안에서 숨소리까지 들릴 정도로 가까이서 내뱉는 목소리를 들었을 때는 머리끝이 하늘로 치솟았다.

사방 어디에서 나타날지 몰라 원형진을 형성하고 앞만 경계하는 자세를 취했건만, 오히려 그 원형진 속에 나타나 조소를 흘릴 정도라면 쉽게 자신들을 처치할 수도 있었을 것이다.

"목적이 무엇이오?"

첫 번째 질문에 아무 대답이 없자 사내 하나가 다시 고함을 질렀다.

"가르쳐 주지!"

퍼퍼퍽!

짧은 대답과 함께 희끄무레한 그림자가 갑자기 앞에서 보이는가 싶더니, 어느새 자신의 몸이 굳어옴을 느낀 사내들이 나뭇단처럼 바닥으로 쓰러졌다.

"이, 이!"

모두 쓰러지고 혼자만 남게 된 사내가 칼을 고쳐 쥐며 무심결에 두어 발 뒤로 물러섰다.

사신방 칠대사신이란 말을 들으면 동정호 주변에서는 우는 아이도 울음을 뚝 그친다고들 한다. 그런데 눈앞에 벌어진 상황은 오히려 자신들이 사신을 만난 것이다.

"여섯 시진을 주겠소. 사신방으로 가서 방주에게 전하시오. 그 안에 직접 와서 저들을 데려가지 않는다면 점혈한 상태에서 모조리 물속에 던져 버린다고 말이오."

자운엽은 쓰러뜨리지 않고 남겨놓은 사내를 쳐다보며 말했다.

"누구냐, 네놈은?"

사내가 당황한 표정을 감추지 못하면서도 물러설 기미를 보이지 않았다. 순식간에 동료 여섯이 거꾸러진 마당에 자신만 본거지로 돌아간다는 것은 이제껏 살아온 생활 방식에 철저히 위배되는 일이다. 차라리 이 자리에서 발악을 하다가 동료들과 같은 처지가 되는 것이 훨씬 나았다.

스슥—

칼을 굳게 쥔 사내가 천천히 앞으로 움직였다.

"뻔한 일을 가지고 꽤나 귀찮게 만드는군!"

자운엽은 슬쩍 손을 뻗어 바닥에 나뒹구는 사내 하나의 목을 거머쥐었다.

"이들 가운데 한둘쯤은 목을 부러뜨려도 당신 방주가 찾아오는 데는 지장이 없겠지?"

사내 하나의 목을 쥔 자운엽이 천천히 사내의 고개를 들어 올리며 손에 힘을 주었다. 그러자 피가 통하지 않는 사내의 얼굴이 터질 듯이 붉어졌다.

"가, 가겠다!"

어떤 일이 있어도 물러서지 않고 사생결단을 낼 것 같은 자세를 취하던 사내가 자운엽의 간단한 손놀림에 꽁지가 빠져라 달려갔다.

"그렇게 급하게 달려갈 인간이 째려보긴 왜 째려본 거야?"

자운엽은 까마득히 멀어지는 사신방 사내의 뒷모습을 쳐다보며 중얼거렸다.

"이크!"

고개를 돌리던 자운엽은 자신의 손에 목이 졸려 사색이 된 사내를 보고는 얼른 손가락을 폈다. 그리고 사내의 목을 어루만졌다.

"상황 판단이 느린 당신 동료 때문에 안 해도 될 고생을 한 것이니 날 원망 마시오."

말과 함께 자운엽은 사내들의 혈도를 모두 풀어주었다.

"으윽!"

"쿨럭!"

사내들이 하나둘 몸을 움직이며 긴장된 눈빛으로 자운엽을 쳐다보았다. 정체는커녕 앞으로 어떤 행동을 할지 도저히 짐작이 안 가는 자운엽의 행동에 긴장의 도는 높아만 갔다.

"누구시오?"

잠시 후 가장 가운데에서 손짓으로 무리를 이끌던 사내가 자운엽에게 질문했다.

"난 사신방에 관심이 많은 사람이오."

자운엽이 간단히 대답하자 사내의 표정에 더욱 큰 의문이 어렸다. 지금까지 행한 자운엽의 행동이나 말에서 도저히 갈피를 잡을 수가 없었기 때문이다.

자신들 여섯, 아니, 한 명은 먼저 쓰러졌으니 다섯을 한꺼번에 점혈해 뻗게 만든 사실도 믿을 수 없었지만, 동료가 떠나자마자 점혈을 모두 풀어주는 행동은 더 더욱 이해가 가지 않았다.

"왜 점혈을 풀어주는 것이오?"

결국 사내는 당면한 궁금증부터 질문했다.

"모기가 많을 텐데 밤새 뜯겨도 괜찮소?"

'뭔가, 이건? 고양이 쥐 생각하는 것도 아니고?'

사내는 더욱 혼란스러웠다.

"그런 뜻이 아니오!"

"칠종칠금(七縱七擒)이라면 답이 되겠소?"

"……."

"빌어먹을……!"

자운엽의 말뜻을 알아들은 사내가 결국 욕지거리를 내뱉었다.

혈도를 점해놓으나 풀어놓으나 마찬가지란 얘기였고, 그 말뜻을 이해한 다른 사내들도 우두머리사내와 비슷한 표정을 지었다.

"당신은 돌아가서 동료들을 불러와 부상당한 사람들을 데리고 가시오. 그동안 응급 처치는 해놓겠소. 대신 내일 아침까지 우린 여기 있어야 하니 음식과 술 몇 병만 부탁합시다."

자운엽이 덕무성을 보고 말하자 얼이 빠져 있던 덕무성이 얼른 고개를 끄덕거리고는 줄행랑을 놓았다.

"우릴 이렇게 만든 목적이 무엇이오?"

덕무성이 사라지자 응급 처치를 하고 있는 자운엽을 보고 사내 하나가 똑같은 질문을 했다.

칠종칠금이란 말이 무척이나 자존심을 상하게 만들었지만 실제적으로 백종백금이라도 무리가 없을 것 같았으니 어찌해 볼 수도 없었다.

"사신방을 잠시 빌리고 싶소. 물론 일정 기간만 그렇게 하겠단 말이오. 그 후엔 소리없이 사라지겠소."

자운엽이 옅은 웃음을 흘렸다.

'미혼공(迷魂功)까지 익힌 놈인가?'

일곱 사신 중 우두머리인 단철패(檀鐵覇)가 자운엽의 웃음을 대하며 내심 투덜거렸다.

"무슨 말이오? 사신방을 접수하겠단 말이오?"

옆에 있던 사내 하나가 다시 질문했다.

"아니오, 잠시 동안 사신방 자체를 빌려서 일을 좀 해보겠단 말이오."

"그 말이 그 말 아니오?"

단철패가 언성을 높였다.

"접수하는 것이야 기한 없이 영원히 눌러앉는 것이지만, 난 한두 달 정도만 그렇게 하겠다는 말이오."

"끄응!"

단철패가 무슨 말인지 모르겠다는 듯 신음을 흘렸다.

"우리 방주가 허락할 것 같소?"

단철패가 다시 입을 열었다.

"당신들이 없으면 사신방은 빈 껍데기가 아니오?"

자운엽이 단철패의 눈을 정면으로 응시하며 반문했다.

"방주를 몰아내겠단 말이오?"

"최악의 경우에는 그럴 수도 있겠지요. 하지만 당신들 방주는 무척 약삭빠른 사람이니 결국 내 부탁을 들어주게 될 것이오."

“그렇게는 못하오!”

단철패가 단호하게 내뱉었다.

“방주를 존경하시오?”

“…….”

“물에 빠져서 시체가 다 된 사람 한 번 구해준 것이 그렇게 큰 은혜이오? 그런 것은 조금만 머리가 좋다면 지나가던 물개라도 해주는 짓이오. 그렇다면 평생 물개를 상전으로…….”

“닥치시오!”

단철패의 목소리가 우직하게 흘러나왔다.

“미안하오, 너무 극단적인 비유를 해서.”

자운엽이 부드러운 목소리로 사과했다.

“어떻게 알았소?”

“내 조력자 중에 그런 것을 귀신같이 캐오는 능력을 지닌 사람이 있소.”

“어쨌든 난 사신방이 그렇게 되는 꼴은 못 보오. 차라리 죽겠소!”

단철패가 죽음을 결심한 듯한 표정으로 입을 굳게 다물었다.

“아까 내가 한 말에 대해 답을 하지 않았소. 방주를 존경하시오?”

자운엽이 집요하게 질문을 하자 단철패의 눈빛이 순간적인 흔들림을 보였다.

“처음엔 당신들을 모두 어디 한 군데 부러뜨려 놓아, 두 달 정도 꼼짝 못하게 해놓고 일을 하려 했지만 이젠 생각이 바뀌었소. 당신들의 도움을 좀 받아야겠소.”

“어림없는 소리요!”

단철패가 고함을 질렀다.

"내기를 하나 합시다. 아까 사신방으로 달려간 당신 부하의 연락을 받고 내일 사신방의 방주가 당신들을 구하러 직접 이곳에 나타날지, 안 나타날지 하는 내기요. 난 안 나타난다는 데 걸겠소."

자운엽이 자신있게 말하며 단철패를 쳐다보았다.

"자신이 없는 것이오?"

잠시 침묵을 지키고 있는 단철패를 보며 자운엽이 희미한 웃음을 지었다.

"당신이 지면 어떻게 하겠소?"

마침내 단철패가 입을 열었다.

"내가 진다면 오늘 일은 없었던 것으로 하고 깨끗이 물러나겠소. 시간이 조금 더 걸리겠지만 다른 곳을 물색하면 되니까. 그리고 아까 살려준 그 사람만 좀 두들겨 놓으면 오늘 일은 아무도 모를 것이오."

"그럼 당신이 이기면?"

"그땐 두 달간만 내 일을 좀 도와주시오. 그 안에 일이 끝나면 기간은 줄어들 수도 있소. 나도 얼마 후엔 꼭 만나야 할 사람이 있기에 절대로 두 달은 넘기지 않을 것이오."

자운엽의 말을 들은 단철패가 눈을 끔벅거리며 생각에 잠겼다.

도저히 믿기지 않는 어처구니없는 일이지만 이 청년은 자신들 일곱 명 전원을 한순간에 제압한 고수이다. 마음만 먹으면 사신방 정도는 쉽게 접수하고 자신이 목적하는 바를 수행할 수가 있을 것이다. 그럼에도 불구하고 잡은 사냥감을 포기할 상황도 무릅쓰며 내기를 하자는 것은 일을 하는 동안에는 완벽한 복종을 요구한다는 말이었다. 무공도 무서웠지만 심계는 그보다 반 푼쯤은 더 무서운 인간이란 생각이 들었다.

'방주가 내일 이곳으로 직접 올까?'

단철패는 스스로에게 질문을 해보았지만 쉽게 답이 나오지 않았다.

자신들 일곱이서도 당할 수 없는 자라면 방주 역시 적수가 안 되는 것은 자명한 사실이다. 그럼에도 불구하고 방주가 직접 나타난다면 아무 미련 없이 끝까지 목숨을 바칠 것이다.

그러나 반대로 부하들만 떼거리로 보내고 방주는 나타나지 않는다면?

자신은 그렇다 치더라도 옆에 있는 이놈들이 서서히 말을 듣지 않을 것이다. 그것은 자신들 세계의 법칙이었다. 얼마 지나지 않은 시간이었지만 벌써부터 강자에게 본능적으로 끌리는 부하들의 눈빛을 읽을 수 있었다. 지극히 짧은 순간에 저놈은 부하들의 마음까지 뒤흔들고 있는 것이다.

'요사스러운 놈!'

단철패가 슬쩍 자운엽을 쳐다보며 속으로 중얼거렸다.

"왜? 자신이 없는 것이오?"

자운엽이 단철패의 심중을 읽고 있는 듯 빙글거리며 질문했다.

"그런 말 한 적 없소!"

단철패가 머리 속에 떠오른 복잡한 상념들을 날려 버리며 큰 소리로 고함을 질렀다.

"그럼 내기를 하겠소?"

"좋소! 합시다. 두 달이면 되오?"

"그렇소. 그 이상은 내 쪽에서 절대로 안 될 사정이 있소."

자운엽은 보일 듯 말 듯한 미소를 지으며 단철패 옆에 있는 사람들에게로 눈을 돌렸다. 그것은 당신들도 그 내기에 포함된다는 무언의 다짐이었다.

"출출한데 때맞춰 오는군!"

수풀을 헤치며 덕무성이 부하들 몇 사람과 함께 술과 음식을 푸짐하게 들고 왔다. 저녁 시간이 이미 한참 지났는지라 시장기를 느끼고 있던 단철패 일행들도 고개를 빼며 음식 냄새가 나는 쪽으로 시선을 향했다.

"음, 음식과 술을… 가져왔습니다."

덕무성이 사색이 된 표정으로 떠듬거렸다.

"정말 고맙소. 실은 점심부터 아무것도 못 먹었소."

자운엽이 반색을 하며 음식 보따리를 풀어 헤쳤다.

"배 터지도록 먹어도 남을 만큼은 되는군요. 당신도 같이 한잔하겠소?"

자운엽이 덕무성을 보며 질문하자 덕무성이 세차게 고개를 흔들었다.

"그럼 동료들을 데리고 가보시오. 가져온 음식은 잘 먹겠소."

자운엽의 말이 끝나자 덕무성이 동료들을 부축하며 도망치듯 등을 돌렸다.

"잠깐!"

막 걸음을 옮기려던 덕무성이 자운엽의 목소리를 듣고 비틀거리며 그 자리에 섰다. 자신의 경험상 결정적인 순간에 잠깐! 하고 불러 세운 사람치고 절대로 멀쩡하게 보내주는 사람이 없었기 때문이다. 하물며 칠대사신을 모조리 쓰러뜨린 인간이라면 말해 무엇 하랴.

"사, 살려주십시오!"

덕무성이 바람에 날린 사시나무처럼 와들거리며 애원을 했다.

"내가 무슨 개백정인 줄 아시오? 몇 마디 당부할 말이 있어서 부른 것이니 말이나 잘 들으시오."

자운엽이 개백정이라는 말을 하며 단철패 일행을 슬쩍 훑어보자, 음식을 한 입 베어 물고 입을 우물거리던 여섯 명의 사내들이 하나같이 벌레 씹은 표정이 되어갔다.

"오늘 있었던 일과 내일 낮에 일어날 일에 대해서 죽을 때까지 아무에게도 말하지 마시오. 나야 뭐, 별 상관이 없지만 사정에 따라 아주 큰 상관이 있는 사람들도 있소. 혹시 그 사람들이 개백정 수준이면 당신은 물론이고 당신 주변에 있는 모든 사람들도 어느 날 갑자기 소리 없이 사라질 수도 있소."

자운엽의 말이 끝나자 덕무성이 거듭거듭 머리를 끄덕이고는 땅을 박찼다.

벌컥, 벌컥!

덕무성이 떠난 후 여섯 명의 사내들은 괜한 술병에다 화풀이라도 하듯 숨도 쉬지 않고 병나발을 불었다.

"당신들 방주가 저기 있소? 내 눈에는 안 보이는 것 같은데……."

다음날 자운엽은 세 척이나 되는 배에서 꾸역꾸역 내리고 있는 사신방 사람들을 보며 고개를 갸웃거렸다.

제법 큰 나룻배 세 척에서 사람들이 모두 내렸지만 사신방의 방주 신을경(新乙京)은 보이지 않았다.

"니미랄!"

단철패 옆에 있던 남명소(南命蘇)가 경멸 어린 표정으로 욕지거리를 내뱉었다.

자신은 방주 신을경을 보고 사신방에서 일한 것이 아니었다. 그리고 방주와는 개인적으로 만난 일도 별로 없었다. 이제껏 단철패의 명령에 따라 움직였고, 단철패를 하늘같이 믿었을 뿐이다. 그러나 어찌 되었든 자신들은 엄연히 사신방의 칠대사신들이란 명호로 불리었다. 그렇다면 이런 상황에서는 나룻배 한쪽 구석에서 눈만 내놓고 숨어 있더라도 같이 오는 것이 도리가 아닌가?

"조금 더 기다려 보시겠소?"

자운엽이 느긋한 목소리로 물었다.

"필요없소!"

남명소가 다시 고함을 질렀다.

"네놈이 언제부터 내 대답을 대신했느냐?"

단철패가 나직한 목소리로 눈을 부라렸다.

"그 점은 죽을죄를 지었소, 대형! 하지만……."

"그만 되었다! 언제 네놈들이 방주를 보고 일했더냐? 화를 내건 발광을 하건 그건 내 몫이다. 네놈들은 나만 따르면 되는 것이다. 약속을 했으니 지킨다. 불만 있나?"

"없소!"

여섯 사내들이 억눌린 대답을 토해냈다.

"당신은 정말 교활한 사람이오. 설마 방주를 이곳에 오지 못하게 손을 쓴 것은 아니겠지요? 당신 능력이라면 충분히 그럴 수도 있을 것 같은데……."

"그럼 내기가 재미없지 않겠소? 그리고 그런 일은 며칠만 지나면 밝혀질 일이오. 난 며칠 동안이 아닌, 두 달 동안 당신들의 도움이 필요하오."

자운엽은 달려오는 사신방 사람들을 쳐다보며 바닥에 떨어져 있는 덕무성 패거리들의 칼 하나를 천천히 집어 들었다.

"우리가 처리하겠소. 그리고 내기는 당신이 이겼소!"

단철패가 부하들을 데리고 달려오는 사신방 수하들을 막아섰다.

"보고가 잘못되었다. 모두 돌아간다!"

누군가에게 잡혀 있다는 소문과 달리 멀쩡히 나타난 여섯 사신들을 보고 달려오던 사내들이 어리둥절한 표정을 지었지만 평소와 전혀 다름없는 모습으로 바람처럼 나룻배로 향하는 사신들을 보고 다시 발길을 돌렸다.

"어떻게 된 것이냐?"

사신방의 방주 신을경이 냉막한 모습으로 서 있는 칠대사신들을 보며 소리를 질렀다.

사색이 된 채 뛰어들어 온 칠대사신 중 한 명의 보고로는 모두 어떤 놈에게 잡혀 있다고 들었다. 그래서 그들을 구하러 사신방 인원을 떼거리로 보냈는데 보고가 잘못되었다며 멀쩡히 돌아온 모습을 보니 눈살이 찌푸러졌다.

"그리고 저놈은 또 누구냐?"

옆에 서 있는 자운엽을 보고 신을경이 다시 질문을 던졌다.

"방주님 되시오?"

자운엽이 슬쩍 조소를 피워 물며 단도직입적으로 말했다.

"이런 쳐 죽일 놈이……?"

칠대사신들 옆에 서 있는 자운엽을 사신방 어느 하급 조직의 졸개 정도로 생각한 신을경이 어이가 없다는 표정으로 단철패 등을 쳐다보

았다. 만약 자신의 그런 짐작이 맞다면 자신이 '이런 쳐 죽일 놈!' 이라
는 말을 내뱉기 전에 단철패의 칼이 먼저 허공을 갈랐어야 했다. 단철
패는 지금껏 그런 식으로 말보다는 칼이 백배는 더 빠른 인간이었다.
그러나 지금 단철패와 그의 부하 여섯은 애송이의 건방지기 짝이 없는
말을 듣고도 철저한 방관자의 표정으로 석상처럼 서 있었다.

'뭔가 잘못됐다!'

신을경의 머리가 약삭빠르게 회전했다.

"단철패! 자네가 직접 말해 보게!"

"내가 직접 하지요. 이 사람들은 말을 많이 하면 죽은 조상이 지옥
에라도 떨어지는 줄 아는 사람들 같으니까."

자운엽이 단철패를 대신해서 신을경의 질문에 답하려 했다.

"이런 건방진……."

신을경이 다시 단철패를 쳐다보았지만, 묵묵히 벽 한곳을 응시하는
단철패와 그 부하들의 시선은 조금도 움직이지 않았다.

"당신 부하들과 내기를 했소! 자신들 방주가 진정으로 모실 만한 사
람인가, 아닌가 하는 내기 말이오!"

"무슨 말이냐, 이놈!"

신을경의 눈썹이 역팔자로 치켜 올라갔다.

"결론은 '아니다!' 였소. 그러니 앞으로 어떤 명령도 통하지 않을 것
이오."

자운엽이 단호하게 말하자 신을경이 얼른 단철패를 쳐다보았다.

"저놈 말이 맞는 것이냐?"

신을경이 자운엽의 말을 확인하려는 듯 단철패와 다른 부하들에게
눈길을 주었지만, 보고를 하러 달려온 한 명만 눈빛이 흔들리며 영문을

몰라 할 뿐 다른 여섯은 꿈쩍도 하지 않고 있었다.

"저놈을 죽여라! 이건 방주의 명령……."

차르르—

수운검이 처음부터 그곳에 있었던 것처럼 신을경의 목을 감았다. 언제 빼 들었는지, 또 언제 신을경의 목을 감았는지 몰랐지만 미세한 날갯짓 소리와 함께 신을경의 목은 올가미에 걸린 듯 수운검에 감겨 있었다.

"당신이 저들을 내팽개치는 순간부터 저들에 대한 명령권 역시 상실했소. 그러니 더 이상 추잡스런 꼴은 보이지 않는 것이 좋소."

자운엽이 수운검을 좀 더 옥죄자 숨이 막힌 신을경이 괴로운 표정을 지었다.

"작은 수적 단체에 지나지 않던 사신방은 저들 때문에 동정호변에서 세 번째로 큰 조직으로 바뀌지 않았소? 그러면 저들이 누군가에 잡혔다면 당신이 직접 달려와야 하는 것 아니오?"

"부, 부하들만으로도… 충분하리라 생각했다!"

신을경이 쥐어짜듯 소리를 질렀다.

"그 반대겠지! 당신은 이제 저들이 부담스러웠고, 이번 기회에 제거할 생각을 했겠지?"

"미친 소리 말아라, 이놈!"

신을경의 고함 소리가 떨려 나왔다.

"내가 파악하기론 당신이 보낸 부하들은 사신방 내에서도 가장 약한 자들이었소. 노른자위는 숨겨두고 어중이떠중이만 잔뜩 보내어 생색을 내며 보고받은 대로 저들이 동정호에 수장되기를 바란 것 아니오?"

"이, 이놈! 무슨 말을……."

"오늘 아침, 이들을 구하고자 나타났던 사람들의 얼굴은 모두 기억하고 있소! 한 번 일렬로 세워 다른 부하들과 대조해 보겠소? 껍데기인지 알맹이인지?"

"그런 말도 안 되는……."

칠대사신을 쳐다보는 신을경의 표정이 공포에 질렸다.

"이젠 나가들보시오. 당신네 방주와는 단독으로 협상하겠소!"

자운엽이 단철패를 보고 말하자 단철패의 눈빛이 어지럽게 흔들리며 갈피를 잡지 못했다.

"어제도 말했듯이 난 개백정이 아니오. 그러니 그만 나가보시오."

단철패의 심정을 읽은 자운엽이 한마디 덧붙이자 단철패가 천천히 등을 돌렸다. 동시에 여섯 사내들도 경멸 어린 표정으로 신을경의 처소를 빠져나갔다.

"원하는 것이 무엇이냐?"

자운엽과 둘만 남게 된 신을경이 겁에 질린 표정으로 입을 열었다.

"두 가지가 있소."

자운엽이 대수롭지 않은 듯한 목소리로 답했다.

"뭐냐, 그것이?"

"두 달 동안만 죽어주시오! 부하들은 물론 가족들도 모두 죽었다고 생각해야 하오."

자운엽의 눈빛이 차가워졌다.

"나머지 하나는?"

머리 회전은 빠른 듯 신을경은 자운엽의 첫 번째 요구가 무엇인지 알아듣고는 다른 요구를 물었다.

"방주님 가슴에 고래 문신이 있는 것으로 알고 있소. 그걸 내게 주시오."

"그, 그건 무슨 소리냐?"

자운엽의 두 번째 조건은 도저히 이해가 안 간다는 표정으로 잠시 머리를 굴리던 신을경이 질문을 했다.

"말 그대로 그걸 떼어서 내게 달라는 말이오."

자운엽이 빙긋 웃으며 신을경의 가슴 어림을 쳐다보자 신을경이 질겁한 표정으로 가슴에 손을 갖다 댔다.

"목을 떼어주는 것보다는 그것이 나을 것이오. 그리고 죽는 시간은 정확히 내일 아침부터이오. 잘 생각해 보고 결정하시오. 두 달 동안만 죽었다가 다시 살지, 아니면 영원히 죽을지."

파르르—

자운엽이 손목을 가볍게 움직여 신을경의 목에 감긴 수운검을 풀어냈다.

◆ 제48장

청하방(靑河幇)

청하방(青河幫)

"정말 이상한 일이야!"

청하방 방주 해단려(海檀麗)가 커다란 탁자에 빙 둘러앉은 사람들을 쳐다보며 입을 열었다. 둘러앉은 사람들 역시 해단려의 그 말에 큰 이견이 없는지, 아무런 반론도 제기하지 않고 해단려와 비슷한 표정을 지으며 그 이상한 일의 실마리를 잡고자 제각각 생각에 잠겼다.

"사신방이야 결국에는 그렇게 될 조직이었지만 동정채까지 하루아침에 채주가 바뀌어 버렸다는 것은 도저히 납득이 안 가는 일이야."

해단려가 다시 머리 속 가득 들어찬 의문을 토로했다.

"그까짓 거! 아무려면 어떻습니까? 그놈들 두 개 세력 다 합해봐야 우리 청하방 발 밑에도 못 따라올 것인데……."

텁석부리 장한 하나가 침묵이 갑갑했는지 불쑥 고함을 질렀다.

"지금 그것을 말하는 게 아니다. 물론 자네 말대로 그 두 개 세력이 완벽히 하나가 되어 달려든다고 해도 겁날 게 없는 우리다. 그리고 방주나 채주가 바뀌는 과정에서 피 튀기는 싸움이 있었다면 나 역시 아무런 신경도 쓰지 않을 것이다. 약하면 먹히는 것이 우리가 사는 세상이니까. 하지만 두 곳의 방주와 채주가 열흘 사이에 약속이라도 한 듯 조용히 바뀌어 버렸다. 이건 뭔가 이상하지 않느냐 하는 얘기다.”

해단려가 텁석부리에게 자신의 의문을 설명했지만 텁석부리의 표정은 조금도 수긍하는 빛을 보이지 않았다. 어떤 놈이든 싸워야 한다면 즉시 싸우고, 부수어 버리면 그만이라는 뜻이 고스란히 얼굴에 드러났다.

“내 입만 아프지…….”

해단려가 눈살을 찌푸렸다.

“자네 생각은 어떤가, 육진(陸振)? 자네도 태야정(太夜丁) 저 친구처럼 별문제가 아니라고 생각하나?”

해단려가 처음부터 지금까지 눈을 지그시 감고 깊은 생각에 잠긴 한 중년인을 보고 질문을 던졌다.

해단려의 질문을 받은 육진이란 중년인이 잠시 더 눈을 감고 있다가 숨을 깊게 들이키며 천천히 눈을 떴다.

“그놈들 두 세력이 합쳐 봐야 우리에게 큰 위협이 안 된다는 태야정의 말에는 동감합니다. 그러나 그것을 위안으로 삼고 아무 걱정 없이 내버려 두기엔 이번 일은 이상한 점이 너무 많습니다. 먼저 방주님의 지적대로 두 개 조직이 며칠 만에 차례로 주인이 바뀌었습니다. 그것도 아주 조용히……. 그리고 또 한 가지는, 그 두 곳의 주인이 바뀜과 동시에 그들이 눈에 불을 켜고 매달리던 소금 밀매 활동이 나날이 줄어들고 있습니다. 이런 추세라면 조만간 소금 밀매 사업에서 손을 떼게 될 것입니다. 덕분에 우리가 반사 이익을 보고 있습니다만 결코 정상적인 일은 아니지요.”

"그, 그런……."

"놈들이 소금 밀매에서 손을 떼다니? 허어… 이거야 원!"

침묵을 지키던 다른 사람들도 육진의 말이 끝나자 뭔가 있구나 하는 표정으로 한마디씩 중얼거렸다.

"역시 자네야! 난 그놈들이 소금 밀매의 양을 줄인다는 것까지는 조사를 못해봤는데……. 그럼 그쪽으로 캐고 들면 뭔가 실마리를 잡을 수 있겠군?"

해단려가 기대감 가득한 눈빛으로 육진을 쳐다보았다.

"그럼 동정채와 사신방의 채주, 방주가 바뀐 것은 우연이 아니라 뭔가 흑막이 있단 말인가?"

태야정도 육진을 향해 시선을 고정시켰다.

"아직 확신할 순 없지만 최근 두 세력의 주인이 바뀌는 과정을 살펴보면 우연이라고 치부하기엔 공통점이 너무 많아. 자네 말대로 그 두 가지 일들이 자연 발생적인 것이라면 크게 신경 쓸 것 없겠지만, 누군가의 개입으로 그렇게 된 것이라면 바짝 신경을 곤두세워야 할 일이지."

"신경을 곤두세우라니? 그깟 놈들이 뭐가 무서워서? 하루아침 심심풀이도 안 될 놈들을……."

태야정이 다시 언성을 높이며 투덜거렸다.

"그들 두 세력만 합친다면 겁날 것이 없지. 하지만 그들 두 세력의 주인을 소리없이 바꿀 만한 보이지 않는 힘까지 합세한다면 문제가 달라지지. 전혀 소란을 피우지 않고도 그들 두 개 세력을 접수할 만한 힘이라면 최소한 그들 두 개 세력이 합친 것보다 몇 배는 더 큰 힘을 가졌다는 답이 나오네. 그렇다면 하루아침 심심풀이로는 벅차지 않을까?"

육진이 차근차근 설명을 해 나가자 태야정의 표정이 일그러졌고 다른 사람들의 표정에도 무거운 기운이 흐르기 시작했다.

"말도 안 되네! 아무리 그렇다고 어찌 그놈들이 단번에 몇 배나 힘이 강해진단 말인가? 자네는……!"

태야정이 텁석부리 얼굴을 찌푸리며 고함을 질렀다.

"충분히 말이 되네!"

탁자 좌측 한곳에서 육진과 태야정의 말을 듣고 있던 노인 하나가 태야정의 말을 가로챘다.

"자고로 싸우지 않고 이기는 것이 최상책이라 했네. 그리고 싸우지 않고 이기는 자들이야말로 가장 무서운 자들일세. 만약 육진 저 사람의 추측대로 누군가 은밀하게 개입하여 두 곳의 주인을 바꾸어놓았다면 그놈들이야말로 정말 무서운 놈들이라는 얘기가 되네. 그리고 그놈들이 다음으로 노릴 곳은 우리 청하방일세. 그건 틀림없을 걸세. 내 이름을 걸고 보장하지."

청하방의 장로인 문조양(文朝陽)이 침착하게 결론을 내리자 방주 해단려는 물론 육진과 태야정까지 긴장된 표정을 지었다. 장로 문조양의 통찰력은 이제껏 거의 틀린 적이 없었고, 그런 통찰력이 몇 번이나 청하방을 위기에서 구했다. 그렇기에 그의 한마디는 천금의 무게를 지닌다. 최근에는 육진에게 서서히 모든 것을 물려주고 일선에서 물러나 소일하며 지내는 중이었지만 뭔가 위기감을 느낀 육진이 이번 회의에 꼭 참석해 달라고 간청하여 자리를 같이한 것이었다.

"문 장로님의 생각은 어떠신지요? 동정채와 사신방, 두 곳의 주인을 바꿀 만한 세력이라면 어떤 곳일까요?"

방주 해단려가 공손한 태도로 문조양에게 질문했다.

"육진! 자네 생각을 말해 보게. 난 이제 현실 감각이 떨어지는 사람이야. 생각을 많이 하고 나면 기력도 달리고……."

문조양이 육진에게 힘을 실어주려는 듯 모든 것을 육진에게 미뤘다. 그런 문조양의 행동에 육진이 최대한의 존경심이 묻어나는 몸짓으로 고개를 숙이고는 말문을 열었다.

"제일 먼저 의심할 곳은 관부가 되겠지요."

"과, 관부?"

"으음!"

육진의 입에서 관부라는 말이 튀어나오자 모두 낮은 신음성을 내뱉으며 굳은 표정을 지었다. 어찌 됐든 그들에게 제일 껄끄럽고, 더 나아가서는 무서운 존재가 관이라는 곳이었다.

"그놈들이 새삼스럽게 왜 날뛴단 말인가? 우리를 통해 살림이 두 배로 불었을 것이거늘……."

방주 해단려가 와락 얼굴을 찡그렸다.

애초부터 관이란 곳이 철저히 단속을 한다면 소금 밀매란 것은 이루어질 수가 없다. 하지만 관과 도둑은 악어와 악어새처럼 공생한다. 소금 밀무역을 알게 모르게 눈감아주는 대신, 그 이익금의 반 이상을 채어가는 놈들이 그놈들이다. 엄격히 따진다면 그놈들이야말로 도적놈들인 것이다. 아마 담합이라도 해서 염효들이 한꺼번에 모조리 사라진다면 그놈들이 발벗고 나서서라도 염효들을 키울 것이다. 그렇기에 관이 나섰다는 말을 들은 방주 해단려의 얼굴이 회의를 시작한 후 가장 심하게 일그러졌다.

"중앙 차원에서 개입을 한다면 우리가 던져 준 떡값이 아무 소용이 없을 수도 있지요."

"중앙?"

“중앙에서 왜 직접 관계한단 말인가? 그놈이 그놈인 것을……."

태야정도 도저히 이해가 안 간다는 표정으로 대들듯이 질문했다.

“그거야 알 수가 없는 일이지. 지난 당 왕조도 소금 밀매가 극성을 부리면서 그에 따른 재정 부족이 몰락의 한 원인이 되기도 했으니까. 그러니 좀 심해진다 싶으면 중앙의 비밀 세력이 개입할 수도 있겠지. 실제로 얼마 전, 이곳 관아에 외팔이 계집 하나가 황제 직속 비밀 기관에서 발행한 영패를 내보이고 우리 청하방에 대한 자료를 요구하여 필사해 갔다는 정보를 입수했네."

“황제 직속 비밀 기관?"

“빌어먹을!"

육진의 말이 끝나자 이곳저곳에서 탄식들이 터져 나왔다.

소금 밀매는 청하방의 가장 큰 수입원이다. 그렇기에 육진의 말대로 황제 직속 기관에서 설치고 다니는 기간이 길어진다면 소금 밀매를 중지해야 되고, 모두 허리띠를 졸라매야 한다. 그러면 당장 다른 수입원을 찾아 손발이 고생을 해야 하기 때문이다.

“그럼 당장 소금 장사 때려치워야 하는 것 아니오, 방주?"

“으음!"

방주 해단려도 골치가 아프다는 표정을 지으며 눈을 감았다.

“아직까지 그렇게 단정할 일은 아닙니다. 우리들 자료를 필사해 간 놈들이 어디 한둘입니까? 하지만 시기가 시기이니만큼 한 가지라도 사소하게 흘려서는 안 되겠지요. 우선 그 계집의 정체부터 파악하는 것이 급선무입니다. 계속 이 주변을 얼쩡거리면 행적이 파악될 것입니다. 그러면 정체와 목적 또한 파악될 테지요."

대수롭지 않은 듯 차분하게 말하는 육진의 눈빛에 서서히 살기가 어렸다. 그 살기는 지금껏 보여준 뛰어난 책사의 모습과는 어울리지 않는 너무나 이질적인 기운이었다.

"자네……?"

문조양이 육진의 그런 변화를 읽고 엄중한 눈빛으로 육진을 쏘아보았다.

"왜 그러시는지요?"

"뭔가, 그 눈빛은? 관부에 대한 자네의 감정이 어떻다는 것은 내 모르는 바가 아니지만 공과 사는 엄연히 구별해야 하네."

문조양이 단호한 목소리로 다짐을 주었다.

"잘 알고 있습니다, 장로님. 이젠 웬만큼 잊은 일이기도 하니 심려 마십시오."

육진이 문조양을 향해 다시 고개를 깊이 숙이자 염려스러운 표정을 지우지 못한 문조양도 더 이상은 아무 말도 못하고 방주 해단려를 쳐다보았다.

"방주! 아무래도 분위기가 심상치 않으니 모든 것이 확실해질 때까지 일급 경계령을 내리시오. 불씨는 미연에 끄는 것이 가장 좋은 방법이니까……."

"안 그래도 그럴 생각입니다."

해단려도 고개를 가볍게 숙이며 문조양의 의견에 동의를 표했다.

"그럼 지금 즉시 전 청하방에 일급 경계령을 내리고 경비를 두 배로 강화시키시오. 그리고 오늘 회의는 여기서 마치겠지만 매일 이 시각에 모이는 것을 잊지 마시오."

해단려의 명령과 함께 탁자에 둘러앉았던 사람들이 무거운 표정으로 부산하게 움직이기 시작했다.

＊　　　＊　　　＊

“청하방에 일급 경계령이 내려졌어요.”

북미가 자운엽에게 자신이 알아온 정보를 풀어놓았다.

“일급 경계령이라……?”

자운엽이 북미의 말을 되뇌며 희미하게 미소를 지었다.

청하방은 사신방이나 동정채와는 비교도 안 되는 곳이란 것은 이미 알고 있었다. 인원으로 따져도 그랬지만, 그 조직력은 훨씬 더 탄탄하고 짜임새가 있었다. 그랬기에 사신방과 동정채처럼 간단하게 취약점을 파고들 수가 없었다.

“생각보다 영리한 자들이군!”

자운엽의 얼굴에 피어오르던 미소가 더 짙어졌다.

“그게 웃을 일인가요? 난 걱정이 돼서 죽겠는데…….”

북미가 자운엽을 보며 걱정스런 표정을 지었다.

“너무 허술한 조직이라면 재미가 없지 않겠소? 그리고 나중에 협상의 가치도 떨어질 것이고.”

자운엽이 알아들을 수 없는 말만 하자 이제 이력이 난 북미는 이내 고개를 돌리고 자신의 손에 든 서류를 들척였다.

“그리고 이건 부탁하신 청하방의 세력 분포도예요.”

“수고했소. 당신 덕분에 일이 두 배로 쉬워지고 있소. 처음에는 두 배로 더 어려워질 줄 알았…….”

“무슨 소린가요?”

“아니오, 그냥 해본 소리요.”

자운엽이 무심코 했던 말을 얼른 얼버무리며 북미를 쳐다보았다. 비록 한 팔을 잃어 칼을 들 수는 없었지만 오랜 세월 동안 비밀스럽게 정보를 모으고, 그 정보를 토대로 황실과 조정에 위협을 줄 수 있는 힘들을 사전에 처리하는 일을 해왔던 사람답게 어떤 정보는 어느 곳을 파고들어야 가장 빠르고 쉽게 얻을 수 있는지를 훤히 알고 있어 자운엽에게 큰 도움을 주고 있었다.

"당신의 그 영패는 얼마만한 힘을 발휘할 수가 있는 것이오? 이곳 관의 군사도 동원할 수가 있소?"

자운엽이 호기심 가득한 눈으로 북미의 허리춤을 쳐다보았다.

"황룡단검이라면 그럴 수 있겠지만 이건 그냥 협조 정도의 힘밖에 없어요. 그리고 그동안 사정이 얼마나 바뀌었는지도 모르겠고……."

"그때 돌려주지 말 걸 그랬나? 쩝!"

자운엽이 황룡단검을 생각하며 아쉬운 듯 입맛을 다셨다.

"호호! 괜한 소리 하지 마세요. 당신은 절대로 그런 것에 의존할 사람이 아니에요. 오직 자신의 칼밖에 안 믿는 사람이잖아요?"

북미가 피식 미소를 흘렸다.

"그건 그렇고… 저번에 청하방 수뇌부에 대한 자료를 관에 요구하며 시킨 대로 했겠지요?"

자운엽이 얼굴에 묻어 있던 장난기를 지우고 조심스럽게 물었다.

"무엇 때문에 그러는지는 몰라도 최대한 많은 사람들에게 내가 청하방의 자료를 들추고 있다는 것이 알려지게 했어요. 그런데 이해할 수가 없어요. 그런 일일수록 최대한 은밀하게 해야 하는 게 아닌가요?"

"그 이유는 나중에 알게 될 것이오. 어쨌든 수고가 많았소."

자운엽이 부드러운 표정으로 북미에게 고마움을 표하자 북미의 눈빛이 아련해졌다.

“그럼 수고비 주세요!”

“수고비?”

“안아줘요!”

수고비란 말뜻을 못 알아듣고 눈을 끔벅이는 자운엽의 품속으로 북미가 와락 달려들었다.

‘이상한 수고비도 다 있군.’

자운엽의 품을 파고든 북미를 엉거주춤 안고 있는 순간, 덜컥 하고 방문이 열렸다.

“미랑(美郞)! 조사한 것……. 이크!”

“어맛!”

사신방의 칠대사신 중 한 명인 위충겸(偉充謙)이 봉투 하나를 들고 급히 들어서다가 두 사람을 보고는 얼른 밖으로 튀어 나갔고, 북미도 깜짝 놀라며 쥐구멍이라도 찾아 들어갈 듯이 허둥댔다.

‘망할 개백정…….’

자운엽이 와락 표정을 구기며 입속으로 중얼거렸다.

“흠흠! 들어가도 되겠소, 미랑?”

위충겸이 짐짓 예의 바른 선비 같은 목소리로 물었다.

“들어오시오!”

벌레 씹은 표정의 자운엽이 마지못해 대답하자 위충겸이 입술 끝에 웃음을 가득 물고 들어왔다.

“여기 부탁하신 자료들입니다. 험! 험!”

위충겸이 봉투 하나를 건네주며 북미와 자운엽의 표정을 슬쩍슬쩍 쳐다보았다. 그 표정에는 기대감과 뭔지 모를 아쉬움이 한꺼번에 섞여 있었다.

“왜 그렇게 힐끔거리시오?”

“아, 아닙니다. 오늘부로 미랑이 왠지 사람인 것같이 느껴져서…….”

위충겸이 얼굴 가득 퍼져 나가는 미소를 참으며 답했다.

“이봐요! 자꾸 미랑, 미랑 하는데 그게 무슨 말이에요?”

발갛게 옥용을 물들이며 돌아서 있던 북미가 휙 돌아서며 위충겸에게 고함을 질렀다. 그 표정에는 어느새 부끄러움의 감정은 사라지고 지독한 원망만이 가득했다.

‘이크!’

위충겸이 원독 가득한 북미의 시선을 마주하고는 얼른 정색을 했다.

“그러니까, 그게……. 단철패 대형께서 공자를 보고 예쁜 사내라고……. 그래서 우리는 언제나 검은 옷을 입고 있기에 그 앞에 흑(黑) 자를 붙여 흑미랑(黑美郞)이라고 부르게 되었습니다.”

“예쁜 사내……? 푸— 후후!”

북미가 자운엽의 얼굴을 쳐다보며 입술을 가리고 교소를 터뜨렸다.

‘이 인간들이……?’

자운엽이 미간을 좁히며 북미와 같이 쿡쿡거리고 있는 위충겸을 바라보았다.

“자료는 빈틈없겠지요?”

“예? 아— 예! 시킨 대로 빠뜨림없이 기록했습니다.”

“수고하셨소. 그럼 오늘 일곱 명 모두 모여 한 가지 일을 더 해주시오.”

자운엽이 입가에 보일 듯 말 듯한 미소를 지었다.

“분부만 내리십시오!”

　"이 마을 어귀를 돌아 가다 보면 기와집 마당에 송아지만한 개 한 마리가 매어져 있는 것을 보았을 것이오. 밤마다 사납게 짖어 활동하는 데 지장이 많소. 그러니 오늘 밤 일곱 명 전원이 몰려가서 소리없이 해치우시오."

　자운엽이 엄중한 눈빛으로 명령을 내리자 위충겸이 고개를 끄덕이다가 문득 이상한 표정을 지었다.

　"개 한 마리 정도야 나 혼자서라도 없앨 수 있는데 왜……?"

　"시키는 대로 당신들 두목에게 전해서 일곱 명이 전부 가서 해치우시오."

　자운엽이 단호하게 말하자 위충겸이 찔끔하며 포권을 짓고는 실내를 빠져나갔다.

　"별로 짖지도 않던데 왜 개를 없애라는 건가요? 그리고 개 한 마리 없애는데 일곱 명이 다 같이 가라는 건 더 더욱 이해가 안 가요."

　북미가 고개를 갸웃거렸다.

　"저 사람 두목도 처음에는 똑같이 이해가 안 갈 것이오. 그러다 보면 정황을 차근차근 물어볼 것이고… 결국에는 개백정이란 단어를 떠올리게 되겠지요."

　"개백정……? 깔깔깔깔―"

　단철패의 일그러진 얼굴과 다른 사람들에게 쥐어박히는 위충겸의 모습을 떠올린 북미가 자지러지며 바닥에 주저앉았다.

＊　　　　＊　　　　＊

　육진은 왼쪽 팔뚝을 걷어 올려 심한 화상 자국을 무표정하게 내려다보았다. 아주 오래전에 입은 화상인 듯 흔적이 많이 희미해졌지만, 온 팔에 걸쳐 퍼져 있는 화상 자국은 그때 얼마나 지독한 상황에 처했었는지를 짐작케 해주었다.

"더러운 관군 놈들!"

무심하게 화상 자국을 쳐다보던 육진이 으스스하게 내뱉었다.

온 마을의 양민을 학살하고 마을에 불을 지르던 관군들의 광기 어린 눈빛이 서서히 육진의 뇌리에서 되살아났다. 그리고 그 불길이 팔뚝으로 옮겨 붙었다.

"헛!"

짧은 비명을 내지르며 자신도 모르게 팔뚝을 끌어당기던 육진이 긴 한숨을 내쉬었다.

"중앙에서 나온 외팔이 계집이라고?"

육진이 귀화가 일렁이는 눈으로 벽면을 응시했다.

"배후가 누구이고, 무슨 일로 청하방을 조사하고 다니는지는 몰라도 네년은 스스로 용담호혈로 뛰어든 것이다. 난 너희 같은 썩은 관리는 이가 갈리는 사람이다. 쥐도 새도 모르게 잡아와 끔찍한 최후를 맞게 해주겠다. 후후!"

육진의 낮은 웃음소리가 실내에 음산하게 울려 퍼졌다.

"육 총사님! 조수용(調秀用)입니다."

문밖에서 들리는 한줄기 음성에 음산한 웃음을 멈춘 육진이 얼른 차분한 표정으로 바꾸고 조수용을 안으로 들게 했다.

날씬한 체격에 예민한 감각이 느껴지는 조수용이란 사내는 언뜻 보기에도 매사 신속하게 움직이며 육진의 비밀스런 명령을 수행하는 사람이란 냄새가 풍겼다.

"그래, 그 계집의 종적은 찾았느냐?"

육진이 무거운 눈빛으로 조수용을 쳐다보았다. 명령을 내린 지 벌써 며칠이 지났지만 땅으로 꺼졌는지 외팔이 계집의 행적을 찾아내지 못했기 때문이다.

"오늘 다시 모습을 드러냈습니다."

조수용이 한시름 놨다는 눈빛을 하며 얼른 대답했다.

"지금 어디에 있느냐, 그 계집은?"

조수용의 대답이 끝나기가 무섭게 육진이 다그쳤다.

"인근 마을 객점을 돌며 은밀히 육 총사님과 문조양 장로님의 신상에 관한 것을 조사하고 있답니다."

조수용이 슬쩍 육진의 눈치를 보며 말했다. 그동안 그 계집을 찾으라는 닦달이 무척이나 심했기에 어떤 명령이 쏟아져 나올지 걱정이 되었다. 청하방의 힘이 아무리 강하다고 해도 종국에 가서 끊임없이 밀려드는 관군을 모두 상대할 수는 없는 일이다.

"문 장로님과 내 신상을 캐묻고 다닌단 말이지?"

육진이 어이가 없는 표정으로 비릿한 미소를 피워 올렸다.

"용담호혈에 뛰어든 것도 모자라 잠자는 호랑이의 코털까지 잡아당기는군! 어쨌든 고맙다고 해야겠지. 오늘까지가 내 인내력의 한계였는데 때를 맞춰 다시 나타나 주니 정말 고마운 일이지."

육진은 잠시 혼잣소리처럼 중얼거리다가 번쩍 안광을 빛내며 조수용을 쳐다보았다.

"미행을 눈치 채게는 하지 않았겠지?"

"물론입니다. 요소요소에 사람을 풀어 가만히 앉아서도 계집의 동태를 하나도 놓치지 않게 하였습니다."

"내가 도착할 때까지 각별히 조심하여 행적을 추적해라. 그리고 만약의 경우 계집이 눈치 채면 배후를 캐는 일은 중단하고 즉시 생포하라."

육진의 명령을 받은 조수용이 고개를 깊이 숙이고는 실내를 빠져나갔다.

"오랜만에 가슴 깊이 쌓인 원한을 조금 더 덜어낼 수 있겠군. 흐읍—"

육진이 깊게 숨을 들이켰다.

*　　　　*　　　　*

'자 공자의 말이 맞았어! 사신방을 무너뜨릴 수 있는 약점은 칠대사신이었고, 동정채는 두목의 애첩이 약점이야. 그리고 동정호 제일방인 청하방은 육진과 문조양이야. 조사를 해 나갈수록 그 두 사람의 두뇌에서 나오는 계략이 오늘의 청하방을 만들었다는 확신이 서게 돼.'

북미는 깊은 생각에 잠기며 걸음을 재촉했다. 오늘 얻은 정보는 그동안 자운엽이 분석, 판단한 생각에 확신을 줄 것이다. 그리고 그것을 바탕으로 훨씬 더 정교한 계획을 짤 수 있을 것이다. 그런 생각을 하자 북미의 발걸음이 훨씬 더 경쾌해졌다.

처음에는 짐이 될 줄 알았다는 자운엽의 예상과는 달리, 오히려 자신이 큰 도움이 되고 있다는 말만 생각하면 가슴이 뿌듯해 왔다.

'역시!'

북미는 골목길 한쪽에서 뭔가 잊어버린 것이 있는 듯한 모습으로 잠시 눈빛을 빛내다 조금씩 걸음을 빨리했다. 그리고 다시 골목 하나를 꺾어 돌아든 순간 경공을 떨쳤다.

"제길! 눈치 챘다!"

서로 상관없는 행인 차림으로 앞서거니뒤서거니 은밀히 북미를 미행하던 사내들이 눈길을 교환하고는 동료들에게 연락할 한 명만 남겨 놓고 모두 북미를 쫓아 경공을 펼쳤다.

팟!

골목 몇 개를 돌아 나오던 북미가 앞에서 불쑥 튀어나오는 한 중년인을 보고 급히 방향을 꺾었다.

"어딜!"

그런 움직임을 예상이나 한 것처럼 육진의 신형 또한 빠르게 움직이며 북미의 얼굴을 향해 일권을 날렸다.

쉬익—

얼굴을 향해 날아드는 권풍에 고개를 옆으로 꺾은 북미가 그 자세에서 아래로 푹 주저앉았다. 그리고 다음 순간, 용수철처럼 육진의 가슴으로 뛰어들며 왼쪽 어깨로 육진의 명치를 공격했다. 한 사람의 온 체중을 실은 어깨 공격은 제대로 걸리면 그만큼 큰 충격을 받게 된다.

쉬익—

무섭게 돌진하는 북미의 공격에 육진이 필사적으로 상체를 틀었다. 그 덕택에 북미의 어깨는 육진의 명치 대신 갈비뼈 어림을 스치고 지나갔고 목표를 잃은 북미의 신형이 주춤거리는 순간, 북미의 헐렁한 오른쪽 소매가 펄렁 날아올랐다.

파악—

북미의 공격을 무위로 흘린 육진은 날아오른 북미의 소매를 잡고 세차게 벽 쪽으로 끌어당겼다.

찌이익—

북미의 소매가 찢어지는 소리가 들리며 중심을 잃은 북미가 휘청 벽
쪽으로 밀려갔다.

쿵!

빠르게 마주쳐 오는 벽을 보고 급히 한 손을 내밀어 부딪치는 충격
을 감소시킨 북미는 비단천을 몸에 감듯이 벽을 타고 신형을 구르며
남은 여력을 분산시켰다.

"정체가 무엇이기에 감히 청하방을 캐고 다니는 것이냐?"

중심을 잡는 데 온갖 힘을 다 쓰는 북미의 코앞으로 성큼 다가선 육
진이 비릿한 웃음을 흘리며 북미를 쳐다보았다. 황제 직속 기관의 명
패를 가지고 중앙에서 나왔다면 뭔가 대단한 실력을 갖추고 있을 줄
알았는데, 임기응변은 뛰어나 보였지만 그 외에는 별다른 것 없이 어설
프기만 하였다. 그리고 한참을 미행해 보았지만 조력자나 다른 패거리
는 보이지 않았다.

"잡아가서 고문을 하면 일각 안에 알아낼 수 있는 일!"

생각을 굳힌 육진은 벽 구석에 등을 붙이고 침착한 눈빛을 빛내고
있는 북미에게로 다가갔다.

"이쯤에서 기다리면 조우하게 될 것이라던 흑미랑의 짐작이 정확히
들어맞았군."

북미를 향해 다가가던 육진이 뒤에서 들리는 굵은 목소리에 흠칫 신
형을 멈추고 재빨리 등을 돌렸다.

"단철패!"

천천히 죽립을 벗고 싸늘한 미소를 피우며 다가오는 단철패를 보고
육진은 신음처럼 고함을 질렀다.

"네, 네놈이 어떻게 여길?"

육진이 연방 고개를 두리번거렸다.

이 골목은 사전에 부하들에 의해서 차단되어 있었다. 그런데도 사신방의 칠대사신 중 우두머리가 유유히 나타났다는 것은 다른 사신들도 같이 와서 자신의 부하들을 처치했다는 말이다.

육진의 눈 사이가 서서히 일그러졌다.

"네놈들이 이 계집의 배후더냐?"

육진은 상상도 못했다는 표정으로 단철패를 쳐다보았다.

영패를 내보이고 관아에서 청하방의 자료를 가져간 계집 뒤에 사신방의 패거리가 있다는 것은 도저히 이해가 가지 않았다.

"그건 당신이 알 것 없고, 어서 목이나 내놓으면 되오!"

단철패가 칼을 들어 육진을 향해 다가갔다. 그러는 사이 골목 양쪽에서 죽립을 둘러쓴 여섯 명의 사내들이 천천히 모여들었다.

"이, 이놈들!"

육진의 얼굴이 분노로 일그러졌다. 이제껏 많은 사람들을 함정에 빠뜨리기만 했지, 단 한 번도 남의 함정에 빠져 본 적이 없는 그로서는 너무도 완벽히 걸려든 함정에 참을 수 없는 분노가 솟구쳐 올랐다.

"죽이지는 말라고 했잖아요!"

서슬 퍼런 단철패의 모습을 보고 구석에서 빠져나온 북미가 소리를 질렀다.

"우리도 부수입이 좀 있어야 하지 않겠소? 미랑이야 얼마 후면 떠날 사람이지만 우리는 죽을 때까지 이곳에서 수적질을 할 사람들이지요. 이놈만 없애면 청하방은 큰 전력의 손실을 입게 되지요."

단철패는 북미의 말은 전혀 들을 생각이 없다는 표정으로 육진을 노려보았다.

"당신은 그런 쪽으로는 신경을 안 쓰는 사람인 줄 알았는데 내가 잘 못 본 것인가요?"

북미가 눈을 동그랗게 뜨고 다시 소리를 쳤다.

그동안 단철패의 행적으로 보아 누구 위에 올라서거나 다른 수적 세력을 접수하는 등의 일에는 전혀 관심이 없어 보였다. 애초에 그랬다면 몇 년 전에 사신방의 주인이 될 수도 있었다. 그러나 무슨 사연이 있는지는 모르겠지만 그는 자신의 실력과는 상관없이 생명을 구해준 사신방 방주 신을경의 명령만 우직하게 따르는 사내였다.

"신경 쓰는 것이 귀찮아서 이제껏 시키는 대로만 하고 살았는데 최근 한 사내 때문에 개안을 했소. 앞으로도 계속 예전처럼 무신경하게 살다가는 언젠가 호되게 뒤통수를 맞고 수장되기 십상이란 생각이 들더군요."

단철패가 싸늘한 표정 속에서 한 가닥 차가운 미소를 피워 올렸다.

"미안하군."

단철패가 칼 잡은 손에 불끈 힘을 주며 육진을 쏘아보았다.

"이 살귀 같은 놈! 나라고 그렇게 호락호락 당할 줄 아느냐!"

육진이 야차 같은 얼굴을 하며 주먹을 움켜쥐었다.

"당신의 무공 실력은 내가 잘 알지. 그만 가시오!"

"안 돼요!"

북미의 고함 소리에도 불구하고 단철패의 칼이 육진의 가슴을 향해 무섭게 떨어져 내렸다.

쉬익—

단철패의 칼과 육진의 주먹이 부딪치려는 찰나, 화살 하나가 무섭게 날아와 단철패의 가슴을 노렸다.

따앙—

육진의 주먹에 부딪치려던 단철패의 칼이 화살을 쳐내며 주춤 옆으로 밀려났다.

"어리석은 놈!"

나직이 울려 퍼지는 고함 소리에 단철패와 육진이 동시에 고개를 돌렸다.

"자, 장로님!"

육진이 당황한 눈빛으로 뒤쪽 골목 담장 위에 서 있는 문조양을 쳐다보았다.

휘익—

제법 높은 담장 위에서 구름이 내려앉듯 가볍게 바닥으로 내려선 문조양이 뒷짐을 쥔 채 천천히 다가왔다. 그리고 그 뒤로 활을 든 수십 명의 청하방 무리들이 바람처럼 움직이며 골목 사방을 에워쌌다.

"제길!"

순식간에 재역전된 상황에 단철패가 욕지거리를 내뱉으며 눈짓으로 부하들을 모이게 했다.

활을 든 청하방 무리들 앞에서 지금 현재 자신이 내밀 수 있는 패는 사로잡은 육진을 이용하는 것뿐이었다. 골목 구석에 몰아붙인 육진을 부하들과 함께 꼼짝 못하게 막은 단철패가 문조양을 쳐다보았다.

"문 노선배께서 이곳까지 직접 오실 줄은 몰랐소. 오래전에 입은 상처 때문에 거동이 불편하다고 들었는데 거짓 소문이었던 모양이오."

단철패가 최대한 태연을 가장하며 소리를 질렀다.

"후계자를 잘못 키워놓았으니 늙어서도 이 고생이구먼. 어찌 된 놈이 관이라는 소리만 들으면 이성을 잃는다네. 그러다 보니 이번에도 마음을 놓을 수가 없더군. 그건 그렇고… 자네야말로 정말 뜻밖이네.

이제껏 발톱을 숨기고 있다가 순식간에 사신방과 동정채를 집어삼킨 것인가? 그렇다면 자넨 정말 무서운 사람일세……."

문조양이 긴장된 눈빛으로 단철패의 얼굴을 뚫어지게 쳐다보았다.

지금까지의 행동으로 보아 자신이 아는 단철패는 죽었다 깨어나도 이런 일을 벌일 수 있는 놈이 아니라고 단정 지었는데, 돌아가는 상황과 좀 전에 육진을 죽이려던 모습을 보니 그 판단이 백팔십 도 잘못되었다는 것을 느꼈다. 그렇다면 이놈은 정말 무서운 인간이란 생각이 자연히 뒤따르며 가슴을 무겁게 했다.

"육진 그 사람을 내어주게. 그럼 우리도 아무 짓 않고 떠나겠네."

문조양이 부드러운 목소리로 단철패에게 협상할 뜻을 내비쳤다.

'빌어먹을!'

단철패가 육진을 쳐다보며 한숨을 내쉬었다.

문조양 저 노인이야 나이도 많은데다 최근에는 소싯적에 다친 상처까지 도졌다고 하니 얼마 못 갈 것이고, 그렇다면 청하방의 두뇌는 육진 이놈이다. 그런 육진을 처치할 절호의 기회를 잡고서도 놓아주어야 한다는 생각에 단철패는 오만상을 찌푸렸다.

"노선배 말을 어떻게 믿소?"

단철패가 아직도 활을 겨누고 있는 청하방 무리들을 보며 말했다.

"모두 들고 있는 활을 저 앞으로 던지거라."

문조양의 말이 떨어지자 청하방 무리들이 당겼던 활시위를 풀고 활과 화살을 멀찍이 앞쪽으로 던졌다.

"자! 이제 육진을 이리 보내게. 활이 없는 이상 우리도 자네들의 칼이 겁난다네. 그러니 육진만 보내주면 싸우자고 해도 그만 가겠네."

"쩝!"

단철패가 다 잡은 고기를 놓쳤다는 표정을 지으며 한 발 옆으로 비
켜섰다.

"그 말을 믿소?"

단철패가 비켜난 공간 사이로 육진이 한 발 움직이려는 순간, 여섯
개의 죽립 중 한곳에서 귀에 익은 목소리가 들렸다.

"미, 미랑!"

"자 공자!"

깜짝 놀란 두 사람의 고함 소리에 걸음을 옮기려던 육진이 우뚝 걸
음을 멈추었다.

"어, 어떻게?"

북미가 어안이 벙벙한 표정으로 누가 자운엽인지 연신 눈동자를 굴
렸다.

"방금 활을 버린 사람들보다 더 많은 무리들이 저 뒤쪽에서 활을 들
고 숨어 있소. 저자를 보내는 순간 화살이 비 오듯이 쏟아질 것이오."

여섯 명의 사신들 중 가운데쯤에 있던 자운엽이 죽립을 벗고 육진을
막아섰다.

'으음!'

뭐가 어찌 돌아가는지는 몰랐지만 왠지 좋지 않은 방향으로 흘러가
는 분위기를 느낀 육진이 유심히 자운엽의 모습을 살폈다.

"도대체 어떻게 된 것인가요, 자 공자?"

북미가 소리를 질렀다.

"지금은 그게 중요한 게 아니오. 저 앞에 서 있는 늙은 생강이 어떻
게 나올지가 더 중요하오!"

자운엽이 한 치의 틈도 없이 육진을 차단하며 문조양의 움직임을 동

시에 주시했다.

'뭔가, 이놈은?'

육진은 도무지 갈피를 잡을 수가 없었다.

사신방의 칠대사신들 복장을 하고 있었지만 이놈은 절대로 사신들 중 한 명이 아니다. 아직 솜털도 가시지 않은 얼굴로 보아 스물을 겨우 넘어 보였다. 그런 놈이 여기가 어디라고 끼어든단 말인가?

그런 심정은 문조양 역시 마찬가지였다.

육진이 단철패의 손에서 빠져나오는 순간, 향후 제일 무서운 적이 될지도 모를 사신방의 일곱 살인귀들을 모조리 고슴도치로 만들어 버릴 생각이었는데, 죽립을 벗고 불쑥 얼굴을 내민 새파란 젊은 놈 하나 때문에 모든 계획이 수포로 돌아갔다.

"어린 놈! 네놈은 누구냐?"

문조양이 뚫어질 듯 자운엽을 쳐다보며 나직하게 질문했다.

"이 사람들은 나보고 흑미… 아니, 흑랑(黑狼)이라고 부르오!"

자운엽이 순식간에 자신의 별명을 예쁜 사내에서 검은 늑대로 바꾸어 말했다.

"흑랑……?"

문조양이 자운엽의 말을 되뇌며 고개를 갸웃거렸지만 자신의 기억 속에 들어 있는 수많은 이름들 중에 그런 이름은 기억나지 않았다. 그런 것이야 어떻든 상관없다. 그런데 저렇게 어린 놈이 어떻게 자신의 계략을 꿰뚫고 있는 것일까? 이중, 삼중의 장막을 만들며 은밀하게 또 다른 궁수들을 매복시켜 두었는데 귀신같이 알아채고 일을 망쳐 놓았다. 그럴 정도의 놈이라면 지금부터도 결코 쉽지 않을 것이다.

자신의 기력이 쇠퇴해지면 육진 저놈이 해단려의 오른팔이 되어 방주를 보필해야 청하방의 장래에 대한 걱정을 떨칠 수 있을 것이건만, 일을 훼방 놓은 자운엽의 눈을 본 문조양은 예전에 다쳤던 가슴이 답답해 오며 숨 쉬는 것마저 곤란하게 느껴졌다.

"그런 이름은 들어본 적이 없다. 그러니 어린 네놈은 물러서라. 난 저놈 단철패와 협상을 하고 싶다."

문조양이 넌지시 자운엽의 심기를 긴드려 보았다. 그렇게 함으로써 단철패와 자운엽의 관계를 떠보려 했다.

"이 사람들은 당분간 내 일에 협조하기로 했소. 그러니 할 말이 있으면 나에게 하시오."

문조양의 심중을 읽은 자운엽이 간단하게 대답했다.

"으음!"

문조양이 침음성을 흘렸다.

애초의 짐작대로 사신방과 동정채를 순식간에 장악한 놈은 단철패 저놈이 아닌 것이다. 육진을 사로잡으려 나타난 놈이 단철패였을 때는 무척 혼란스러웠는데, 자신의 판단대로 단철패란 놈은 우직스러운 힘을 더 중요하게 여기는 놈이 맞는 것이다.

언제나 그런 자신의 판단이 맞아떨어진 후에는 작은 승리감이 가슴 한구석에서 솟아올랐지만 오늘은 정반대로 묵직한 돌덩이 하나가 가슴 한복판을 짓눌렀다.

"또 다른 궁수가 있다는 것을 어떻게 알았느냐?"

그 말과 함께 문조양이 손짓을 하자 숨어 있던 궁수들이 신속히 달려나와 활을 겨누었다.

"사람의 성격을 여러 각도에서 파악하다 보면 행동 방향이 보이게 되지요. 솔직히 노인장이 이곳에 직접 나타날지 아닐지가 문제였지,

나타난 이상 그 정도는 충분히 예상 가능한 일이지요.”

자운엽이 전혀 빈틈을 찾을 수 없는 눈으로 문조양의 눈을 응시했다.

“어린 놈이… 소름 끼칠 정도구나.”

잠시 자운엽과 시선을 교환하던 문조양이 시선을 거두며 나직하게 중얼거렸다.

“내 예상보다 이 사람에 대한 노인장의 애정이 크신 듯하니 일이 훨씬 쉽게 풀릴 것 같소. 육진이란 사람 하나만 잡아도 성공이라 생각했는데 문조양 장로까지 잡았으니 완벽히 성공한 셈이지요.”

차분하게 말을 맺은 자운엽의 입가에 상황과 전혀 어울리지 않는 승리의 미소가 떠올랐다.

‘나까지 잡았다고……?

자운엽의 말을 들은 문조양이 어이가 없는 표정을 짓다가 얼른 주변을 둘러보았다. 그러나 그 어디에도 자신이 데리고 온 청하방 무리들 외에 다른 무리들은 보이지 않았다.

‘미친놈인가?

문조양은 도저히 이해가 가지 않는 자운엽의 말에 눈살을 찌푸렸다. 비록 육진이 인질로 잡혀 있기는 했지만 누가 보아도 잡힌 쪽은 단철패와 흑랑이라 불리는 저놈이 분명하거늘, 육진과 자신을 잡았다니?

스슥!

자운엽과 문조양의 대화에 모든 사람의 신경이 쏠려 있는 틈을 타 육진이 천천히 몸을 움직였다. 그리고 어느 순간 구석 한쪽에 바짝 몸을 붙였다. 그것은 문조양이 데리고 온 궁수들에게 자운엽과 단철패를 향해 화살 날릴 기회를 준 신속한 행동이었고 문조양 또한 그 순간을 놓칠 사람이 아니었다.

“쏴라!”

이런 가까운 거리에서라면 옆으로 비켜선 육진에게 전혀 위험을 주지 않고 단철패 일행과 자운엽을 충분히 고슴도치로 만들 것이란 확신이 선 문조양이 가차없이 명령을 내렸다.

“어헉!”

전혀 예상치 못한 상황에 단철패가 다급성을 질렀다. 그러나 그 비명을 다 뱉어내기도 전에 수많은 화살이 코앞으로 날아들었다.

파파파파팍—

죽음을 의식한 단철패의 눈앞에서 헤아릴 수 없는 은빛 나비들이 춤을 추었다.

퍼퍼퍼퍼픽!

“멈춰라!”

날아온 화살들이 어딘가에 둔탁하게 꽂히는 소리가 들리며, 동시에 경악에 찬 문조양의 목소리가 온 골목 안에 울려 퍼졌다.

“으으……”

순간적인 폭발과도 같은 상황이 끝나고 잠시 숨 막히는 정적이 있은 후, 구석 쪽으로 몸을 바짝 붙인 육진의 입에서 혼이 나간 듯한 신음이 흘러나왔다.

“더 해보겠소? 계속 하다 보면 나도 하나쯤 실수하여 내가 원하는 곳이 아닌, 다른 곳으로 쳐낼지도 모르겠는데 말이오!”

장난기와 조소가 한꺼번에 뒤섞인 웃음을 배어 문 자운엽이 문조양을 향해 느긋하게 말했다.

“으음!”

문조양 역시 불식간에 신음성을 흘리며 놀란 눈으로 자운엽을 잠시 쳐다본 후 육진의 온몸 구석구석을 세세히 살폈다. 그리고는 길게 한숨을 내쉬었다.

육진이 자운엽과 단철패 무리에서 떨어지는 순간 득달같은 명령과 함께 날린 화살은 앞에 선 놈들을 고슴도치로 만들어줄 것을 믿어 의심치 않았다. 그리고 그 믿음은 단철패 등의 절망적인 표정에서 재삼 확인할 수 있었다. 그러나 화살이 코앞까지 날아올 때까지도 눈 하나 깜짝 않고 서 있던 어린 놈이 언제 꺼내 들었는지 비단천 한 조각을 어지럽게 흔들었고, 팔랑거리는 비단천에 부딪친 화살은 단 한 개도 바닥에 떨어지지 않고 모두 육진의 목 언저리 양쪽에 꽂혔다. 어린 놈 말대로 한 개라도 실수를 했더라면 육진은 지금쯤 목이 관통되어 나자빠졌을 것이다.

"대체 네놈은 누구냐?"

문조양이 자운엽을 향해 갈라진 목소리로 질문했다.

"역시 나이가 들면 기억력이 흐려지는 모양이오. 아까 분명히 흑랑이라고 했지 않았소? 그리고 웬만하면 그 활들은 좀 내리시오. 앞으로 한 개라도 더 날리면 정확히 이자의 목 한가운데로 쳐내겠소!"

자운엽이 날카로운 눈으로 궁수들을 쳐다보자, 찔끔한 표정의 청하방 궁수들이 문조양의 명령이 있기도 전에 얼른 활을 내렸다.

"짐작하시겠지만 난 이들 중 한 명과 옷을 바꿔 입었소. 그럼 나와 옷을 바꿔 입은 그 사람이 지금 어디 있을지 궁금하지 않소?"

자운엽이 망연한 표정의 문조양을 향해 질문을 하자 문조양이 자신도 모르게 고개를 돌리며 지붕과 담장 위를 쳐다보았다. 그와 함께 활을 내린 무리들도 순간적으로 문조양과 똑같이 행동했다.

"후후! 보기보다 단순한 사람들이오, 당신들은……."

자운엽이 피식 웃음을 흘리고는 다시 입을 열었다.

"그 사람과 옷을 바꿔 입은 즉시 난 그 사람을 이곳에서 제일 가까운 관아로 보냈소. 아마 일각 안에 관병들이 새까맣게 몰려올 것이오. 똑같이 떳떳한 입장은 못 되지만 우리 쪽에는 관아의 비밀 자료를 마음대로 요구할 만한 신분을 가진 사람이 있소. 그러니 이렇게 계속 대치하고 있으면 어느 쪽이 더 유리할 것 같소?"

말을 마친 자운엽이 느긋한 표정으로 문조양을 응시하자, 문조양의 눈빛이 어지럽게 흔들리며 당황한 빛이 흘러나왔다.

"워, 원하는 게 무엇이냐?"

마음이 급해진 문조양이 더듬거리기까지 하는 목소리로 얼른 질문했다.

인근 관아의 도둑놈들이야 자신이 모르는 사람이 없다. 또한, 그들은 현령의 말보다는 자신의 말을 더 잘 듣는다고 해도 과언이 아니다. 그러나 황제 직속 기관이니 뭐니 하는 저 계집이 끼어든다면……?

그 날도둑놈들은 이제껏 스스로 저지른 도둑질을 은폐하기 위해서라도 입에 거품을 물고 자신들을 잡아 죽이려 들 것이다.

"우선 이 자리를 피하는 것이 급선무가 아닐까요?"

문조양의 심중을 훤히 읽고 있기라도 하듯 자운엽이 짧게 답하자 문조양이 연신 고개를 끄덕였다.

"이 담을 넘으면 우리가 준비한 술상이 있소. 군사들이 사라질 때까지 느긋하게 한잔하며 기다리는 것도 괜찮은 일이라 생각하오만?"

그리 멀지 않은 곳에서 군사들이 몰려오는 소리를 들은 자운엽이 소리가 난 쪽으로 슬쩍 고개를 돌렸다가 턱짓으로 한쪽 벽을 가리키며 말했다.

"어서! 어서 담을 넘어라!"

문조양이 뒤를 돌아보며 고함을 질렀고, 놀란 무리들이 신속히 담을 넘었다.

"북미! 당신은 저 관병들을 이 집 주변에 뺑 둘러싸게 하시오. 개미 새끼 한 마리 못 빠져나갈 정도로."

"푸후후— 잘 알겠어요, 흑랑! 염려 말고 얘기 나누세요. 키킥!"

북미가 웃음을 멈추지 못하며 단철패 등과 함께 저 앞에서 달려오는 군사들을 향해 걸음을 옮겼고, 자운엽은 문조양과 육진을 이끌며 마지막으로 담을 넘었다.

'둘 다 잡았다는 말뜻이 이것이었구나. 허허!'

땅을 박차는 문조양이 내심 탄식처럼 외쳤다.

"쯧쯧!"

담을 넘은 문조양은 정원 나무 그늘 아래에 펼쳐진 광경을 보고 혀를 찼다.

제법 널찍한 그늘에는 보기만 해도 침이 넘어갈 만한 안줏거리와 함께 향기가 진동하는 미주가 몇 동이나 준비되어 있었다. 그것들은 한바탕 쫓고 쫓기는 활극을 펼친 무리들의 군침을 절로 넘어가게 만들었다.

"꿀꺽!"

급기야 사내들의 울대에서 침 넘어가는 소리가 하나둘 들려오기 시작했다.

밖에는 자신들을 잡으려는 군사들이 눈을 벌겋게 뜨고 이 집을 둘러싸고 있었지만 당장 눈앞에 보이는 음식은 순간적으로 그 사실마저 잊게 만들며 구미를 돋우게 했다.

"모두 편한 자리로 앉으시오. 여러분들을 이리로 모시기 위해 관병들의 힘을 빌렸지만 그들은 곧 물러갈 것이오. 그리고 협상이 타결되든 결렬되든 음식 값은 받지 않을 테니 마음껏 드시오.”

자운엽이 호쾌한 목소리로 팔을 벌려 음식상을 가리켰다.

‘여우 같은 놈!’

문조양은 쓴웃음을 삼켰다.

아무리 사나운 개라도 자신에게 음식을 던져 주는 사람은 물지 않는다. 비록 지금까지 활을 들이대고 심장을 향해 화살을 날린 사이지만 이렇게 푸짐한 음식을 대접하는 사람에게는 무의식적으로라도 호감을 가질 수밖에 없다.

자신 역시 음식 냄새와 주향에 코가 벌름거려지며 흑랑이라는 저 어린 놈에게 어쩔 수 없는 호감 한 가닥이 솟아오르는 것을 느낄 수 있었다.

“모두 둘러앉거라! 군사들 창칼에 죽어 나갈지, 살아 나갈지는 모를 일이지만 먹고 죽은 놈은 때깔이라도 좋은 법이니 차린 음식을 들도록 해라!”

문조양이 말과 함께 제일 먼저 음식상 앞으로 다가앉자 무리들도 하나둘 자리를 잡았다.

“우선 목부터 축이시오.”

자운엽이 빙긋 웃으며 문조양에게 술을 권하자 움찔하던 문조양도 피식 웃으며 잔을 받았다.

“그래! 자네 말대로 우리 두 사람은 완벽하게 잡혔네. 그러니 어쩔 셈인가? 아니, 그보다도 무엇 때문에 이런 일을 벌였는지 그 이유부터 들어봄세.”

한 잔 술을 단숨에 비운 문조양이 이번에는 자운엽에게 술을 권하며 물었다.

"그동안 공짜 밥을 먹은 가문에 밥값을 하기 위함이오."

"밥값?"

옆에 있던 육진도 눈 사이를 좁히며 자운엽의 말을 되뇌었다.

"우리를 잡은 것과 자네 밥값이 무슨 상관이 있나?"

문조양이 깊숙한 눈빛으로 자운엽을 쳐다보았다.

"그 가문에 호남성 소금 전매권인 염인(鹽引)을 가져다 주기로 했소. 그러자면 몇 가지 사전 작업이 필요하지요."

"사전 작업이라니……? 사신방과 동정채의 주인을 바꾸고, 이젠 우리 청하방의 주인까지 갈아치우는 것이 자네의 사전 작업인가?"

문조양의 눈빛이 다시 날카로워졌다. 어떠한 일이 있어도 청하방의 주인을 바꾸는 일은 용납할 수가 없기 때문이다.

"주인을 바꾸는 일은 하지 않았소. 사신방과 동정채 두 곳은 얼마 동안 제가 하자는 대로 해주겠다는 약속을 한 것뿐이오. 물론 그렇게 하다 보니 남들 눈에는 주인이 바뀌어 버린 것으로 보이겠지요. 하지만 절대로 여러분들 조직을 와해시키거나 틀을 바꾸려는 생각은 없소."

자운엽이 정색을 하며 말했다.

"그렇다면 다행이네. 하지만 자네 말을 전적으로 믿을 수 없기는 마찬가지일세."

문조양이 주름 가득한 이맛살을 찌푸리며 말했다.

"단도직입적으로 얘기하게. 뭘 어쩌겠다는 것인가?"

이번에는 육진이 약간 언성을 높였다.

"그렇게 하려면 두 분과는 따로 자리를 마련해야겠군요. 들어가시지요. 저 안에 따로 자리를 만들어놓았으니까."

자운엽이 문조양과 육진에게 안으로 들어갈 것을 권하자 두 사람은 서로 눈길을 마주하며 허탈한 표정을 지었다.

머리를 쓰고 계책을 꾸미는 데는 누구도 부럽지 않은 자신들 두 사람이 오늘은 철저하게 정체 모를 어린 놈의 각본대로 움직이고 있다는 것을 느꼈기 때문이다.

"오늘은 처음부터 끝까지 완벽하게 당하는구먼. 이왕 당한 일, 갈 데까지 한번 가봄세."

문조양이 머리를 설레설레 흔들며 몸을 일으키자 육진도 주춤주춤 자운엽과 문조양을 따랐다.

"우선 청하방 방주님의 목걸이가 필요하오."

"목걸이?"

자운엽의 말을 들은 문조양과 육진은 얼른 고개를 돌려 다시 서로의 얼굴을 쳐다보았다.

청하방 방주 해단려의 목걸이는 해단려가 목숨을 내놓을지언정 절대로 내놓지 않으려고 할 만큼 중히 여기는 물건이었다. 그것을 누구보다 잘 아는 자신들이었기에 대뜸 흘러나온 자운엽의 말에 두 사람의 표정은 점점 굳어져 갔다.

"영원히 달라는 것이 아니라 얼마간 빌려달라는 말입니다."

굳어진 문조양과 육진의 표정을 보며 자운엽이 다시 말했다.

"어떻든 마찬가지일세. 우리 방주는 그것이 자신의 목에서 벗겨지는 날을 목이 떨어지는 날로 생각하는 사람이니까."

"그래서 두 분을 여기 모신 것이지요. 그간 알아본 바로 청하방 방주는 의리가 깊은 사람으로 알고 있소. 결코 목걸이 하나와 다른 한 가지 조건 때문에 두 분을 포기할 사람이 아니라고 생각하오. 그리고 또, 두 분이 안 계신다면 청하방은 사상누각이라는 것을 누구보다 잘 알고 있는 사람이라는 것도."

자운엽의 말을 들은 육진이 자운엽을 뚫어지게 쳐다보았다.

말은 두 분을 여기 모신다고 했지만 결국 자신들 두 사람은 포로가 된 것이다. 그리고 협상이 결렬된다면 이놈은 자신들을 없애고 무력으로라도 자신의 목적을 달성하려 할 것이다.

벽 한쪽 구석에서 귀신도 눈치 채지 못할 정도로 몸을 피해 화살을 날리게 했을 때, 이놈은 그것을 정확히 꿰뚫고 날아오는 화살을 의도적으로 자신의 목 양쪽에 꽂히게 만들었다. 그만한 실력이면 칠대사신만 이끌고 가더라도 청하방을 어렵지 않게 무너뜨릴 수 있을 것이다. 하물며 동정채와 사신방의 모든 인력을 끌고 들이닥친다면……?

생각만 해도 아찔한 일이다.

"자넨 여우인가, 늑대인가?"

문조양 역시 비슷한 결론에 이르렀는지 무거운 음색으로 자운엽에게 질문했다.

"여우가 안 통하면 늑대로 돌변하는 체질이지요."

자운엽이 간단하게 답했다.

"그렇군! 충분히 그럴 것 같군. 청하방이 명맥이나마 유지하려면 방주의 고래 이빨 목걸이는 포기하게 만들어야겠구먼……."

문조양이 몇 년은 더 늙어버린 표정으로 혼잣소리인 듯 중얼거렸지만 그 소리는 어떤 명령보다 더 강한 어조로 육진의 고막을 파고들었다.

"그럼 다른 조건은 어떤 것인가?"

이번에는 육진이 자운엽을 보고 질문했다.

"앞으로 한 달 동안 소금 장사를 중단해 주시오. 정확히 한 달이면 되오. 한 달이 지난 후엔 예전과 다름없이 장사를 하면 됩니다."

"그리고?"

"그것이 전부입니다."

자운엽이 두 가지 조건만을 제시하고는 더 이상의 조건을 제시하지 않자 문조양이 뭔가 미심쩍은 듯 자운엽을 응시했다. 그리고는 그 의 문점을 확인했다.

"다른 두 곳에서는 주인이 바뀌었네. 그런데 우리 청하방에는 왜 그 것을 요구하지 않는가?"

"어차피 해단려 방주는 목걸이를 넘겨준 후부터 칩거에 들어갈 것으로 예상하고 있소. 그러고도 남을 사람이니까요. 그러니 굳이 그 조건을 덧붙일 필요는 없지요."

"그건……."

육진이 뭔가 반박을 하려다가 잠시 생각을 하고는 입을 다물었다. '그건 말도 안 되는 소리'라며 고함이라도 치고 싶었지만 그 말을 듣고 보니 방주 해단려는 충분히 그러고도 남을 것 같다는 생각이 들었다. 동시에 가슴 저 밑바닥에서 두려움 한 가닥이 용솟음쳐 올랐다.

갈수록 놀라움을 더하게 해주는 이 어린 놈은 하루 종일 같이 있는 자신들보다 더 정확히 방주의 성격을 파악하고 있는 것 같았다. 사신방과 동정채의 주인이 순식간에 바뀌어 버린 일이 이젠 이해가 가고도 남음이 있었다.

"만약 우리 방주가 끝까지 우리 말을 듣지 않는다면 어쩔 것인가?"

문조양이 체념한 표정이 되어 마지막으로 자운엽의 의중을 떠보았다.

"그땐 발톱과 이빨을 날카롭게 드러낸 늑대가 되겠지요."

자운엽이 가차없이 답했다.

"처음부터 그랬으면 더 쉬웠을 텐데 왜 이런 복잡한 방법을 택한 것인가?”

“난 이 방법이 더 쉽습니다.”

“그런… 가? 그렇다면 할 말 없구먼.”

문조양이 입맛을 다셨다.

“마지막으로 한 가지만 더 물어보세. 지금껏 자네가 추진한 일들로 어떻게 염인을 받아낼 수 있는가?”

“한 달 동안만 부탁한 대로 해주시면 그것을 밑천으로 사기를 좀 칠 생각이오.”

“사기?”

문조양의 눈 사이가 다시 모아졌다.

“결코 귀 방에는 피해가 가는 일이 없도록 할 테니 아무 염려 마시오. 그리고 그동안 장사를 못한 손해는 일이 끝난 후에 두 배로 보상해 드리겠소.”

“이거야 원……! 허허!”

자운엽의 말이 끝나고 한참 묵묵부답으로 있던 문조양이 마침내 너털웃음을 터뜨렸다.

“당근과 채찍을 완벽히 준비하고 몰아붙이니 도저히 빠져나갈 구멍이 없구먼. 장강의 앞 물이 뒷물에 밀린다는 말이 바로 이런 경우에 쓰이는 말이야. 육진! 자네는 다른 의견이 있는가? 난 깨끗이 항복일세.”

문조양이 육진에게 의향을 물었다.

“장로님께서 두 손 든 일을 저라고 무슨 수가 있겠습니까? 이제부터 열심히 방주님을 설득할 계책이나 세워봐야지요.”

육진이 말을 맺으며 자운엽에게로 고개를 돌렸다.

“그런데 자네도 관부와 연관이 있나?”

육진의 눈빛이 날카롭게 빛났다.

"전혀!"

"그럼 밖에 있는 저 소저는?"

"예전에는 조금 관련이 있었지만 지금은 저를 도와 사기 치는 일에 전념하고 있지요."

"그럼 됐군!"

육진의 눈길이 천천히 아래로 내려졌다.

"그럼 협상은 타결된 것으로 알겠습니다."

자운엽이 문조양을 바라보며 결론을 내렸다.

"방주를 설득해야 한다는 과제가 남았긴 하지만… 그건 어떻게든 우리가 알아서 하겠네. 그러니 타결되었다고 봐도 무방하네."

"잘 알겠소! 그럼 난 나가서 관병들을 물리고 사라지겠소. 삼 일 후 사람을 보낼 테니 귀 방 방주님의 목걸이를 빌려주시오."

자운엽이 문조양을 향해 가볍게 고개를 숙인 후 자리에서 일어섰다.

"자네… 언젠가 한가해지거든 우리 청하방에 와서 밥 좀 얻어먹고 가게. 우리한테는 어떤 식으로 밥값을 해줄지 심히 궁금하니 말일세."

육진이 자운엽을 보고 얼핏 미소를 지으며 말했다.

"그럴 날이 있을지도 모르지요."

자운엽도 보일 듯 말 듯한 미소로 답하고는 등을 돌렸다.

"그런데… 도대체 자넨 누군가?"

문턱을 넘어서는 자운엽의 뒤통수에 문조양의 날카로운 질문(?)이 화살처럼 날아왔다.

◆ 제49장

재회(再會)

재회(再會)

"후후! 이 정도면 거지 소굴치고는 제법 훌륭하군!"

개방의 호남성 평강 분타(平江分舵) 대문 앞에서 한 청년이 이리저리 주변을 둘러보며 흡족한 표정을 지었다.

그런대로 대문이 달려 있고, 제법 건물의 모양이 갖추어져 있었지만 개방이란 방파에 속한 건물인지라 빈곤의 냄새가 물씬 풍겨 나왔다. 그러나 평강 분타의 대문을 바라보는 청년의 눈빛은 그 안에 무슨 보물이라도 있는 듯 진지하게 대문 안팎의 동정을 살폈다.

한동안 그렇게 동정을 살피던 청년이 어느 순간 깊이 숨을 들이키며 조용히 쌍장을 들어 올렸다.

퍼엉—

들어 올린 쌍장이 앞으로 쭈욱 뻗어 나가자 청년의 쌍장에서 나온 푸르스름한 기운이 평강 분타의 대문을 향해 폭사됐다.

쾅—

와지끈!

그러지 않아도 위태위태하게 달려 있던 평강 분타의 대문이 순식간에 산산조각나며 분타의 마당 안으로 날아들었다.

"무, 무슨 일이냐?"

"웬 놈이야?"

벌건 대낮에 날벼락을 맞은 개방도들이 삽시간에 벌 떼처럼 대문으로 몰려나와 상황을 살피기에 여념이 없었다.

말이 대문이지 세찬 바람이라도 한번 불면 스스로 쓰러져 버릴 듯한 평강 분타의 초라한 나무 문이었다. 부수려고 마음먹는다면 발길질 한 번으로도 충분하겠지만 수천, 수만 명, 아니, 다 합친다면 그 몇 배가 될지도 모르는 인원을 가진 개방이었기에 그 대문을 부순다는 것은 웬만한 인간으로서는 할 수가 없는 일이었다.

그런데도 평강 분타의 대문을 향해 쌍장을 날린 청년은 '내가 범인이오' 라는 말을 외치듯 팔을 뻗은 자세를 그대로 유지하며 태연하게 서 있었다.

"그냥 한번 차버리고 말 걸 그랬나?"

한 번의 쌍장에 너무나 완벽하게 부서진 개방 분타의 대문을 바라보며 약간은 미안한 표정을 짓던 청년은 몰려나온 개방도가 모두 자신을 대문 파괴범으로 인정한다는 눈빛을 하자 천천히 쌍장을 거둬들였다. 그리고는 자신을 무슨 희귀 동물 보듯 쳐다보는 개방도를 향해 빙그레 미소를 지었다.

"대문이 너무 낡았군요. 이 참에 새것으로 바꾸시는 게 어떨는지?"

여전히 미소를 잃지 않은 청년이 개방도를 향해 부드럽게 말했다.

“저놈 저거 미친놈 아닌가?”

땟물이 반지르르하게 흐르는 거지 하나가 어이없는 표정으로 중얼거렸다. 있으나 없으나 별반 차이가 없는 대문이었지만, 그것을 공력을 모아 의도적으로 부숴 버리고 느긋이 서서 모두를 둘러보는 모습이 도저히 제정신을 가진 놈으로 볼 수가 없었다.

“이 대문을 자네가 부수었나?”

막 달려온 이결제자 하나가 나서서 청년을 향해 질문을 던졌다.

질문을 던지면서도 이결제자는 쌍장을 뿌린 것으로 여겨지는 젊은 이가 누군가 다른 사람을 향해 뿌린 장력이 잘못 날아와 개방 분타의 대문에 맞았겠지 하는 의구심을 떨치지 못했다.

“보시다시피…….”

청년은 양손을 접었다 폈다 하며 장력을 발출시킨 손이 바로 이 손이란 모습으로 답했다.

“어쩌다 이런 실수를 하게 됐나? 조심하지 않고서…….”

아직까지도 청년이 뭔가 실수를 했다고 굳게 믿은 이결제자가 부드러운 표정으로 말했다.

“문짝이 하도 거지 같아서 그냥 부숴 버리고 싶더군요!”

모두의 예상과는 너무나도 벗어난 청년의 대답에 이결제자는 물론이고 다른 모든 거지들이 눈만 휘둥그레 뜨고 꿀 먹은 벙어리가 되었다.

“자, 자네… 방금 무어라 했는가?”

이결제자 추개(秋丐)가 손가락으로 자신의 귓구멍을 후벼 파며 청년에게 재차 질문했다.

“호북 평강 분타의 대문짝이 하도 거지 같아서 부숴 버렸다고 했소!”

"이, 이런 멀쩡한 놈을 보았나? 개방의 대문짝이 거지 같지 대궐 같을 줄 알았느냐?"

추개가 마침내 거품을 물며 고함을 질렀다.

처음에는 정신 나간 놈이거나, 아니면 실수로 무너지기 직전의 평강 분타 대문짝을 부순 줄 알았는데 이놈은 정신 나간 놈도, 실수로 평강 분타 대문짝을 부순 게 아니었다.

일부러 방도가 많이 모이는 시간을 틈타 문짝에 쌍장을 날린 것이고, 장력으로 문짝을 날리고도 한참 동안이나 그 자세를 유지한 채 시위라도 하듯 자신의 행위를 모두에게 최대한 잘 보이게 하는 모습은 아예 작정을 하고 시비를 걸고 있는 것이었다.

"아무리 거지 소굴이라도 그렇지, 일개 분타의 대문짝이 그 꼴이 뭐요? 눈에 거슬려 도저히 그냥 지나갈 수가 있어야지요."

"네놈은 목숨이 몇 개나 되느냐?"

다른 거지 한 사람의 목소리가 낮게 내리깔렸다.

개방 방도 개인을 때렸다 하더라도 참을 수 없는 일이거늘, 이놈은 평강 분타의 모든 방도에게 장력을 날린 것이나 마찬가지였다. 정신 나간 놈도 아니고, 실수도 아닌 명백히 의도적인 시비인 이상 이젠 응징을 해야 할 때이다.

그러나 낮은 목소리의 거지와는 달리 추개의 눈은 찬찬히 청년의 모습부터 살폈다. 시냇가 거지 움막도 아닌 개방의 일개 분타 대문을 박살 내고도 이렇게 태연히 서 있는 놈이라면 분명 한가락 하는 놈일 것이다. 그 점이 추개로 하여금 섣불리 손을 쓰지 못하게 하는 요인이었다.

"저놈이 확실하군!"

멀찌감치서 개방 분타의 대문을 날려 버린 청년과 그 청년을 둘러싼 거지 무리들을 쳐다보던 엄한필이 이채 띤 눈빛으로 말했다.

"그런 것 같군요! 의도적으로 개방에 시비를 거는 행동이나 나이에 비해 무서울 정도로 위력적인 장력을 뿌리는 모습으로 봐서 우리가 찾는 사람이 맞는 것 같아요."

서교영도 상기된 표정으로 개방도들에 둘러싸인 청년에게 시선을 고정시켰다.

"그만 나가서 말려야 하지 않나요?"

서교영이 청년에게 고정되었던 시선을 엄한필에게로 돌리며 말했다.

"그냥 둬봐! 놈의 실력이 어느 정도인지 직접 보는 것도 괜찮은 일이니까. 안휘성에서 수십 명의 거지들을 반 각도 되기 전에 모조리 때려눕히고 사라졌다는 소문이 있지만 백문이 불여일건이지!"

엄한필이 흥미진진하다는 표정으로 미소를 지었다.

"그러다 자칫 다치기라도 하면……?"

"누구? 저놈 말이냐, 아니면 거지 놈들 말이냐?"

엄한필이 슬쩍 서교영을 돌아보며 반문했다.

얼마 전 안휘성의 한 분타 근처에서 개방 방도 몇십 명을 순식간에 때려눕힌 인간이라면 다치는 쪽은 둘러싼 거지들 쪽일 것이다.

"당연히 개방도 쪽이 다칠 가망성이 크겠죠. 하지만 누가 다치든 다치는 건 마찬가지잖아요?"

서교영이 다시 걱정을 했다.

"괜찮아! 안휘성 쪽에서도 거지들을 메다꽂기만 했기에 심한 상처를 입은 놈은 단 한 명도 없었어. 또 이곳 분타주에게는 미리 언질을 주었으니 일이 확대되지도 않을 것이야. 그러니 느긋이 저 녀석의 실력을 구경이나 해보자구."

엄한필이 재차 안심을 시키자 서교영도 흥미진진하다는 눈빛으로 고개를 돌렸다.

"그런데 무슨 사설이 저렇게 긴 거야?"

청년이 대문을 부순 지 한참이 지났지만 아직 추개란 놈은 삿대질만 해대며 싸움을 붙지 않고 있었다. 연신 고함을 지르면서도 힐끔힐끔 분타 안을 살피는 추개의 모습으로 봐서 추개란 거지는 자신보다 더 높은 사람이 나오기를 기다리는 모양이었다. 그러나 이미 엄한필의 전갈을 받은 분타주 등은 움직이지 않을 것이고, 애꿎은 추개만이 오늘의 희생자가 될 처지였다.

"저 거지는 아무래도 자신이 없는 모양이에요."

서교영도 추개의 망설이는 모습을 보고 엄한필에게 말했다.

"하긴 아무리 덜렁거리는 대문짝이라도 크기가 만만찮은데 그것을 저렇게 산산조각을 낸 놈이니 겁도 나겠지. 하지만 네놈이 기다리는 사람은 절대로 안 나올 것이다. 그러니 어서 붙기나 해라, 이 거지 놈아!"

엄한필이 기다리기 지쳤다는 표정으로 조바심을 냈다.

그 순간 청년도 기다리기 지쳤는지 다짜고짜 추개란 거지에게로 주먹을 내밀었다.

"시작됐어요!"

서교영이 짤막하게 소리치고는 침을 삼켰다.

"그래, 잘한다!"

엄한필도 맞장구를 치며 자신이 직접 싸우기라도 하듯 거친 숨을 몰아쉬었다.

"이, 이놈이?"

아무리 기다려도 안에서는 소식이 없기에 좋은 말로 청년을 달래던 추개는 다짜고짜 날아드는 청년의 주먹에 기겁을 하며 고개를 숙였다.

그러나 예상하고 있었다는 듯 청년의 다른 주먹 하나가 아래에서 위로 솟구쳐 오르고 있었다.

"어억!"

추개 역시 그 정도는 예상하고 있었지만 이건 빨라도 너무 빨랐다.

외마디 비명과 함께 추개는 아래로 숙였던 상체를 틀어 청년의 주먹을 피하고자 했던 생각을 바꾸며 소싸움하듯이 청년의 명치를 그대로 들이받았다. 그러면서 양팔은 청년의 주먹이 꽂힐 만한 가슴과 배 주위를 방어했다. 아래에서 위로 솟구치는 청년의 주먹을 양팔로 막으며 청년의 명치 어림을 머리로 공격하여 이득을 보겠다는 수법이었다.

퍽—

경쾌한 타격음이 울려 퍼지며 자신의 머리에 가슴팍이 들이받혀 뒤로 뒹구는 청년의 모습을 상상하던 추개는 갑자기 벌떡 일어서는 땅바닥을 보며 기겁을 하고 반사적으로 양손을 뻗어 솟아오르는 땅바닥을 짓눌렀다.

"와하하!"

꼴사나운 모습으로 땅바닥에 코방아를 찧은 추개를 보고 주변의 거지들이 자신도 모르게 대소를 터뜨렸다.

대부분이 매듭 하나 매지 못하는 처지로 이결제자이면 하늘 같은 선

배웠다. 그러나 젊은 청년에게 뒤통수를 가격당하고 코방아를 찧는 추개의 모습이 너무 우스웠기에 적아(敵我)를 따지기 이전에 웃음부터 먼저 터져 나온 것이다.

'어찌 된 일인가?'

바닥에 꼬꾸라진 추개는 멍한 표정으로 자신이 처한 상황을 이해하려고 노력했다.

솟구쳐 오르는 주먹 한 대를 양팔로 막으며 명치를 들이받으려 시도했지만 양팔이나 머리 어느 부분에도 뭔가가 부딪치는 느낌은 전혀 없었다. 다만 뒤통수 어림에 손바닥이 가볍게 스쳐 간 느낌만이 남아 있었다.

'그렇다면……?'

이놈은 자신이 머리를 들이미는 그 짧은 순간에 주먹질을 멈추고 몸을 빼내어 소처럼 들이미는 자신의 뒷덜미를 쳐서 코방아를 찧게 만들었다는 얘기다.

이론상 그런 추측은 가능한데 도저히 현실성이 결여되었기에 추개는 혼란한 마음을 가누지 못했다.

인간의 움직임으로 지극히 짧은 찰나의 순간에 그런 연속 동작이 가능할까?

그건 도저히 불가능한 일이었다. 그리고 일어나서도 안 되는 일이었다.

아직까지 이해가 안 된 추개는 불신 가득한 눈으로 웃음을 억지로 참고 있는 거지 놈들을 둘러보았다.

그러나 그들의 표정에서는 자신으로서는 도저히 불가능하다고 생각한 그 추측이 맞다고 쓰여 있었다.

“젠장!”

추개의 얼굴이 더 이상 구겨질 수 없을 만큼 구겨졌다.

아픔 같은 건 없었다!

뒤통수에 닿은 놈의 손길은 소리만 컸지 아픔은 전혀 없었다.

전혀 아프지 않게 터져 나오는 소리였기에 추개는 그 소리가 자신의 공격이 성공한 결과로 터져 나오는 타격음인 줄 착각할 정도였다.

그러나 왕왕 아픔보다는 뭐가 팔린다는 것이 훨씬 더 큰 문제인 경우가 있다.

지금 이 순간이 바로 그런 상황이었다.

차라리 정통으로 가격당해 피를 뿜으며 나가떨어진 모습이 훨씬 멋져 보일 것이다.

회심의 공격이 수포로 돌아가고, 동시에 뒷덜미를 가격당해 발목 묶인 수탉처럼 양 날개를 퍼덕이며 앞으로 꼬꾸라지는 모습은 자신이 상상해도 기가 막힌다.

“이, 이놈!”

추개의 표정이 악귀처럼 일그러졌다.

그 표정을 본 거지 떼들도 아차! 하며 얼른 웃음을 거두고 흉흉한 표정을 지었다. 자신도 모르게 터져 나온 웃음이었지만 윗사람의 곤경을 보고 도와주지는 못할망정 오히려 박장대소를 터뜨렸으니 그 죄는 닷새 굶는 것으로도 모자랄 것이다.

“저놈을 죽여라!”

차후에 내려질 죗값을 조금이라도 덜어야겠다고 생각한 거지 떼들이 추개와 비슷한 표정을 지으며 청년을 향해 한 발 다가섰다.

“이곳은 정말 이상하군!”

대문을 박살 냈음에도 불구하고 조무래기들 외에 다른 사람들은 코빼기도 안 보이는 상황이 도저히 이해가 안 되는 청년은 다가드는 거지 떼들 너머로 다른 움직임이 있는지 살폈다.

"역시!"

조금 떨어진 곳에서 이곳을 주시하고 있는 엄한필과 서교영의 범상치 않은 기색을 느낀 청년은 서서히 긴장한 표정을 지었다.

제법 먼 거리였지만 찌르듯이 이쪽을 쳐다보는 두 사람의 모습은 한눈에 고수라는 판단이 들었다. 마치 족자 속의 인물화처럼 미동도 않고 서서 이쪽을 주시하는 모습은 그들의 숨은 실력이 어떤 것인지 멀리서도 짐작이 가게 만들었다.

'이놈들은 속전속결로 끝내야겠군!'

그 생각과 동시에 왼쪽 옆구리 쪽으로 때 묻은 타구봉 하나가 날아들었다.

타탁—

타구봉 끝을 가볍게 차서 두 동강 낸 청년의 발끝이 타구봉 임자의 턱을 살짝 건드렸다.

"으윽!"

급소를 채인 타구봉 임자는 헝겊 인형처럼 그 자리에 무너졌다.

파파팍—

그것을 시작으로 한 마리 학이 춤을 추듯 표홀하고 환상적인 청년의 춤사위가 펼쳐졌고, 춤사위에 취한 거지들이 하나둘 황홀한 표정으로 바닥에 뒹굴었다.

"아찔하군!"

엄한필이 감탄 어린 표정으로 탄성을 토해냈다.

"정말 환상적이에요! 소림과 아미, 곤륜의 정화를 한꺼번에 보는 것 같아요!"

서교영도 취한 표정으로 감탄사를 질렀다.

"한번 붙어볼까?"

엄한필이 투지를 억누르기 힘들다는 음성으로 말했다.

"내가 먼저예요!"

"이런 망할!"

빛살처럼 쏘아져 나가는 서교영을 보며 엄한필이 욕지거리를 내뱉었다.

한번 붙어보잔다고 그 자리에서 바로 몸을 날린 것은 뭐란 말인가?

자신들의 존재를 의식한 이상 저 녀석은 따라오지 말라고 해도 뒤를 따를 것이고, 인적이 드문 곳에서 얼마든지 인사를 나눌 수가 있을 것이다.

"저 천둥벌거숭이 때문에 절대로 제 명에 못 죽지, 내가."

엄한필도 바람처럼 몸을 날렸다.

"하얏―"

"타!"

서교영의 쾌검이 빛살처럼 청년을 향해 날아들자 청년 역시 기다리고 있었다는 표정으로 표홀하게 보법을 펼치며 서교영의 칼을 피했다.

휙―

휙―

서교영의 칼이 대기를 찢으며 몇 번을 연속해서 뿌려졌다.

단 한 번의 칼질에 모든 것이 결판나는 쾌검이 벌써 몇 번을 허공만 갈랐다.

슈슈슉—

쾌검이 뿌려진 후의 공백은 다른 칼보다 더 컸고, 청년은 그 공백 속에 무수한 발길질과 주먹질을 쏟아 부었다.

지극히 짧은 순간을 잘라가는 쾌검의 고수인 서교영도 어느 것이 실상이고 어느 것이 허상인지 좀처럼 구별이 힘들었다.

파팍—

가볍게 날아온 청년의 발이 서교영의 어깨를 찼다.

마음만 먹었다면 얼굴을 정통으로 가격하고도 남음이 있는 여유로운 발길질이었다.

"망할!"

서교영이 외마디 비명을 내지르며 옆으로 밀려났다.

슬쩍 밀치듯이 가볍게 찬 발길질이었지만 그 안에는 거암을 밀치고도 남을 만한 힘이 실려 있었다.

"타앗!"

어깨에 묵직한 타격을 받았지만 오히려 더 기세가 오른 서교영이 다시 달려들었고, 무수한 허상 속에서 실상 하나를 구별해 내고는 빛살처럼 칼을 뿌렸다.

우웅—

서교영의 칼에서 뿜어져 나온 무서운 검풍이 청년을 향해 쏘아졌다.

휘이익—

급히 퇴로을 밟은 청년이 날아드는 서교영의 칼을 향해 쌍장을 쭈욱 뻗었다.

"위험해!"

고함을 지른 엄한필의 도가 서교영의 검풍과 사내가 뿌린 장력을 측면에서 한꺼번에 잘라갔다.

팡!

폭음과 함께 흙먼지가 자욱이 일어난 후 세 사람의 모습이 서서히 눈에 들어왔다.

엄한필이 인상을 찡그리며 온몸 가득 뒤집어쓴 흙먼지를 털어냈다.

"꼴 좋군!"

바닥에 주저앉아 가는 선혈을 물고 있는 서교영을 바라본 엄한필이 한마디 쏘아붙이고는 청년을 바라보았다.

청년 역시 상상도 못한 두 고수의 공격을 받고는 멍하니 두 사람을 바라보았다.

평강 분타의 대문을 부수었지만 오합지졸이나 마찬가지인 거지들만 쏟아져 나오고 다른 사람은 아무도 나오지 않는 것이 의심스러웠는데 이들 두 사람을 보고는 오히려 그 의구심이 더 커졌다.

이들은 개방의 분타에 있을 사람들이 아니란 생각이 든 것이다.

'이들은 결코 거지가 아니다.'

청년의 내심이 무겁게 가라앉았다.

지독한 쾌검과 무지막지한 도법!

이들은 개방 총단에 가더라도 쉽게 만날 수 없는 사람들이었다. 그리고 한꺼번에 둘을 계속 상대한다면 이기기 힘든 고수들이었다.

그 생각이 청년의 가슴을 무겁게 했다.

"녹옥불상을 가지고 있소?"

긴장한 청년의 고막 속으로 천만뜻밖의 말소리가 들려왔다.

"그럼?"

"우선 자리를 피하기로 하지."

자신의 짐작을 확신한 엄한필이 청년의 팔을 억세게 끌며 골목 한쪽으로 내달렸다.

"사형!"

땅바닥에 주저앉아 있던 서교영이 자신에게는 눈길도 주지 않고 달려가는 엄한필을 보고 고함을 질렀다.

"넌 거기 하루 종일 앉아서 반성 좀 해!"

엄한필이 눈을 부라리고는 몸을 날렸다.

"유건하(柳虔廈)라고 합니다."

객점 한구석에서 엄한필과 서교영을 마주하고 앉은 청년이 자신의 이름을 밝혔다. 그리고 조심스럽게 목에 걸린 녹옥불상을 꺼내며 주위를 두리번거렸다.

"괜찮네! 이런 곳에서 그걸 알아볼 사람은 없을 것이네."

엄한필이 녹옥불상을 건네받고는 이리저리 살펴보았다. 그리고 자신의 것과 서교영의 것을 합쳐 하나의 모양을 만들었다.

"뭔가요, 이건? 세 개가 합쳐지니 전혀 다른 모양이 되었잖아요?"

서교영이 눈을 깜박이며 엄한필의 얼굴과 녹옥불상을 번갈아 쳐다보았다.

"무슨 열쇠 역할을 한다는 정도밖에 모르네. 더 자세한 것은 무림맹주를 찾아가야 알 수가 있네."

엄한필은 얼른 녹옥불상을 두 사람에게 나누어 주고 자신도 목에 걸어 가슴속으로 갈무리했다.

"난 개방 천무개 사부님에 의해 키워졌고, 이름은 엄한필이라 하네.

그리고 이 천둥벌거숭이는 사대도가검파의 명숙들이 키웠지. 이름은 서교영이고 자네 사저(師姐)가 될 것 같군.”

엄한필은 아직 어린 티가 나는 유건하를 보며 자신과 서교영을 소개했다.

“잘 부탁드립니다, 사형! 그리고 사저!”

유건하가 깍듯이 예를 차리며 감회 어린 표정으로 두 사람을 쳐다보았다.

“그래! 나도 정말 반가워! 앞으로 힘을 합쳐 사부님들의 유지를 받들기로 해.”

서교영이 제법 위엄있는 목소리로 답했다.

‘여훈 공자에게 매일 핀잔을 듣더니 조금 나아졌군!’

엄한필이 제법 의젓한 서교영을 보며 고소를 머금었다.

“사제, 정말 세던데… 아까 전력을 다한 거야? 하마터면 갈비뼈 순서가 바뀔 뻔했잖아!”

“그럼 그렇지!”

금방 본색이 드러나며 목소리를 높이는 서교영을 보고 엄한필이 탄식을 했다.

“네? 뭐라고요, 사형?”

“차라리 가만 놔둘 걸 그랬어. 갈비뼈 순서가 확실히 바뀌게.”

“사형, 정말?”

서교영이 눈을 흘기며 엄한필을 바라보다 얼른 다시 유건하에게로 시선을 돌렸다.

“그런데 사제의 장기는 뭐야? 권각술이야, 장법이야?”

서교영이 궁금해 죽겠다는 표정으로 유건하에게 질문을 퍼부었다.

나이는 스물을 갓 넘겼을 것 같아 보였지만 바람처럼 표홀하게 공격하는 권각술과 자신을 향해 내뻗은 일장은 무시무시한 수준이었다.

사형 엄한필의 도가 중간에 끼어들어 더 큰 낭패는 면했지만 그대로 부딪쳤다면 어찌 될지 모를 상황이었다. 전력을 다해 내지른 장력은 아니었겠지만 그 정도라도 사형 엄한필보다 고수가 아닐까 하는 생각이 들었다.

가장 어리지만 가장 큰 힘이 될 수도 있겠다는 생각에 엄한필도, 서교영도 같은 심정으로 유건하의 입술만 바라보았다.

"처음에는 권각술을 중점적으로 익혔습니다. 그리고 그것이 저의 절기가 되었지요. 그런데 사부님께서 입적에 드시기 직전 어떤 한 고인의 장력을 보고 수년 동안 연구를 거듭하여 만든 장법을 전해주셨습니다."

"그럼 아까 나에게 뿌린 그 장력이……?"

서교영이 유건하의 말꼬리를 자르며 득달같이 질문했다.

"그렇습니다. 그동안 죽도록 노력했지만 사부님의 오의를 다 깨우치려면 아직……."

말끝을 흐리는 유건하의 얼굴에 스승에 대한 그리움의 표정이 어렸다.

"정말 무서운 장력이었네. 사제를 만나고 나니 기운이 솟아 무슨 일이든 할 수 있을 것 같아. 그동안은 어찌나 애를 먹었던지 수명이 몇 년은 짧아진 기분이야. 하하하!"

엄한필이 진정한 조력자를 얻어 한량없이 기쁜 표정으로 대소를 터뜨렸다.

"이제껏 눈총만 받고 살아왔는데 앞으로는 따돌림까지 받게 될 것 같군요."

한껏 대소를 터뜨리며 기뻐하는 엄한필을 보며 서교영은 투정 섞인 목소리로 눈을 흘겼다.

"그런데 이젠 어떻게 할 건가요? 녹옥불상 세 개가 모였으니 예정된 길을 가야 하지 않나요?"

"그렇지! 세 개가 모이면 무림맹주님을 찾아가라는 유지가 계셨으니 무림맹주님부터 찾아뵈어야지. 그러나 오늘은 막내사제를 만난 기념으로 술이나 한잔 거나하게 마시자구."

엄한필이 술이란 말과 함께 슬쩍 유건하를 쳐다보았다. 소림과 아미, 곤륜의 명숙들에게서 키워지며 술은 제대로 배웠는지가 의심스러운 것이다.

"술? 좋죠! 안주도 푸짐하게 해서요."

엄한필의 염려와는 아랑곳없이 서교영이 침을 삼키며 나섰다.

"누구 때문에 마시자는 것인데 사매가 더 설치는 거야?"

엄한필이 서교영을 향해 눈을 흘기고는 유건하를 쳐다보았다.

"그런데 사제는 술을 좀 하나?"

"한번 마셔보기로 하지요."

엄한필의 질문을 받은 유건하가 잠시 주저하다가 얼른 답했다.

"끄응!"

엄한필이 김빠지는 표정으로 신음을 흘렸다.

＊　　　　＊　　　　＊

은은한 다향이 온 실내에 가득 차며 더없이 아늑한 분위기를 만들었다. 그러나 다기를 앞에 놓고 탁자에 둘러앉은 사람들의 표정에는 다향에서 느껴지는 은은함과는 정반대로 긴장된 기색들이 흘러내렸다.

"흑랑이라는 자라고 했소?"

찻잔을 천천히 입에서 뗀 호연형(胡連衡)은 묵직한 음성으로 정면에 앉은 중년인에게 질문을 던졌다.

"그렇소이다. 며칠 동안 고심하고 다녔지만 알아낸 것이라고는 겨우 그자의 별명 정도이오. 그만큼 그자는 교활하고 영리한 자인 것 같소!"

호연형의 질문을 받은 사마일후(司馬逸侯)가 머리가 아프다는 표정을 지으며 답했다.

"도대체 어떤 놈이기에 사마 가주의 능력으로도 그 정도밖에 알아내지 못했다는 말이오?"

사마일후의 왼쪽에 앉아 있던 한 중년인이 약간은 의구심을 가진 음성으로 말했다. 말투에서나 표정으로 보아 사마일후가 알아낸 것을 다밝히지 않는다고 생각하는 모양이었다.

"어째 손 가주께서는 내 말을 못 믿겠다는 표정이오?"

사마일후가 슬쩍 손강진(孫强眞)의 표정을 살피며 빈정거리듯 말했다.

"아니, 뭐 그렇다기보다는 사마 가주의 능력으로도 그 정도라는 것이……."

"내가 알기로는 손 가주께서도 백방으로 사람을 풀어 알아보았던 것으로 아는데… 그렇다면 그자가 얼마나 교활하고 철저한지 잘 알 것이 아니오? 나야말로 손 대협에게 다른 정보를 좀 얻고 싶은 심정이오."

사마일후가 역공을 취하자 손강진이 뜨끔한 표정을 지으며 입맛을 다셨다.

"흑랑이라 불리는 그놈이 누구인가 하는 것보다, 정작 그놈이 우리 세가들의 약점을 어떻게 그렇게 정확히 알고 그것으로 우리를 궁지로 몰아넣는가 하는 것이오. 이러다간 소금 전매권은 물론이고 남들 앞에 얼굴을 들고 다니는 일도 힘들어지지 않을까 걱정이오."

사마일후와 손강진의 대화를 듣고 있던 호연형이 두 사람의 대화를 중단시키며 약간 격해진 음성으로 소리를 쳤다.

"그건 그렇소! 호 가주의 말대로 지금 당장 더 급한 문제는 그놈이 어떻게 우리 세가들의 감춰진 비밀들을 그렇게 소상히 알아내고 그것을 약점으로 잡아 소금 전매권을 따내려는 우리 세가들을 위협하는가 하는 것이오. 소금 장사야 때려치우면 되지만 그놈이 알고 있는 사실들을 만방에 공개하면 우리 세가들은 한바탕 웃음거리가 되어 쥐구멍이라도 찾아야 할 것이 아니겠소?"

다른 한 중년인이 콧김을 내뿜으며 고함을 치자 실내의 분위기는 점점 무거워졌다.

"그런 비밀들은 우리들끼리만 아는 것이라 생각했는데 그놈이 그것을 알고 있다는 것은 우리들 중 누군가 의도적으로 그놈과 협조하고 있다는 의심까지 드는 중이오."

중년인이 다시 콧김을 내뿜자 모두 굳어진 표정으로 은연중에 서로를 둘러보았다.

"나 역시 그런 생각을 안 해본 것은 아니오. 그러나 그놈이 보낸 책자 속에는 이곳에 모인 분들의 가문 중 어느 한곳도 빠진 곳 없이 공평하게 기록되어 있소. 여기 계신 누군가가 그랬다면 한곳이라도 빠지던지, 아니면 그 경중에 차이가 있어야 할 것이 아니오? 하지만 조금도 그런 점을 느낄 수 없었소."

사마일후가 차분하게 반론을 제기하자 콧김을 내뿜던 조양모(趙楊
慕)가 무슨 말을 하려다 한숨만 푹 내쉬며 물러나 앉았다.

자신 역시 그런 의심을 가지다가도 사마일후의 말처럼 모든 세가들
의 밝혀져서는 되지 않을 약점들이 공평하게 적혀 있는 책자를 보니
그것도 아니라는 생각이 든 것이다.

흑랑이라는 정체 모를 자로부터 한 장의 서찰과 한 권의 책자가 전
해져 온 것은 며칠 전이었다.

그 서찰에는 이번 호남성 전역에 대한 소금 전매권 각축장에 이곳에
모인 세가들의 자진 포기를 권한다는 정중한 권유였다. 그 서찰을 본
가주들은 별 미친놈 다 보겠다는 표정을 지었지만 같이 배달된 책자를
넘기는 순간 표정이 돌처럼 변하고 말았다.

서찰과 같이 보내온 책자에는 여러 세가들이 그동안 은밀하게 벌여
왔던 사업들과 그 과정에 어떤 비리들이 있었는지 하는 상세한 자료들,
또 밝혀져서는 안 되는 자식들이나 가족들의 음행 등이 세세히 기록되
어 있었다.

만약 그것이 세상에 알려진다면 그들은 다른 세가들의 손가락질과
비웃음을 한꺼번에 받게 될 것이다. 다른 세가들 역시 털어보면 여기
모인 다섯 가문들 못지않은 비리들이 있겠지만 시치미를 뚝 떼고 상대
가문을 깎아내리는 데 온 힘을 다할 것이다.

"이렇게 속수무책으로 당하다가는 결국 우리들은 이번 일에서 손을
떼어야 할 것 같소."

여문조(呂門照)도 한숨을 내쉬며 제일 하고 싶지 않은 말을 억지로
끄집어냈다.

"절대로 그럴 수는 없소. 무슨 수를 써서라도 그놈을 잡아야 할 것

이오. 그러니 서로를 의심하는 일은 그만두고 그놈 잡을 계획이나 확실히 짜봅시다."

사마일후가 단호한 음성으로 말하자 다른 네 사람도 무겁게 고개를 끄덕이며 안광을 빛냈다.

"휴우—"

집으로 돌아온 사마일후는 길게 한숨을 내쉬며 술잔에 술을 따랐다. 그리고는 단숨에 한 잔을 들이켰다.

독한 술기운이 목구멍에 느껴졌지만 답답한 가슴은 조금도 뚫리는 것 같지가 않았다.

"도대체 어떤 놈이기에 집 안의 비밀스런 흉허물들을 정확히 알아내고 그것으로 압력을 행사하는 것일까?"

아무리 기억을 더듬어도 이렇게 정확히 내막을 알고 압력을 가해올 사람은 떠오르지 않았다.

처음에는 어제 모인 다섯 가문 중 한곳에서 장난을 치지 않았는가 생각했지만 다른 가문들은 오히려 자신을 의심하는 눈초리였다. 자신의 짐작이 맞아 다른 가문 중 한곳이 그런 식으로 일을 꾸며 당장 눈앞의 이익을 챙긴다 하더라도 차후에 다른 네 가문의 협공을 받아 견디지를 못할 것이다. 그러니 그 의심은 접어두어야 할 것 같았다.

"그렇다면 누구인가?"

사마일후는 다시 한 번 곰곰이 생각에 잠겼다. 그러나 지금 현재로선 도저히 감을 잡을 수가 없었다.

"아버님! 종현 오라버니가 도착했습니다."

생각에 잠겨 있던 사마일후가 상념에서 깨어나며 와락 자리를 박찼다.

"그, 그래! 어서 오너라, 이 녀석!"

사마일후가 급하게 문을 열고 나오며 위지종현을 맞았다.

"그간 평안하셨습니까, 외숙부님?"

위지종현이 여유있는 모습으로 사마일후에게 고개를 숙여 인사했다.

"그래, 그동안 잘 지냈느냐? 코흘리개 장난꾸러기 모습이 어제 같은데 이젠 호걸의 풍채가 느껴지는구나."

사마일후가 위지종현을 안을 듯이 반기며 만면 가득 웃음을 지었다.

"피— 장난꾸러기인 것은 예나 지금이나 조금도 변하지 않았어요. 오히려 어릴 때보다 더 심한 것 같아요."

사마일후의 딸 사마진영(司馬晋英)이 웃음을 참으며 말했다.

"타고난 천성이 어디 가겠느냐? 이 녀석은 그것 빼면 시체인 것을……. 그건 그렇고 누님과 매형, 그리고 가내 어르신들도 모두 안녕하시겠지?"

"네, 모두 잘 계십니다!"

이런저런 인사를 나누며 사마일후가 위지종현을 실내로 안내했다.

"한 잔 받거라! 가슴이 답답하여 혼자 한잔하고 있던 중이다."

사마일후가 술잔을 내밀어 위지종현에게 한 잔 따랐다. 그리고 자신의 잔에도 술을 채웠다.

"같이 술을 마시는 것도 꽤 오랜만이구나. 무림맹의 비밀 조직을 하나 맡더니 바쁜 사람이 되어 이젠 얼굴 보기도 힘드는구나."

사마일후의 목소리가 낮게 흘러나왔다.

"벽에도 귀가 있다는 말이 있습니다, 외숙부님!"

위지종현이 정말 벽 속에 누가 숨어 있기라도 하는 표정으로 사방을 두리번거렸다.

"하하하! 너의 그 엉뚱함과 유쾌함은 변함이 없구나. 하긴 네 말이 맞지. 벽에도 눈이 있고 귀가 있지. 앞으로는 조심을 하마."

사마일후가 정색을 하며 위지종현을 쳐다보았다.

일견 장난을 좋아하고 싱거운 것 같은 모습이지만 그 장난기와 웃음 속에 자신을 철저히 숨기고, 자신의 의사를 우회적이면서도 분명히 표시하는 능력을 가진 녀석이었다. 자신의 말을 듣고 과장되게 고개를 돌리며 주위를 경계하는 모습에서 비밀이 새어 나가서는 안 된다는 뜻을 강하게 내비친 것이다.

"흠!"

사마일후는 술기운에 약간 풀어졌던 마음을 다시 긴장시켰다.

외조카이긴 하지만 무림맹의 비밀 조직 하나를 맡을 만큼 심계가 깊고 능력이 있는 청년이니 언제까지나 옛날 생각만 하고 대할 수는 없는 것이다. 그리고 지금 이 순간도 자신으로서는 힘에 부치어 부탁하려는 입장이니 더 더욱 그래야 했다.

"흑랑이라고 하셨습니까?"

잠시 술잔을 바라보던 위지종현이 사마일후에게 단도직입적으로 질문을 던졌다.

"그렇다. 내 능력으로써 알아낸 것은 그 별명 하나뿐이다. 어찌나 영악스런 놈이던지 전혀 꼬리를 잡을 수가 없구나."

사마일후가 질렸다는 표정을 지으며 말했다.

"외숙부님."

"응? 왜 그러느냐?"

잠시 사마일후를 응시하던 위지종현이 긴장된 목소리로 자신을 부르자 사마일후가 흠칫하며 답했다.

"이번 일에 손을 떼십시오."

위지종현이 다시 가라앉은 목소리로 말했다.

"무슨 소리냐, 그게?"

사마일후가 느닷없는 위지종현의 말에 자신이 잘못 듣지 않았나 하는 표정으로 바라보았다.

"흑랑이라는 자의 뒷조사는 물론이고 올해 소금 장사에서도 손을 떼시는 것이 좋겠다는 말씀입니다."

위지종현이 차분하게 말했다.

"그게 무슨 말도 안 되는 소리냐? 그게 어떤 사업인데 내가 손을 뗀다 말이냐? 기필코 그놈을 잡아서 우리 다섯 가문이 호남성 전역의 염인을 따야 할 일인 것을."

갑작스런 위지종현의 제안에 사마일후가 말도 안 된다는 듯 언성을 높였다. 그러나 여전히 긴장된 표정으로 자신을 쳐다보는 위지종현을 보고 억지로 마음을 진정시켰다.

"왜 그러느냐? 그자에 대해서 아는 것이라도 있느냐?"

"아직 확실치는 않지만 짐작이 가는 사람이 있습니다."

위지종현이 조심스럽게 답했다. 그리고는 조용히 창밖으로 시선을 돌렸다.

'이 녀석이?'

흑랑의 정체를 짐작한다는 말에 득달같이 질문을 하려던 사마일후가 위지종현의 표정을 보고는 입을 다물었다.

그가 아는 한 위지종현은 어떤 어려운 일 앞에서도 결코 힘든 표정을 짓지 않고 여유롭게 대처하던 녀석이었다. 그리고 녀석에게는 그 어떤 일도 어려운 것이 없어 보였다. 생각지도 못한 재치와 기지로 앞을 가로막은 난관들을 극복해 갔으며, 그 모든 일들을 즐기면서 수행해 나가는 녀석이었다.

무공 수위 또한 이제껏 단 한 번도 진면목을 보여주지 않아 정확히는 알 수가 없지만 밖으로 드러난 것보다 배는 더 강할 것이라 여겨지는 녀석이었다. 결국 그런 능력들을 눈여겨본 무림맹주가 청년조직 하나를 맡겼고, 어린 나이임에도 불구하고 그 임무를 훌륭히 수행해 나가는 중이다.

그런데 그런 녀석이 어쩐지 흑랑이라는 자를 일컬을 때는 여유로운 표정은 간데없고 무척이나 곤혹스러워하는 기색을 떠올린다. 그와 동시에 뭔지 모를 자책이 가득한 저 표정은……?

"무슨 생각을 그리 깊게 하느냐?"

끝날 줄을 모르고 창밖을 쳐다보던 위지종현이 외숙의 목소리에 천천히 고개를 돌렸다.

"죄송합니다. 잠시 옛 생각이 떠올라……."

위지종현이 여전히 얼굴 가득 떠오르는 회한의 표정을 지우지 못하고 쓸쓸하게 웃었다.

"오늘 네 모습은 정말 이상하구나. 이제껏 오늘 같은 모습은 본 적이 없는 것 같다. 내 부탁이 너에게 부담을 지운 것이라면 없었던 일로 하거라. 어찌 되든 내 능력으로 처리할 테니……."

"외숙께선 절 얼마나 믿으십니까?"

정색을 한 위지종현이 사마일후의 눈을 똑바로 응시하며 질문했다.

"네 말이라면 나 자신보다도 더 믿음이 가지. 그건 너도 잘 알 것이 아니냐? 하지만 오늘은 정말 이상하구나. 전혀 딴 사람 같아."

"제가 달라진 건 없습니다. 지금 닥친 상황이 그러하기에 이러는 것입니다."

"아무리 그래도 도저히 이해가 안 가는구나. 좀 납득이 가게끔 설명을 해줄 수 없겠느냐?"

시종일관 긴장의 끈을 놓지 못하고 있는 위지종현을 보며 정말 뭔가 있구나 생각한 사마일후는 조심스러운 표정으로 위지종현을 바라보았다.

"제 짐작이 맞다면 흑랑이라는 자는 제가 아는 한 가장 무섭고 가장 위험할 수도 있는 인간입니다."

"가장 무섭고 위험할 수도 있는 인간……?"

얼른 이해가 안 되는 말에 사마일후가 위지종현의 말을 되뇌었다.

"포위망 안에 가두어놓고 숨통을 끊기 위해 무수한 창칼로 찌르고 베었지만 결국은 죽이지 못하고 포위망 밖으로 놓쳐 버린 맹수가 상처를 치료하고 다시 나타난다면 얼마나 위험할까요?"

"그건 또 무슨 소리냐?"

점점 더 알 수 없는 위지종현의 말에 사마일후가 눈살까지 찌푸리며 물었다.

"지금부터 제가 한 말에 대해 비밀을 지켜주십시오!"

"그러겠네."

"외숙께선 자운엽이란 이름을 기억하십니까?"

잠시 뜸을 들인 위지종현이 사마일후의 눈을 바라보며 질문했다.

"자운엽? 어디서 들어본 것… 그래! 그때 남궁선유 대협의 팔순 잔치 때……."

사마일후가 자운엽이란 이름이 갑자기 생각난 듯 고함을 질렀다.

"그, 그럼 흑랑이란 자가 자운엽이란 그 청년이란 말이냐?"

비록 남궁세가에 직접 참석은 하지 않았지만 매형의 집안과 위지종현에 관련된 일이었기에 누구보다 세세히 그때 일을 전해 들은 사마일후는 흑랑이 자운엽일 것이라는 위지종현의 말에 자신도 모르게 소리를 높였다.

"목소리가 너무 크십니다, 외숙부님."

위지종현이 바깥의 동정을 살피며 말했다.

"그때 서천맹 놈들의 천라지망 속에서 죽었다고 하지 않았나? 그런데 그 청년이 살아 있었단 말인가?"

"아직은 확실치 않습니다. 하지만 몇 가지 정보들에 의하면 그 사람일 가능성은 높습니다."

위지종현이 아직 확실치는 않다고 말했지만 그 표정에는 무엇보다 강한 확신이 서려 있었다.

"그렇군! 이제야 너의 그 복잡한 심정을 이해하겠구나. 넌 그동안 그 청년을 돕지 못한 것에 대해 무척이나 괴로워했다고 들었다. 하지만 그때의 너는 개인적인 감정보다는 무림 전체의 대의를 따라야 할 입장이었지 않느냐? 너나 팽씨 가문이 그 청년에게 큰 신세를 졌다는 것은 누구보다 잘 알지만 어쩔 수 없는 일이었지 않느냐?"

사마일후가 내내 석연치 않았던 위지종현의 행동이 이제야 이해가 간다는 듯 천천히 고개를 끄덕이며 말했다.

"과연 어쩔 수 없는 일이었을까요?"

"그렇지 않고?"

"그놈들이 무서워 방관한 것은 아닐까요?"

"어허! 이 녀석!"

"왠지 그동안 제 마음속에는 그놈들이 무서워 무림의 대의라는 명분 속에 몸을 숨기지 않았나 하는 의심이 일어나더군요. 그리고 아니라는 대답을 자신있게 할 수가 없었습니다. 후후!"

위지종현이 공허한 웃음을 터뜨렸다.

"그만 하거라! 그건 지나친 비약이고, 아무 도움이 안 되는 감상적인 생각이다."

사마일후가 위지종현을 보고 엄한 목소리로 타일렀다.

"그렇지요. 이젠 아무 도움도 안 되는 감상적인 생각이지요. 그러니 당장 직면한 앞으로의 문제를 얘기하기로 하지요."

위지종현이 심호흡을 하며 침착하게 말했다.

"그래, 그러자꾸나! 네 녀석은 언제나 그런 점이 좋아. 큰 장점이지."

잠시 회의에 빠졌다가 신속히 냉정함을 되찾는 위지종현을 보고 안심이 된 사마일후가 미소를 지었다.

"그동안 제가 알아본 바에 의하면 흑랑이란 자는 동정호의 수적 단체인 사신방과 동정채, 그리고 청하방이란 세 곳을 며칠 사이에 완전 장악한 걸로 조사되었습니다."

"무, 무슨 소리냐? 사신방과 동정채, 청하방이면 동정호를 무대로 활동하는 수적들 중 최고의 세력들이 아니냐? 그곳을 어찌 한 사람이 장악할 수가 있다는 말이냐? 우리 가문과 너의 가문이 합친다 하더라도 힘들 것을."

"그렇지요. 우리 두 가문이 합쳐도 힘든 일이겠지요. 물론 장기전으로 가면 금력과 권력을 이리저리 이용해서 우위를 점할 수도 있겠지만 쉬운 일이 아니지요. 그리고 청하방이면 관군들도 우습게 아는 동정호 최고의 세력이지요. 그런데 그 세 곳이 보름도 못 되는 기간에 그 사람 손에 떨어졌습니다. 그것도 피 한 방울 흘리지 않고 말입니다."

위지종현은 그것이 신난다는 것인지, 두렵다는 것인지 모를 표정으로 설명했다.

"잘못 알고 있는 일은 아니겠지?"

"제 정보력을 아시지 않습니까?"

위지종현이 반문했다.

"그리고 다시 얼마 후에는 호남성 곳곳의 소금 전매권을 딸 확률이 가장 높은 다섯 가문의 비밀스런 약점들을 세세히 알아내어 경쟁에서 물러나도록 종용하고 있지요. 그 비밀들은 절대로 알려져서는 안 되는 것들이고, 또한 그것을 밝혀내는 것이 얼마나 힘든 일인지는 외숙께서도 잘 아시리라 생각합니다. 그런데 그 사람은 한 곳도 아닌 다섯 가문의 그런 비밀들을 귀신같이 알아내고는 목줄을 조이고 있지요."

"그만 하거라!"

얼굴이 벌겋게 달아오르는 사마일후가 고함을 질렀다.

"기분 나쁘게 들리셨다면 사과드립니다. 전 지금 외숙을 노하게 하려는 것이 아니라 그자가 얼마나 무서운 자인가를 설명하려는 것입니다. 외숙께서도 방금 제가 한 말을 냉정히 한번 되새겨 보시기 바랍니다."

위지종현이 차분히 말하며 술 한 잔을 더 따라 천천히 마셨다.

"으음!"

사마일후도 거칠게 술을 따라 단숨에 들이키고는 생각에 잠겼다.

그놈이 한 짓을 생각하면, 그리고 그놈의 손에 가문의 약점이 세세히 적힌 책자가 들려 있다고 생각하면 분통이 터지는 노릇이지만 위지종현의 설명을 듣고 보니 흑랑이라는 놈은 정말 무서운 놈이라는 생각이 들었다. 아울러 일이 점점 힘들어진다는 생각도 함께 들었다.

"그리고 이건 어렵게 알아낸 사실이지만, 사신방의 칠대사신이란 자들이 흑랑이란 사람에게 칼 한번 제대로 휘둘러 보지도 못하고 단 일 초 만에 모두 거꾸러졌다고 하더군요. 그리고 지금은 그자의 수하가 되어 있다고 합니다."

위지종현이 입가에 미소를 띠며 설명을 했다.

"뭐냐, 그 웃음은? 지금 나를 약 올리는 것이냐?"

사마일후가 위지종현의 입꼬리에 걸린 미소를 보고 눈살을 찌푸렸다.

"그렇지 않습니다. 그저 객관적인 입장에서 설명을 하려고 하는데도 어쩐지 자꾸 웃음이 나오는군요. 그 점은 용서하십시오. 어쨌든 제가 알아본 여러 정보를 종합해 보면 흑랑이란 사람은 사신방의 칠대사신을 단 일 초에 꺾어버릴 만한 무공과 호남 오대가문을 한꺼번에 꼼짝 못하게 할 만한 두뇌를 가진 사람이지요. 그런 사람을 어쭙잖은 살수 몇 명 보내 제거하려 한다면 그 가문은 멀지 않은 장래에 풍비박산날 것이란 것이 제가 내린 최종 결론입니다."

위지종현이 자신이 하고 싶은 말을 모두 하고는 입을 다물었다. 그리고 사마일후의 현명한 선택을 기다린다는 표정을 지었다.

한 번 결정한 일은 여간해서 번복하지 않고 그대로 밀고 나가는 외숙의 외고집 성격을 잘 아는지라 처음부터 이리저리 충분한 상황을 설명하고 마지막으로 결론을 내려준 것이다. 그런 후에도 외숙이 고집을 꺾지 않는다면 자신으로서는 난감한 일이었지만 외숙의 표정이 이번 일의 심각성을 충분히 인식하는 것 같아 위지종현은 안도의 한숨을 내쉬었다.

"네 생각이 그 정도라면 이번 일을 좀 더 심사숙고해 봐야 할 여지가 있다. 하지만 그자가 네 추측과 달리 자운엽이란 청년이 아니라면?"

"누구라도 그 정도의 인간이라면 무섭기는 마찬가지입니다. 외숙께서는 다른 가문도 설득하여 되도록 이번 일에서 손을 떼게 만드십시오."

"그 사람들이 어디 내 말을 듣겠느냐? 그랬다간 오히려 나를 한패로 의심할 텐데……."

"그런 의심은 사지 않게 잘 설득하셔야지요. 그리고 염인은 다음에도 따낼 수가 있습니다. 그건 영원히 한 곳에서 차지할 수는 없는 사업이니까요. 올해는 잠시 휴식을 취한다고 생각하십시오."

위지종현이 가벼운 표정으로 사마일후를 안심시켰다.

"너는 흑랑이라는 자가 자운엽이란 청년일 것이라고 확신하는 것 같구나."

"거의 확실합니다. 그러나 최종적으로 한 번 확인은 해봐야겠지요."

"직접 만나볼 생각이냐?"

약간은 걱정스런 표정이 된 사마일후가 위지종현을 쳐다보았다.

"전 그 사람 앞에 얼굴을 들고 나타날 수가 없는 사람입니다."

"그럼?"

"마침 적격자들이 있습니다. 그들에게 확인을 부탁해야지요."

위지종현의 표정에 다시 자책의 감정이 번져 갔다.

"어차피 강호란 데는 속고 속이고, 강자가 약자를 잡아먹는 곳이 아니겠느냐? 그러니 자책은 그만 하고 술이나 더 마시기로 하자."

빈 병을 치우고 다시 한 병을 가져온 사마일후가 위지종현의 술잔을 채우며 타이르듯 말했다.

"잘 알겠습니다, 외숙. 대신 오늘 저와 나눈 대화는 비밀입니다."

"명심하지!"

두 개의 술잔이 순식간에 다시 비워졌다.

＊　　　＊　　　＊

"정말 아름다워요."

"괜찮긴 한데 모기가 극성을 부리는군요."

"푸훗!"

동정호변의 저녁노을보다는 주변의 모기에 더 관심이 많은 자운엽을 보고 북미가 실소를 터뜨렸다. 분위기보다는 언제나 현실적인 상황에 먼저 관심을 두는 자운엽을 보며 북미는 이제 포기했다는 듯 고개를 저었다.

"전음을 할 줄 아시오?"

자운엽과 함께 동정호의 운치를 감상하는 것을 포기한 북미는 눈을 가늘게 뜨고 해가 물속으로 빠져들며 끓어오르는 것같이 붉게 물든 수면을 바라보다가 문득 들리는 자운엽의 목소리에 고개를 돌렸다.

"그건 무인이라면 누구나 할 수 있는 것인데……."

"가르쳐 주시오."

"세상에… 아직 그것도 모르나요?"

북미가 어이없다는 눈빛으로 자운엽을 바라보았다. 이젠 상대가 몇 되지 않을 고수라고 해도 과언이 아닐 사람이 전음술도 모른다는 사실이 이해가 안 되다 못해 우습기까지 했다.

"뒤죽박죽 배우다 보니 쉬운 건 할 줄 모르고, 남들 어렵다는 것은 오히려 쉽고 그렇소."

자운엽이 입맛을 다시며 말했다.

"그런데 어떤 종류를 가르쳐 달라는 것인가요? 기본적인 것은 설명 한 번으로도 가능하지만 천리전음이니, 육합전성이니 하는 것은 많은 수련이 필요해요."

"저기 있는 넷째 백정에게 들릴 수 있는 정도면 되오."

"넷째 백정……? 푸후후!"

자운엽이 칠대사신 중 네 번째의 위치를 차지하고 있는 사내를 가리키자 북미가 다시 웃음을 터뜨렸다. 그들도 백정이란 말을 제일 싫어했지만 남들 싫어하는 것은 일부로라도 더 하는 성격인 자운엽은 아예 그들을 첫 번째부터 일곱 번째 백정으로 칭 하고 있었다.

"저 정도 거리이면 가장 기본적인 전음술이면 될 거에요. 하지만 아무리 그래도 몇 시진은 연습을 해야 될 텐데……."

"일단 설명해 보시오. 되든 안 되든……."

자운엽이 재촉하자 북미가 가장 간단한 전음술 시전하는 법을 설명해 주었다.

"잘 알겠소."

북미의 설명을 들은 자운엽이 잠시 눈을 끔벅이며 생각을 하다가 넷째 백정을 향해 전음이란 것을 시도했다.

"헉!"

멀찌감치 떨어진 곳에서 동정호의 풍광을 즐기던 넷째 백정이 갑자기 귓가에 울리는 뇌성에 깜짝 놀라 고개를 두리번거렸다. 그러나 제대로 된 전음성이 아닌지라 그 근원지가 어디인지, 주인이 누구인지 쉽게 식별이 되지 않았다.

"연습도 한 번 안 해보고 무작정 전음을 날리는 사람이 어디 있어요? 그리고 그런 전음을 날릴 바에야 차라리 고함을 쳐서 부르는 게 낫겠어요. 전음이라는 것은 최대한 다른 사람은 눈치 채지 못하게 하면서 원하는 사람에게만 자신의 목소리를 전하는 것인데 그렇게 했다가는 자는 사람도 모두 깨겠어요."

아직도 고개를 두리번거리는 사신 중 한 명과 자운엽을 번갈아 본 북미가 웃음을 참지 못하다 다시 한 번 차근차근 가르쳐 주었다.

"입술은 움직이지 말고 배에서 끌어올려 그대로 원하는 곳에만……."

북미의 설명에 따라 몇 번을 시도하던 자운엽이 어느 순간부터 제대로 전음을 날리기 시작했고 네 번째 백정도 보일 듯 말 듯 고개를 끄덕이며 천천히 자리를 떴다.

"정말 전음을 날린 건가요?"

자세히 쳐다보면 전음을 날렸다는 것이 확연히 드러날 정도로 어설프긴 했지만 단 몇 번 만에 성공한 자운엽을 바라보며 북미가 눈을 휘둥그렇게 떴다.

"거참, 굉장히 편리한 수법이오! 왜 진작에 배우지 못했는지 안타까울 정도로."

자운엽이 신기하다는 표정으로 자신의 전음을 듣고 지시대로 움직이는 넷째 백정을 바라보았다.

"정말 놀랍군요! 하긴… 이제껏 놀란 일이 어디 한두 가지였어야지……."

북미가 혼잣소리처럼 중얼거리며 자운엽을 바라보았다.

"그런데 저 사람에게는 무슨 지시를 내린 건가요?"

자운엽의 전음을 듣고 천천히 걸음을 옮기다 이젠 사람들 속으로 모습이 사라지고 있는 사내를 바라보며 북미가 호기심 어린 표정으로 질문을 던졌다. 대뜸 전음술을 가르쳐 달라고 했을 때는 무슨 뚱딴지 같은 이야긴가 싶었는데 지금 보니 무언가 은밀히 지시를 내리기 위해서 전음술을 배우고 그것을 당장 써먹은 것이었다.

배운 지 얼마 되었다고 당장 써먹으려 하는 모습이 어이가 없었지만, 몇 번 시도하자마자 버젓이 그것을 써먹으니 그것은 더 어이가 없었다. 어쨌든 성공했고, 그러고 나니 이제는 무슨 내용을 전했는지가 궁금했다.

"따라와 보면 알 것이오."

자운엽은 넷째 백정이 사라진 방향을 쳐다보며 약간 빠르게 걸음을 옮겼다.

"이놈이 맞습니까?"

인적이 뜸한 골목 구석에서 자운엽의 지시를 받은 넷째 백정이 젊은 사내 하나를 구석에 몰아붙여 놓고 눈을 부라리고 있었다.

"수고했소. 누구 다른 사람이 보지는 않았겠지요?"

"마침 이곳으로 방향을 잡기에 바로 두들겨 잡았습니다. 그래서 다른 목격자들은 없습니다."

사신방 사내가 주위를 두리번거리며 말했다.

"혹시 이상한 낌새가 있으면 신호를 보내시오."

"알겠습니다."

고개를 가볍게 끄덕인 사신방의 사내가 골목을 돌아 나가자 자운엽은 생포한 청년에게로 다가갔다.

"당신이 다섯 번째로 교체된 사람이군."

단도직입적인 자운엽의 말을 들은 사내가 놀람의 표정을 지었다.

"처음 우리를 미행하던 사람은 얼굴에 흉터가 있었고, 두 번째는 약간 뚱뚱한 노인이었고……. 그리고 당신이 다섯 번째 교체되며 우리를 미행한 것 같은데 내 말이 틀렸소?"

자운엽이 이제껏 사내에 앞서 미행하던 사람들을 집어내며 질문하자 사내가 반박을 하지 못하고 입만 굳게 다물고 있었다.

"왜 우릴 미행하시오?"

자운엽이 날카롭게 쏘아보자 사내의 표정이 굳어졌다.

사내는 자신을 쏘아보는 자운엽의 눈빛에 마치 뱀 앞의 개구리가 된 느낌이었지만 입을 더욱 굳게 다물며 눈을 부릅떴다.

"하긴… 그걸 너무 쉽게 말한다면 실망이 커서 흠씬 두들겨 놓고 싶을 것이오."

파앗—

잠시 사내의 표정을 살피던 자운엽이 빛살 같은 움직임으로 사내의 허리춤에 있는 패찰(牌札) 하나를 잡아채고는 다시 제자리에 섰다.

"어엇!"

순간적인 자운엽의 움직임에 사내가 비명을 질렀다. 이 장(二丈) 거리는 족히 떨어져 있었건만 순식간에 패찰을 빼앗아간 자운엽의 움직임이 도저히 이해가 되지 않았다. 마치 몸은 그대로 있고 그림자가 휘익! 하고 쏘아져 나와 패찰을 빼앗아 가지고 주인에게 가져다 주는 것 같았다.

“무림맹?”

자운엽의 손에 들린 패찰을 본 북미가 낮게 소리를 질렀다.

“무림맹 소속이오?”

자운엽도 고개를 갸웃거리며 사내를 쳐다보았다.

“무림맹이 왜 날 미행한 것이오?”

자운엽이 한 자루 칼처럼 예기를 뿜으며 사내에게 질문했다.

“우린 시킨 대로 움직였을 뿐, 그 이유까진 알지 못한다.”

사내가 더 이상은 대답할 것이 없다는 표정으로 고개를 흔들었다.

“그렇겠군! 그럼 당신은 가보시오. 그리고 다음부터는 좀 더 자연스럽게 미행하는 법을 연습하시오.”

자운엽이 간단하게 자신을 놓아주자 젊은 사내는 미심쩍은 얼굴로 눈치를 살피다 서둘러 걸음을 옮겼다.

“그냥 보내주어도 괜찮은가요?”

미행하던 사내가 사라진 방향을 쳐다보며 북미가 긴장된 표정으로 말했다.

“이미 저들의 숙소는 파악해 뒀소. 방금 그자는 제일 젊고 서툴러 보이기에 잡아서 배후를 알아본 것이오. 무림맹이란 것을 알았으니 그자는 더 이상 필요없소.”

“그래도 그자가 일당들에게 일러바치면…….”

“후후! 방금 그자는 내가 너무 쉽게 풀어주었기에 오히려 미행을 의심하여 본거지와는 정반대 방향으로 달려갔소. 아마도 밤새 다른 곳으로 돌아다니다 내일 아침쯤에나 본거지로 돌아갈 것이오. 그러니 그자는 신경 쓰지 않아도 되오.”

초조해하는 북미에게 느긋이 설명한 자운엽이 천천히 걸음을 옮겼다.

“그런데 무림맹이란 곳이 해체되지 않고 지속적으로 활동을 하나 보
군요?”

“그렇지는 않은데… 최근 몇 년 사이 은밀히 조직을 가동하고 있다
고 들었어요. 물론 본격적인 활동은 아니고 부분적이긴 하지만…….”

북미는 더 이상은 아는 것이 없는지 말끝을 흐렸다.

‘아직까지는 정체를 파악하는 사람이 없을 줄 알았는데 놀랄 만하게
빠른 움직임이군!’

북미를 안심시키기 위해 느긋한 표정을 짓는 것과는 달리 자운엽의
두뇌는 빠르게 회전했다.

자신을 미행하는 무리들이 동정호의 다른 수적 무리들이거나, 아니
면 호남성 소금 전매권을 포기하도록 자신이 압력을 넣고 있는 다섯
세가들의 사람들이라면 이해가 가겠지만 무림맹의 사람들이라는 것은
쉽게 납득이 가지 않았다. 그리고 활동을 할 때는 최대한 은밀하게 움
직였고, 대낮에 사람이 많은 곳에서는 죽립을 눌러썼는데도 미행을 하
는 자들이 있다면 보통 인간들이 아닌 것이다.

‘이젠 내 차례다. 무림맹이란 것을 알았으니 누가 이번 일을 지휘하
고 있는지 파헤쳐 보아야겠군.’

내심 중얼거린 자운엽은 북미를 이끌고 걸음을 빨리했다.

스슥!

검은 무복에 복면을 한 인영 하나가 그림자처럼 담 하나를 뛰어넘었
다. 그와 동시에 흐릿하게 인영의 모습이 사라졌고 근처에서 보초를
서던 사내가 그 자리에서 스르르 무너져 내렸다.

그 일련의 동작들은 눈 한 번 깜박일 정도의 시간 안에 일어났으므

로 담을 뛰어넘은 사람과 보초를 쓰러뜨린 사람이 동일인이라고 생각하기 어려울 정도였다.

스르르―

다시 한 명의 보초가 무너졌다.

앞쪽과 뒤쪽에 있는 보초를 쓰러뜨린 복면인은 더 이상 보초가 없는 것을 확인하고는 작은 바위 뒤에 몸을 숨기고 담장 밖을 향해 수신호를 했다.

휘익―

담장 밖에서 기다리고 있던 또 다른 한 복면인이 수신호를 보고 주먹만한 돌멩이 하나를 들어 불이 켜진 문을 향해 냅다 던졌다.

쾅―

우당탕―

굳게 닫힌 방문 위를 때리고 바닥으로 떨어진 돌멩이가 밤의 정적을 갈기갈기 찢어놓았다.

"웬 놈이냐?"

방문이 왈칵 열리며 고함 소리가 터져 나오자 돌멩이를 던진 사내가 득달같이 몸을 날렸다. 그와 동시에 방문 앞에 선 세 명의 인영이 쏜살처럼 쏟아져 나오며 돌멩이를 던지고 사라진 사내를 쫓았다.

"자, 잠시……."

같이 방 안에 있던 사내 하나가 달려나간 세 인영을 향해 손을 내저었지만 세 개의 인영은 어느새 사라지고 없었다.

"정말 급한 사람들이군……."

세 사람이 사라진 방향을 쳐다보며 고개를 저은 사내가 갑자기 뭔가 생각난 듯 벼락처럼 정원을 가로질렀다.

"아뿔싸!"

사내가 신음성을 흘리며 보초를 보다 쓰러져 있는 사내를 들쳐 업고 급히 실내로 뛰어들었다.

"위지종현, 당신이었군. 당신의 그 장난기 많은 표정 뒤에 끝까지 걷 혀지지 않던 장막이 무림맹이었나? 쿡쿡! 이거 정말 재미있어지는군."

낮은 목소리로 중얼거린 자운엽이 세 인영이 쏘아진 방향을 쳐다보며 미세하게 몸을 움직였다.

파앗―

작은 바위 뒤에 숨어 있던 자운엽의 신형이 그 자리에서 푹 꺼져 버렸다.

"빌어먹을! 이런 일만 꼭 날 시킨단 말이야!"

칠대사신의 두목인 단철패가 점점 거리를 좁혀오는 세 인영을 뿌리치려고 죽을힘을 다해 경공을 펼쳤다.

별일 아닌 줄 알고 시키는 대로 돌멩이를 던지고 따라오는 놈을 유인하려 했는데 바람처럼 달려오는 세 인영의 경공술이 상상을 초월했다. 경공과 무공의 수준이 정확히 비례하는 것은 아니지만 무공은 하류 수준이면서 경공만 초절정으로 펼치는 놈은 별로 없다.

저 정도의 경공을 펼치는 인간들이라면 자신으로서는 감당하기 힘든 사람들이다. 하물며 세 명이나 된다면 죽은 목숨이라고 봐도 무방하다.

'어쩐지 한 며칠 개백정 소리 안 하며 풀어준다 싶었지.'

이젠 쫓아오는 세 사람의 숨소리까지 들리는 것을 느낀 단철패가 마지막 힘을 발끝에 쏟아 부었다.

파악―

"이크!"

발끝으로 땅을 박차려는 찰나, 무지막지한 칼바람 한줄기가 등판을 향해 날아들었다.

'개백정에다 미친 당나귀까지 되는군!'

땅을 박차려던 발끝을 비틀며 나려타곤의 수법으로 바닥을 구른 단철패가 가까스로 무식하기 짝이 없는 칼을 피했다.

칼은 피했지만 질풍처럼 달리던 속도 그대로 바닥을 굴렀기에 그 충격이 어마어마했다.

"젠장!"

한참이나 바닥을 구르다 겨우 신형을 일으킨 단철패가 여유롭게 주위를 포위한 세 사람을 향해 칼을 빼 들었다.

"누구냐, 네놈은?"

도를 휘두른 사내가 단철패를 보며 굵직한 목소리로 질문했다.

"그걸 밝힐 작정이었으면 뭐 하러 기를 쓰고 도망쳤겠나?"

단철패가 느긋하게 답하며 휘리릭! 하고 칼을 한 바퀴 돌렸다. 알고 싶은 것이 있으면 칼을 휘둘러 알아내라는 말이었다.

"내게 맡겨요, 사형!"

앙칼진 목소리가 허공으로 울려 퍼졌다.

"얼씨구! 계집이 먼저 나서는군."

단철패가 느물거리며 소리나는 쪽을 쳐다보았다.

"난 계집은 질색이니 저리 치우고 네놈이 나서!"

단철패가 도를 든 사내에게 고함을 질렀다.

"구역질나는 놈!"

서교영이 단철패를 향해 쾌검을 뿌리려는 순간 저만치 어둠 속에서 섬뜩하면서도 귀에 익은 소리가 들려왔다.

파르르르—

절대로 잊을 수 없는 연검의 날갯짓 소리였다.

"나비?"

치켜든 칼을 내릴 생각도 않은 서교영이 비명 같은 고함을 질렀다.

"나비! 너… 나비 맞는 거지?"

귀신을 본 듯한 표정을 한 서교영이 공터를 가로질렀다. 그리고 마주 오는 한 사내를 보고 석상처럼 그 자리에 우뚝 섰다.

"예뻐졌군."

서교영을 쳐다본 자운엽이 덤덤하게 한마디 뱉어냈다.

"저 사람은 나와 같이 일하는 동료이니 계속 칼을 휘두르겠다면 나역시 이 칼을 휘두를 수밖에 없지."

서교영 못지않게 멍한 표정을 하고 있는 엄한필을 보며 자운엽이 수운검을 바닥으로 늘어뜨렸다.

"이 인간! 너, 너 도대체……."

서교영이 말을 제대로 잇지 못하며 가쁜 숨을 내쉬었다.

"설마 했는데… 역시 네놈이 흑랑이었구나……."

엄한필이 고개를 끄덕이며 중얼거렸다.

"너, 정말 나비 맞는 거지? 그래! 살아 있을 줄 알았어. 네가 어떤 인간인데 그렇게 쉽게 죽는단 말이야. 그건 말도 안 되지……."

서교영이 아직도 감정을 가라앉히지 못하고 소리를 질러댔다.

"난 이제 가봐도 되겠소, 미랑?"

단철패가 옷에 묻은 흙먼지를 툭툭 털어내며 불만 가득한 목소리로 말했다.

"나도 혼자서는 벅찬 상대들인데……. 뭐, 옛정을 생각한다면 죽이기야 하겠소? 그만 가보시오. 그리고 다시는 이들에게 돌 같은 건 던지지 마시오."

자운엽이 짓궂은 웃음을 지으며 단철패에게 고개를 끄덕였다.

"누군 던지고 싶어서 던졌소?"

굳이 자신에게 이 일을 시킨 것이 여전히 불만인 단철패가 버럭 고함을 지르며 어둠 속으로 사라졌다.

"조력자가 하나 더 생긴 모양이군. 이제야 마음이 좀 놓일 것 같은데?"

호들갑을 떠는 서교영과는 달리 구름처럼 가벼운 모습으로 미동도 않고 서 있는 유건하를 흘낏 쳐다본 자운엽이 엄한필을 보고 말했다.

"여전하구나, 네놈은."

엄한필이 낮은 목소리로 답했다.

"뭐가 말인가? 내 모습이 그렇다는 건가, 아니면 내 말투가 그렇다는 건가?"

"모두 다. 머리에서 발끝까지……."

엄한필이 억양없는 목소리로 답했다.

"실망이군……. 난 그동안 좀 더 철이 들고, 좀 더 예절 바르게 변했다고 생각했는데… 혼자만의 착각이었나? 그렇다면 앞으로 하는 일에 지장이 많겠군. 좀 더 노력을 기울여야 되겠어. 쩝!"

자운엽이 입맛을 다셨다.

"그런데 언제부터 위지 공자를 도와 무림맹에서 일하게 되었나?"

“무림맹이라니… 무슨 소리야? 우린 그냥 위지 공자의 말을 듣고 부랴부랴 이곳으로……”

서교영이 자운엽의 말에 급히 소리를 질렀다.

“사매!”

엄한필이 서교영의 말을 가로막았다.

“그렇군! 위지 공자가 당신들을 이용했군!”

잠시 침묵이 이어졌고, 한줄기 바람이 석상처럼 서 있는 네 사람 사이로 내려앉았다가 소스라치게 놀라며 도망을 쳤다.

“미안… 해.”

침묵의 끝에서 서교영이 가라앉은 목소리로 말했다.

“미안……? 뭐가?”

엄한필과 마주 보던 자운엽이 서교영에게 고개를 돌렸다.

“……”

“헤어져 있던 시간이 짧지만은 않았던 모양이야. 자주 대화의 단절 현상이 나타나는 것을 보니……. 예전에는 눈빛만 봐도 저 천방지축이 잠시 후에 무슨 짓을 벌일지 짐작이 갔는데 말이야.”

“……”

“그럼 다음에 보기로 하지. 송 국주님께는 여전히 잘 지내더라고 전해.”

자운엽이 천천히 등을 돌렸다.

“야! 이 자식!”

고함을 친 서교영이 와락 달려와 자운엽의 앞을 막았다.

“왜 그래?”

뚱한 표정을 한 자운엽이 서교영을 내려다보았다.

"넌 인간이 왜 그래? 이렇게 만났으면 술이라도 한잔하며 그간의 회포를 풀어야 하는 것 아니야? 물론… 물론 우리에게 서운한 감정이 있을 거라고 짐작해. 하지만… 하지만……."

서교영의 목소리에 물기가 어렸다.

"그런 거 없어. 그리고 나한텐 이제 술 같은 건 시금털털한 물일 뿐이야. 그러니 가보겠어."

자운엽이 옆으로 몸을 틀어 걸음을 옮겼다.

"안 돼! 이렇게는……."

파르르―

서교영이 다시 팔을 벌려 자운엽의 앞을 가로막다가 언제 와 닿았는지도 모르게 목에 와 닿은 차가운 감촉에 흠칫 놀라 신형을 굳혔다.

"오늘 이 시간부터 지난 일들은 잊어버리도록 하지. 그리고 다시는 내 앞을 가로막지 마. 그땐 누구든 베어버릴 테니까. 여자든 남자든……."

파르르―

서교영의 목덜미에서 수운검을 거둔 자운엽이 언제나처럼 수운검을 돌돌 말아 품속에 갈무리했다.

"위지 공자에게도 전해줘. 외가댁의 소금 장사는 늦어도 이 년 후에는 다시 할 수 있을 거라고."

자운엽의 목소리가 저만큼 멀어졌다.

"흑!"

자운엽이 사라진 방향을 멍하니 쳐다보던 서교영이 두 손으로 얼굴을 감싸며 울음을 토했다.

"무슨 짓이야, 사매!"

엄한필이 와락 고함을 질렀다.

"그만 그치지 못해! 송 공자가 이런 꼴을 봤으면 좋아하겠군."

계속 눈물을 흘리는 서교영을 보고 엄한필이 다시 고함치며 눈을 부라렸다.

"그런 감정이 아니라는 것은 사형도 잘 알잖아요?"

"사랑에 눈먼 인간들은 그런 것 구별 못해! 그러니 행여 여훈 공자 앞에서는 그런 모습 보이지 마!"

엄한필이 단호하게 소리쳤다.

"그때… 우리가 도와줬어야 했어요. 뻔히 알면서도……."

"그만 해! 저놈도 버젓이 살아 있고, 다 잘되었잖아? 그때 어떻게 했든 지금쯤 우리와는 이렇게 헤어져 있을 놈이다, 저놈은……."

엄한필의 목소리에 역정이 묻어났다.

"왜 그러십니까, 사저? 좋아했던 사람인가요?"

유건하가 천천히 다가와 서교영을 달랬다.

"좋아하긴 누가 좋아해! 눈만 마주치면 으르렁거리며 싸웠던 인간이었는걸."

"그런데 왜……?"

"그냥… 내 할 짓을 다 하지 못했어. 난 몇 번이나 목숨을 빚졌는데……."

서교영이 다시 눈물을 왈칵 흘리고는 자운엽이 사라진 방향을 쳐다보았다.

"어쨌든 적이 아니라니 다행이군요."

유건하가 조심스럽게 말했다.

"무슨 소리야?"

서교영이 눈물을 훔치며 유건하를 쳐다보았다.

"솔직히… 아까 그 사람이 어떻게 사저의 목에 칼을 들이댔는지 궤적을 놓쳤습니다. 어린 시절 사부님과 비무를 할 때 이후로는 그런 적이 없었는데 말입니다. 그리고 장원에서부터 우리를 쫓아온 모양인데 그 기척도 느끼지 못했습니다."

유건하의 눈빛이 더욱 신중해졌다.

"신경 쓰지 마! 원래 그런 놈이야!"

유건하의 말을 유심히 듣고 있던 엄한필이 와락 고함을 질렀다.

"원래 그런 사람이라면……?"

유건하의 표정에 난감한 빛이 떠올랐다.

"그 인간의 능력이나 정체는 아무도 몰라. 그러니 그만 가!"

나직하게 한숨을 한 번 내쉰 서교영이 유건하의 팔을 끌며 엄한필을 따랐다.

왕야(王爺) 주세양(朱洗梁)

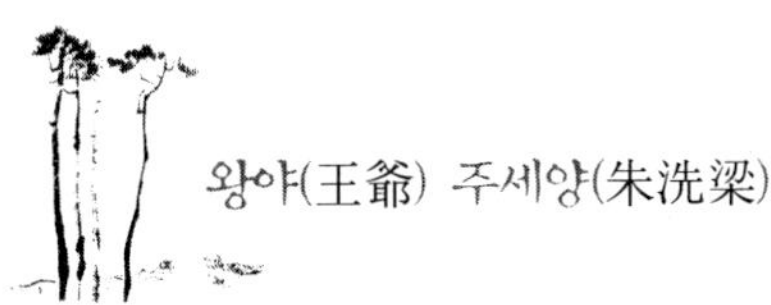

왕야(王爺) 주세양(朱洗梁)

"알아보았느냐?"

관복을 입은 한 중년인이 청색 무복 차림의 한 사내에게 굵은 목소리로 질문했다.

형형한 눈빛과는 달리 낮고 차분하게 울려 나오는 목소리는 중년인의 신분이 결코 범상치 않다는 것을 짐작할 수 있을 정도로 뭔지 모를 위엄이 담겨 있었다.

"흑랑이라는 자입니다."

"흑랑?"

청색 무복을 입은 사내의 대답에 중년인은 청년을 쳐다보던 눈길을 거두고 잠시 기억을 더듬는 듯했지만 이내 청년의 얼굴로 다시 시선을 모았다.

"정체는?"

“아직······.”

청년이 대역죄라도 지은 사람처럼 고개를 들지 못했다.

“의외로군! 천하의 백시운(白是云)이 추적에 실패한 인물이 있다니······?”

중년인의 얼굴에 미소인지 책망인지 모를 한줄기 기운이 떠올랐다.

“어떻게 생각하나?”

온화한 표정으로 돌아온 중년인이 백시운이란 청년에게 뜻 모를 질문을 던졌다.

“무엇을 말씀하시는지······?”

백시운이 조심스럽게 반문했다.

“이 서찰의 내용 말일세. 가능하다고 생각하나?”

중년인은 턱짓으로 탁자에 올려진 서찰을 가리키며 의미심장한 눈빛으로 백시운을 쳐다보았다. 그리고는 백시운에게 잠시 생각해 볼 시간을 주겠다는 듯 천천히 찻잔을 들어 올렸다.

“쉽지 않은 일입니다.”

다향을 음미하며 한 모금 들이키는 중년인이 찻잔을 내려놓을 때까지 기다린 백시운은 확신이 서지 않는 목소리로 답했다. 그리고는 다시 고개를 숙였다.

“쉽지 않은 일이라······?”

청년의 대답을 들은 중년인은 고개를 숙이고 있는 청년을 물끄러미 쳐다보았다. 그리고는 다시 찻잔을 들어 올렸다.

“역시 용정차(龍井茶)의 깊은 맛은 칭찬을 안 할 수가 없구만.”

중년인은 잠시 관심을 딴 데로 돌렸다. 그러자 고개를 숙이고 석상처럼 서 있던 청년이 천천히 고개를 들었다.

자신이 모시는 이 사람이 차 맛에 대한 얘기를 하는 것은 현재의 기분이 몹시 좋은 상태라는 말이다. 오랫동안 충실하게 모셔온 사람이기에 청년은 그것을 누구보다 잘 안다. 그렇지만 기분이 좋은 연유까지는 알 길이 없었다.

"오늘처럼 의기소침한 자네는 처음이군."

다시 찻잔을 입에 댄 중년인이 이제는 미소가 확연히 느껴지는 표정으로 백시운을 쳐다보았다.

"자네를 이렇게 의기소침하게 만든 것을 보니 흑랑이란 자는 대단한 인물인 모양이구만."

"……."

"하하!"

마침내 관복을 입은 중년인이 웃음을 터뜨렸다.

"자네의 추적을 뿌리쳤으니 일단 그자의 무공이 만만치 않다고 보아야겠지."

중년인이 여전히 미소를 머금은 채 말을 이어갔다.

"그리고 그자는 내가 무엇을 좋아하는지를 정확히 꿰뚫고 있으니 아주 영리한 자라고도 봐야겠지?"

중년인이 자문하듯 중얼거렸다.

"하지만 무엄한 놈입니다!"

청년이 약간은 언성을 높이며 말했다.

"그렇지! 무엄한 놈이지. 감히 황실의 종친인 나에게 느닷없이 서찰을 보내며 내기를 하자고 했으니 말이야. 경우에 따라서는 구족을 멸한다 해도 시원치 않을 놈이지."

중년인의 입에서 흘러나오는 말은 섬뜩할 정도이지만 그 말을 하는 표정에는 느긋한 여유와 함께 장난기 어린 호기심마저 묻어나고 있었다.

"그런데 자네 실력으로도 그자를 잡아오지 못한 것을 보고 나니 결코 무엄한 놈만은 아니라는 생각이 든단 말일세. 하하!"

중년인의 입에서 호쾌한 웃음이 다시 터져 나왔다. 그는 이제껏 자신의 명을 단 한 번도 수행하지 못한 적 없는 백시운이 이번 일을 실패한 것이 무척이나 재미있다는 표정이었다. 반면 백시운의 표정은 점점 굳어지며 악문 이빨에서는 뿌드득 하는 소리가 나기 일보 직전이었다.

"그자가 내 주변에 펼쳐진 호위들을 모두 뚫고 내 앞에 서면 난 그자와의 내기에서 지는 것이 되고, 그자의 조건을 수락해야 한다네. 그러니 자네는 최선을 다해야 할 것 같네."

"그럼?"

"자네가 그자를 못 잡아온 이상 내기에 응해야 그 무엄한 자가 어떻게 생겼는지 얼굴이라도 볼 수 있지 않겠나? 그리고 자네도 알다시피 난 이제껏 걸어온 내기는 피한 적이 없으며 진 적도 없다네."

중년인은 오랜만에 뜻하지 않은 즐거움 하나를 얻었다는 표정으로 백시운을 쳐다보았다. 그러나 중년인의 너그럽고 부드러운 미소 속에서 결코 내기에 질 수 없다는 한줄기 거센 투지를 읽은 백시운은 마침내 으드득 이빨을 갈았다.

황족으로서의 편한 삶보다는 유난히 모험과 유람을 좋아하는 주세양(朱洗梁)을 모신 지 십 년, 백시운은 단 한 차례도 실수나 실패를 하지 않았다. 그것은 자신의 가장 큰 자부심이었다.

그런 그는 얼마 전 주세양으로부터 오늘까지 흑랑이라는 자를 잡아오라는 명령을 받았다. 즉시 소재를 파악하고 길목을 지켜 몇 번이나 포획을 시도했지만 매번 실패했다. 그리고 결국은 기한을 넘기고 완전

무결한 전력에 오점을 남기고 말았다. 그 치욕스러운 감정은 아무리 이를 악물어도 조금도 수그러들지 않았다.

그러나 복수의 기회는 의외로 빨리 찾아왔다.

도망치는 자를 잡는 일은 실패했지만 수비망을 뚫고 들어오는 자를 잡는 일은 몇 배로 쉬울 것이다. 철통같은 경비망을 만들고, 그 경비망 한곳에 스며드는 순간을 노려 그자를 잡는다면 치욕에 대한 복수를 조금이나마 할 수 있을 것이다.

"건방진 놈! 다리를 분질러 놓을 것이다."

주세양의 처소를 벗어난 백시운은 들고 있는 칼집을 으스러질 듯이 움켜쥐었다.

"모두 들어오라!"

자신의 숙소로 돌아오자마자 백시운은 문밖을 향해 고함을 질렀다.

백시운의 싸늘한 고함 소리에 무복 차림의 사내 열 명이 긴장된 표정으로 백시운 앞에 시립했다.

"약속대로 오늘 놈이 올 것이다!"

백시운의 말에 열 명의 사내들이 짧은 순간 서로를 쳐다보며 눈짓을 한 번씩 교환했다.

오늘 그자가 이곳으로 온다는 말은 자신들의 상관이 그자를 포획하는 데 실패했다는 말이다. 누구보다도 백시운의 능력과 집요한 성격을 잘 아는 그들로서는 도저히 그 말을 믿을 수가 없었다. 이제껏 십 년 가까이 그와 함께 활동하면서 누구를 잡아오라는 명령에 못 잡아온 사람은 단 한 명도 없었고, 찾아내지 못한 사람 역시 한 명도 없었다. 그런 그가 첩첩산중에 숨어 있던 인간도 아닌, 찾아가겠다는 서찰을 보내고 버젓이 인근을 돌아다니는 자를 잡아오지 못했다는 것은 자신들도 도저히 용납할 수 없는 일이다.

"그럼……?"

열 명 중 제일 오른쪽에 선 사내가 조심스럽게 입을 열었다.

"어떤 일이 있어도 잡아야 한다!"

백시운이 단호하게 답하자 열 명의 사내들이 일제히 고개를 숙였다.

"소집 가능한 열 개 조의 인원을 모두 불러 모아 다섯 겹의 포위망을 만들어라."

"비, 비령(秘令)!"

백시운의 명령을 들은 한 사내가 깜짝 놀라며 고개를 들었다.

"직접 부딪쳐 보면 이해가 될 것이다."

백시운이 짤막하게 말하고는 등을 돌렸다.

"나가보아라!"

멍하니 서 있는 열 명의 사내들을 향해 백시운이 차갑게 소리치자 사내들이 급히 고개를 숙이고 실내를 빠져나갔다.

"머리에 뿔 달린 괴물이라도 된단 말인가?"

백시운의 처소를 빠져나온 사내 하나가 백시운 앞에서 잔뜩 움츠렸던 어깨를 활짝 펴며 긴 한숨을 내쉰 후 옆에서 어깨를 마주하고 걸어가는 사내를 보며 말했다.

"낸들 아나. 믿어지는 소리를 해야 추측이라도 해보지. 살아생전에 이런 일이 있을 줄은 상상도 못했네."

질문을 받은 사내도 고개를 저었다.

"비령 말대로 부딪쳐 보면 알 일이지. 몇 시진 안 남았으니 서둘러 포위망부터 짜도록 하세. 비령께서 포획에 실패한 자라면 비령의 실력을 뛰어넘는다는 말일세. 그러니 비령이 우리 포위망을 뚫으려 한다 생각하고 포위망을 짜보세."

"설마……?"

"설마가 사람잡는다네."

"비령이라면 자신없는데."

"우리끼리 비령을 막는다면 자신이 없지만, 비령과 함께 비령의 실력을 조금 넘는 자를 막는 일이니 걱정할 건 없네. 그러니 물샐틈없는 포위망을 만들자는 말이지."

열 명의 사내들 중에서도 제일 선임자의 위치에 있는 듯한 사내가 사려 깊고 조리있게 계획을 세워 나갔다.

"만에 하나 포위망이 뚫리면……?"

"그야말로 개망신이지!"

"망신만 당한다면 다행이지. 만약 그자가 원하는 것이 왕야의 목숨이라면……?"

선임자인 듯한 사내의 말에 이런저런 의견을 나누던 사내들의 표정이 와락 굳어졌다.

이제껏 내기라는 단어에 현혹되어 사태의 심각성을 직시하지 못하고 있는 것일지도 모르는 일이었다. 만약 그자가 내기라는 말로 경각심을 흐리게 해놓고 내기에서 이긴다면, 그리고 그 순간을 노려 왕야의 목숨을 취한다면?

그것은 망신이 아니라 멸문지화다. 왕야의 목숨을 지키지 못한 대역죄인으로 구족이 멸하는 참변을 당하게 될 것이다.

"어서 조원들을 부르게! 최대한 빨리, 그리고 최대한 많이 모아야 하네!"

그 말에 열 명의 사내들이 누가 먼저랄 것도 없이 사방으로 흩어졌다.

"아예 인간 띠를 만들어놓았군!"

저 멀리 장원이 내려다보이는 나무 꼭대기에서 자운엽은 설레설레 고개를 흔들었다.

주세양이 묵고 있는 장원 주위로 물샐틈없는 보초가 철벽을 연상시킬 정도로 세워져 있었고, 그 안으로 다시 한 겹, 그리고 건물의 모든 입구에 한 겹, 그렇게 나무 꼭대기에서 보이는 것만으로도 세 겹이었다. 아마 건물 안에도 몇 겹의 장막이 쳐져 있을 것이다.

"흠!"

최대한 안력을 돋운 자운엽은 나무 꼭대기에서 내려다보이는 장원의 모습을 세세한 것까지 하나도 놓치지 않고 머리 속에 담았다. 담장 구석에서 구석까지의 거리, 그리고 그 사이에 있는 정원수, 조형물들……. 마지막으로 인(人)의 장막을 펼치고 있는 숫자까지 모두 헤아린 자운엽은 천천히 고개를 돌리고 나뭇가지에 등을 기댄 채 생각에 잠겼다.

"지금 보이는 세 겹은 문제가 안 된다. 알맹이는 건물 안에 있는 자들인데 얼마나 될까?"

잠시 더 생각하던 자운엽은 태음토납경 속 바위의 기운을 끌어올렸다.

"내기는 내가 좋아하는 수법인데 그걸 취미로 삼는 사람을 만날 줄은 몰랐군. 그런 사람일수록 같은 방법으로 머리를 써서 이기는 것이 제일이지만… 이렇게 철벽으로 호위를 세워놓으니 왠지 정면으로 때

려부수고 싶어지는군."

말과 함께 자운엽은 이제껏 디디고 있던 나뭇가지에서 발을 떼었다.

쉬이익—

의지할 데를 잃은 신형이 속절없이 아래로 떨어져 내렸다.

구름처럼 가볍게 내려오는 대신 오히려 바위의 기운을 가득 끌어올린 채 떨어지는 자운엽의 신형에는 거암(巨巖)의 무거움이 고스란히 실려 있었다.

휘익!

까마득히 높은 나무 꼭대기에서 떨어져 내리던 신형이 나무 둥치에 이르렀을 때쯤에는 그 속도가 빛살을 무색하게 했다.

"차아!"

바위가 되어 떨어져 내리던 자운엽은 바닥이 와락 눈앞으로 다가오는 순간 한줄기 고함 소리와 함께 강하게 나무 둥치를 박찼다.

쿠웅—

육중한 타격음이 들리며 무성한 잎과 가지를 사방으로 뻗고 있던 나무가 거센 바람에라도 휩싸인 것처럼 흔들렸다.

"뭔가, 저건?"

온 신경을 곤두세우며 경계를 서고 있던 사내들이 쇠북을 두드리는 듯한 육중한 타격음에 긴장하며 나무가 있는 쪽으로 시선을 돌렸다.

쉬이익—

포탄 하나가 대문을 향해 무시무시한 속도로 쏘아져 왔다.

"마, 막아… 으흑!"

날아오는 포탄이 사람이란 것을 제일 먼저 인식한 사내가 한소리 고함과 함께 자운엽의 앞을 가로막다가 신음성을 내뿜으며 뒤로 퉁겨져 나갔다.

콰앙!

동시에 육중한 대문이 비명을 지르며 한껏 입을 벌렸다.

쉬이익!

문설주를 발끝으로 찍은 자운엽이 담벽 안쪽에 있는 두 겹의 호위병들을 무시하고 섬전처럼 건물 안으로 쏘아졌다.

쨍— 째쨍!

자운엽의 예상대로 알맹이는 건물 안에 있었고, 짧은 순간이었지만 위험을 감지한 사내들이 동시에 칼을 뽑아 들었다.

파파파파팍—

이제껏 무지막지한 힘으로 밀고 들어오던 자운엽이 환영심공의 기운을 끌어올리며 막아선 여러 사내들의 급소를 동시에 가격했다.

"으윽!"

"크윽!"

외마디 비명 소리가 여기저기서 동시에 터져 나오며 통나무 쓰러지는 소리들이 건물 바닥에 울려 퍼졌다.

와창창!

사내들을 쓰러뜨린 자운엽이 몇 걸음 더 전진하자 복도 양쪽으로 문이 넘어지며 열 명의 사내들이 화살처럼 쏘아져 나왔다.

휘리리리릭—

무수한 날갯짓 소리와 함께 자운엽의 팔목에 감겨져 있던 수운검이 수만 마리 나비 모양 암기가 동시에 뻗어 나오는 듯한 착각을 느끼게 만들며 사방으로 쏘아져 나갔다.

"피해라!"

수운검의 날갯짓을 암기로 착각한 사내 하나가 고함을 쳤고, 칼을 뽑아 든 사내들이 미친 듯이 칼을 휘두르며 두어 발씩 뒤로 물러났다.

파르르르—

수운검이 배를 잡고 까르르 웃음을 터뜨리는 소녀처럼 교성을 내질 렀다.

"이런!"

상황을 인식한 사내들이 벌겋게 달아오른 얼굴로 신음성을 토했다.

성난 들소처럼 쳐들어온 괴사내가 자신들을 향해 팔을 흔들었을 때, 그 소매 속에서 팔랑거리며 날아 나오는 물체는 사천당가의 호접표(蝴蝶飄)가 아닌가 싶었다. 그러나 자신들을 혼비백산 뒤로 물러나게 한 후 느긋이 서 있는 사내의 손에 들린 물건은 길고 긴 연검이었다.

그렇다면 방금 자신들에게 호접표로 착각하게 만든 것은 저 연검이 란 말인데… 저렇게 긴 연검이 어떻게 수만 마리의 나비처럼 동시에 자신들 모두를 향해 날아올 수 있었을까?

사방에서 포위망을 좁히는 자신들 모두가 동시에 그런 착각을 일으 켰다는 것은 괴사내가 지극히 짧은 순간 신형을 회전시키며 저 연검을 사방팔방으로 동시에 휘둘렀다는 말이었다. 그랬기에 자신들 모두가 그것을 호접표와 같은 암기로 착각한 것이다.

결론은 분명히 그렇게 내렸지만 쉽게 납득이 가지 않는 일이었다. 그런 짧은 순간이라면 칼을 한 번 내려칠 정도의 시간밖에 되지 않았 다.

"와아—"

그런 의문이 사라지기도 전에 자운엽을 놓친 사내들이 고함을 지르 며 건물 안쪽으로 몰려왔다.

"저들은 내가 무시해 버린 사람들이오. 굳이 다시 합류시킬 필요가 있겠소?"

검은 헝겊으로 눈 아래를 가린 자운엽이 제일 가까이에 있는 사내를 정면으로 쳐다보며 말했다.

"미친!"

사내가 한마디 고함을 질렀다.

여전히 칼을 늘어뜨리고 서 있는 자운엽의 눈빛에서는 내기 이상의 다른 위험한 의도를 읽어내지 못했지만 자신들이 모시는 사람은 그런 것들과 상관없이 무조건적으로 보호해야 할 사람이었다.

"잡아라!"

"비키십시오, 조장!"

다 늦게 난리법석을 떠는 수하들을 보고 제일조의 조장 낙염건(落廉巾)이 나서며 와락 이맛살을 찌푸렸다.

"너희들은 왕야의 처소를 지켜라, 어서!"

야차 같은 얼굴을 한 낙염건의 고함 소리를 들은 사내들이 주춤거리다가 낙염건이 다시 한 번 험상궂은 표정을 짓자 한곳으로 우르르 몰려갔다.

파르르―

몰려오던 사내들이 옆으로 흩어지자 자운엽이 손목을 흔들었고, 바닥에 늘어져 있던 수운검이 훌쩍 허공으로 날아올랐다. 방해꾼들이 사라졌으니 이제 다시 시작해 보자는 신호였다.

뱀의 헛바닥처럼 영활하게 움직이는 연검을 보고 다시 자세를 잡은 사내들이 일시에 자운엽을 향해 쇄도해 들었다.

"차아!"

“하앗!”

열 개의 검이 무질서하게 공격하는 듯했지만 날아드는 각각의 검에는 절묘한 배합이 이루어져 있어 어느 한곳으로도 피할 틈이 없었다.

파파파팍—

엄중한 검망(劍網) 속에서 꼼짝 못하고 서 있던 자운엽은 몇 개의 검이 코앞까지 들이닥쳤을 때 강하게 팔을 흔들었다. 그와 함께 수운검이 다시 나비처럼 사방으로 날개를 팔랑거렸다.

쨍강!

쨍—

“으윽!”

“크흑!”

나비의 날갯짓에 검신을 가격당한 사내들이 쇠 몽둥이로 팔을 맞은 듯한 충격을 느끼며 뒤로 물러났다. 눈에 보이는 모습은 팔랑거리는 날갯짓이었지만 그 속에는 수룡의 꼬릿짓 같은 무서운 힘이 담겨져 있었다.

“어디로?”

팔에 전해지는 통증을 다스릴 새도 없이 사내들은 자신들의 시야에서 사라져 버린 자운엽의 신형을 찾아 대경한 표정으로 사방을 두리번거렸다.

휘익—

전후좌우에서 자운엽의 모습을 찾지 못하던 한 사내가 설마 하는 표정으로 천장을 쳐다보는 순간, 대들보에 매달려 있던 자운엽이 유성처럼 아래로 떨어져 내리며 수운검을 휘둘렀다.

파아앗!

섬뜩한 음향과 함께 한 마리 은색 나비가 자신들의 품으로 날아드는 것을 느낀 사내들은 불가항력적으로 각각 은색 나비 한 마리씩을 가슴에 붙이고 말았다.

펄렁—

가슴에 붙었던 은색 나비가 날아가고 나자 그 자리에는 나비의 예쁜 날개 자국과 함께 맨살이 고스란히 드러났다.

"예상과는 정반대로 무식하기 짝이 없는 친구로군!"

얼이 빠진 사내들 뒤에서 묵직하고 낮은 음성이 들려왔다.

"와, 왕야!"

백시운과 함께 나타난 주세양을 보고 사내들이 혼비백산하며 다시 검을 쳐들었다. 목을 열 개라도 내놓고 보호해야 할 사람이 이런 위험한 인간 앞에 고스란히 노출되었으니 머리끝이 하늘로 올라가는 심정인 것이다.

"그만들 처소로 돌아가게. 저자가 마음만 먹었다면 자네들은 모두 시체가 되었을 것이네."

주세양이 단호하게 말하며 손을 흔들자 자운엽을 포위했던 사내들이 대역죄인처럼 고개를 떨구며 주춤주춤 뒤로 물러났다.

챙!

주세양의 호위들 중 마지막 보루인 백시운이 칼을 뽑았다.

"그만두게! 내 앞에 나타났으니 내기는 끝났네."

주세양이 온화하면서도 단호한 목소리로 말했다.

"이젠 그 복면은 치우는 게 어떤가? 초면도 아닌데 말일세."

주세양의 얼굴에 옅은 미소가 떠올랐다.

"알고 계셨습니까?"

약간 놀란 목소리와 함께 자운엽이 눈 아래를 가린 복면을 걷어냈
다.

"저자는……?"

자운엽의 얼굴을 본 백시운이 외마디 고함을 질렀다.

"들어가지. 들어가서 차근차근 얘기하세."

뚫어지게 자운엽을 쳐다보고 있는 백시운의 어깨를 두드린 주세양
이 방으로 들어갔다.

"언제나 그렇게 무식한 방식으로 일을 처리하는가?"

자운엽을 탁자에 마주 앉게 한 주세양이 차 한 잔을 권하며 말문을
열었다.

"오늘처럼 무식해 보기는 소생도 처음입니다."

목이 마른 자운엽이 차 한 잔을 단숨에 들이키며 답했다.

"하하! 그럴 줄 알았네. 내가 알기엔 자넨 결코 무식한 사람이 아닐
세."

주세양이 만면 가득 미소를 지으며 자운엽을 쳐다보았다.

"내 방으로 이어진 비밀 통로를 이용했으면 훨씬 쉬웠을 터인데 왜
그런 무식한 방법을 택했나?"

"그것도 알고 계셨습니까?"

자운엽이 거듭 놀랐다는 표정을 지으며 주세양을 쳐다보았다.

"오늘만 빼면 내가 이제껏 내기에 진 적이 없다는 것은 잘 알고 있겠
지?"

"놀랍게도 그렇더군요."

"잘 알겠지만 내기에 지지 않으려면 상대에 대한 철저한 조사가 무

엇보다 중요하지. 그런 면에서 자네는 이제껏 어떤 사람보다 힘든 상대였네."

주세양이 잠시 말을 멈추고 자운엽을 쳐다보았다.

"포위망을 뚫고 내 앞에 나타나겠다던 자네의 서찰을 받고 왠지 이 집이 마음에 걸리더군. 생각보다 훨씬 싸게 얻은 점도 그렇고……. 물론 거간꾼 행세를 한 자네의 계략이었겠지? 그래서 집주인을 불러 조사를 좀 했고, 내 방에 비밀 통로가 있다는 것도 알아냈다네."

말을 하던 주세양이 궁금하다는 표정을 지었다.

"그런데 왜 그 통로를 이용하지 않았나? 그럼 훨씬 쉬웠을 텐데."

주세양이 재차 질문했다.

"처음에는 그럴 생각이었는데 겹겹이 둘러싸인 방어막을 보니 오기가 발동을 하더군요. 그래서 아무 생각 없이 달려들었지요. 그런데 결과적으로 그 때문에 여기까지 올 수 있었던 것 같군요."

자운엽이 답을 바란다는 눈빛으로 주세양을 쳐다보았다.

"하하! 자네 말이 맞네. 바깥으로 철통같은 호위망을 세우고 비밀 통로는 텅 비워놓았지. 대신 곳곳에 인분을 가득 채워놓아 그곳으로 들어왔다면 인분세례를 맞았을 것이야. 아무리 내기라지만 인분 냄새를 풀풀 풍기며 황실의 종친인 나를 만나러 올 수는 없겠지. 그러면 내가 이기는 것인데……. 쩝!"

주세양이 의기양양하게 말하다가 그 계획이 실패로 돌아간 사실이 아쉽다는 듯 입맛을 다셨다.

무척 어렵긴 했지만 그동안 흑랑이란 별명을 쓰는 자에 대해 몇 가지 정보를 입수했고, 그것으로 예측해 본다면 그자는 틀림없이 철통같은 경계를 선 정문보다는 비밀 통로를 이용할 것이라 생각했다. 거간

꾼 노릇을 하며 이 집을 얻게 한 것으로도 그것은 충분히 예상 가능했다.

그런 예상 속에서 장원 안팎으로 모든 경비를 세우고 비밀 통로는 텅 비워둔 채 인분 폭탄을 설치해 두었는데, 예상과는 정반대로 자운엽이 무지막지한 정면 돌파를 시도한 것이다.

'운이 강한 놈이야.'

주세양은 깎아놓은 듯이 앉아 있는 자운엽을 보며 내심 중얼거렸다.

그러다 문득 열 명의 조장들 가슴을 순식간에 갈라놓은 자운엽의 섬뜩한 칼을 떠올리고는 고개를 저었다. 그런 칼 실력으로 미루어본다면 그것은 결코 운이 아니었다. 이제껏 본 적이 없는 그런 무서운 실력을 가진 정도라면 비밀 통로를 택했더라도 모든 함정들을 간파하고 지금쯤 이 자리에 멀쩡히 앉아 있을 것 같았다.

'어쨌든 기록이 깨어졌군. 쩝!'

주세양은 차 한 잔을 가볍게 비우고 정색을 하며 다가앉았다.

"그래, 내기에 이겼으니 뭘 원하나?"

갑작스런 주세양의 질문에 자운엽도 표정을 굳히며 숨을 깊이 들이켰다.

어쩌면 지금부터가 본격적인 대결이 될 것이다.

황족치고는 무척이나 탄력적인 사고방식을 가진 사람이었지만 결코 범인과 같을 수는 없는 것이다. 자칫 생각지도 못한 곳에서 심기를 상하게라도 한다면 만사 헛일이다.

"호남성 전역의 소금 전매권을 제게 주십시오."

자운엽이 단도직입적으로 말했다.

"이런!"

뜻밖의 말을 들은 주세양이 눈을 크게 떴다. 그리고는 잠시 허공을 쳐다보았다.

"소문이 사실이었군!"

잠시 뜸을 들이던 주세양이 짐작이 간다는 눈빛을 하며 고개를 끄덕였다.

"쉬쉬하고 있지만 호남성의 염인을 따내려던 가문들이 한 사람으로 인해 코가 꿰였다는 소문을 들었지. 말도 안 되는 소리라 흘려버렸는데 그게 사실이었군. 그리고 그 사람이 자네로구만."

주세양이 쉽게 믿을 수 없다는 표정으로 자운엽을 쳐다보았다.

"정말 자네가 한 짓인가?"

"그렇습니다."

"허허! 이런 일이……? 대체 어떻게 했기에 목숨을 내놓을지언정 자신들의 기득권을 포기하려 하지 않는 사람들을 떨쳐 냈나?"

주세양의 얼굴에 여러 가지 의문들이 겹쳐졌다.

"그들에게는 목숨보다 소중한 것이 체면이지요. 그것을 적절히 이용했습니다."

"짐작이 가는군."

자운엽의 답을 들은 주세양이 묵묵히 답했다.

"하지만 호남성 전역의 소금 전매권을 한 사람에게 몰아준다는 것은 보통 일이 아닐세."

"그래서 왕야를 찾아온 것입니다. 그리고 내기에는 제가 이겼지요."

자운엽이 숨 쉴 틈을 주지 않고 몰아붙였다.

"이럴 줄 알았으면 내기를 하지 말 걸 그랬어. 쯧쯧!"

난감한 표정을 한 주세양이 혀를 챘다.

"내가 허락을 한다 해도 여러 단계에서 반대에 부딪칠 걸세."

"그런 것들은 부수적인 사항들이지요. 중요한 것은 왕야의 허락이라 알고 있습니다."

자운엽은 주세양만 허락한다면 모든 것은 자신있다는 투로 말했다.

"돈이 필요한가?"

"아닙니다."

"그럼?"

"한 가문에서 몇 달 동안 공짜 밥을 얻어먹었습니다."

"그래서 밥값을 하겠다고 이런 일을 벌였나?"

"그렇습니다."

"무슨 금가루를 입힌 밥이라도 대접하던가?"

"그런 셈이지요."

"거참!"

몇 개의 질문을 쉴 새 없이 던지고 그 대답을 들은 주세양의 표정에 서서히 짓궂은 장난기가 피어올랐다.

"그런데 내가 약속을 어기고 그것을 허락 못하겠다면 어쩔 것인가? 나 정도의 신분이면 범인들과의 약속은 아무 의미가 없을 수도 있다네. 약속이란 힘이 비슷한 사람들끼리 통하는 얘기니까 말일세."

"그럼 물귀신 작전을 써야지요."

자운엽이 조금도 지체없이 답했다.

"물귀신 작전?"

주세양의 미간이 살짝 찌푸려졌다.

"염인을 받아내지 못해 정상적인 소금 장사를 못한다면 동정호의 수 적들을 동원하여 호남성 전역에 최대한 싼값으로 소금을 뿌려야지요.

그러면 왕야께서도 타격이 크실 겁니다.”

“이자가?”

자운엽의 말에 옆에 있던 백시운이 고함을 치며 칼자루에 손을 갖다 댔다.

“그만두게! 아주 흥미진진한 얘기일세.”

주세양이 손을 들어 백시운의 행동을 제지했다. 그리고 표정에서 장난기를 싹 지우고 다시 말했다.

“지금 자네, 황족을 협박하는 것인가?”

“굳이 직설화법으로 표현하자면… 그렇습니다.”

“이, 이…….”

백시운의 얼굴이 새파랗게 질렸다.

“푸하하하!”

팽팽한 긴장의 끈은 주세양의 대소와 함께 끊어져 나갔다.

“자네, 어떻게 알았나, 내가 협박에 약하다는 것을?”

“계산이 빠르신 분이니까요. 소금 밀매가 판을 치면 왕야의 수입도 줄어들 것이고, 입지도 좁아지지요. 그럼 이런 유람 생활은 끝이 나겠지요.”

자운엽도 정색을 하며 답했다.

“정확히 보았네. 수입도 수입이지만 이런 유람을 못한다면 난 죽은 목숨이라네.”

주세양이 두렵다는 표정으로 말했다.

“그런데 동정호의 수적들이 자네 말을 들을까? 잘못하면 자신들도 싹쓸이를 당할지 모르는데 말일세.”

주세양이 자운엽의 말에서 허점을 찾아내고 그것을 공격해 왔다.

"그들은 제 명령을 따르는 사람들입니다."

짤막하게 답한 자운엽이 품속으로 손을 넣어 작은 주머니 하나를 꺼냈다. 그리고 그 안에 든 내용물을 탁자 위에 쏟았다.

"뭔가, 이건?"

주세양이 호기심 어린 눈빛으로 탁자 위의 물건들을 쳐다보았다.

"이것은 사신방 방주 신을경의 가슴에 있는 문신이지요. 그리고 이것은 동정채의 채주 경여형의 수결입니다. 손가락이 여섯 개라 웬만해선 안 찍어주는 것이죠. 그리고 이것은 동정호의 제일 큰 수적 단체인 청하방 방주의 상어 이빨 목걸이입니다. 이것 역시 절대로 누구에게 안 빌려주는 물건이지요. 그리고 현재 그들은 내 명령에 따라 소금 밀거래를 중단하고 있습니다. 많이 굶주렸지요. 다시 명령만 내린다면 미친 듯이 달려들 것입니다."

말을 마친 자운엽이 확인해 보라는 눈빛으로 백시운에게 시선을 던졌다.

"진품인 것 같군!"

백시운의 확인이 필요없다는 표정으로 주세양이 답했다.

"그럼 자네가 그 세 곳을 장악했다는 얘긴가? 그래서 내가 협상을 거부하면 그들을 이끌고 결사적으로 밀무역을 하겠단 말인가?"

"뭐, 그런 일이야 일어나겠습니까마는, 최악의 경우를 대비함이지요."

자운엽이 슬쩍 비켜나며 답했다.

"최악이라⋯⋯."

주세양이 물끄러미 탁자 위에 놓인 물건들을 쳐다보며 읊조렸다.

"그렇군! 그런 일이 일어난다면 최악이지. 솔직히 자네가 그들 세 곳의 수적들을 몰고 다니며 죽기 살기로 소금 밀매를 한다면 여간 골치 아픈 일이 아닐 것이네. 아마도 온 호남성이 발칵 뒤집히겠지?”

주세양이 다시 느긋한 표정으로 돌아오며 술잔을 입에 댔다.

“그런데 말이야, 자네가 공짜 밥을 먹은 가문이 어디인가?”

천천히 잔을 비운 주세양이 잔을 내려놓고 자운엽에게 질문했다.

“공야세가입니다.”

“공야세가? 공야인낙이 가주인 그 가문 말인가?”

“그렇습니다.”

“그놈들은 도적놈들로 알고 있는데……. 그놈들에게 염인을 주란 말인가?”

“소금 장사 하는 가문치고 도적놈이 아닌 곳이 없지요. 폭리와 온갖 뇌물이 난무하니까요.”

자운엽이 약간은 조심스럽게 말했다. 그들이 바치는 뇌물은 주세양의 손으로 제일 많이 흘러 들어간다는 것을 잘 알기 때문이었다.

“쩝! 자네 눈에는 나도 도둑놈으로 보이겠군?”

주세양 역시 그것을 알아채고 민망한 표정을 지었다.

“대신 멋지게 쓰시더군요. 저 같은 고아들도 많이 도와주시고…….”

“그렇게 생각해 주니 고맙구만. 앞으로 좀 더 열심히 돕기로 하지.”

주세양이 마치 면죄부라도 얻은 듯한 표정을 지으며 의자를 당겨 앉았다.

“그럼 이제 서로 꺼낼 패는 대충 다 꺼내 보였으니 실질적인 협상에 들어가도록 하지.”

“그럼 제 제안을 받아들이시는 겁니까?”

“조금 전까지만 해도 난 자네를 타일러서 돌려보내려 했다네. 호남성에서 소금 전매를 하는 다섯 가문은 개인적으로 두터운 친분이 있는 가문일세. 그렇기에 하루아침에 전매권을 몰수한다는 것은 어려운 일이지…….”

주세양은 아직까지도 마음에 걸린다는 표정으로 말끝을 흐렸다.

“하지만 자네 눈을 보니 타이른다고 물러날 사람이 아닌 것 같군. 그리고 거절했다가는 어떤 짓을 할지도 모르겠고…….”

주세양이 깊숙한 눈빛으로 자운엽을 쳐다보며 말했다.

“언젠가 신세는 꼭 갚겠습니다.”

자운엽이 고개를 숙이며 조심스럽게 말했다.

“그러겠나? 그 말 기억하지. 험험! 그럼 협상을 해봄세. 얼마를 주겠나?”

몇 번 헛기침을 하던 주세양이 자운엽의 눈길을 피해 이리저리 시선을 돌리며 가격을 물었다.

‘재미있는 사람이군! 후후!’

주세양의 그런 모습에 속으로 무척이나 긴장하고 있던 자운엽은 긴 한숨을 내쉬며 내심 고소를 지었다.

“무엇을 말씀하시는지……?”

고소를 삼킨 자운엽은 시치미를 뚝 떼며 주세양에게 질문을 던졌다.

“사람, 참! 다 알면서 무안하게 만드는구만……. 뇌물 말일세, 뇌물! 나도 그게 있어야 품위 유지를 할 수 있을 게 아닌가? 험험!”

주세양이 다시 헛기침을 하며 시선을 이리저리 움직였다.

“아— 그거 말씀이십니까? 그러니까… 예전에 받으시던 금액에 이 할을 더 드리겠습니다. 품위를 조금 더 끌어올릴 수 있으실 겁니다.”

“그, 그런가? 그러면…….”

지금까지 받던 뇌물 액수에 이 할을 더 주겠다는 자운엽의 말에 주세양이 이게 웬 떡이냐는 표정을 지으며 입맛을 다셨다.

"그게 얼마인지는 아십니까?"

그런 주세양의 모습을 보고 자운엽도 미소를 지으며 물었다.

"그야 뭐, 꼭 내가 알아야 하는 것도 아니지만… 어쨌든 지금보다 품위가 그만큼 더 높아질 것 아니겠나? 험험! 그러면 좋은 것이네."

다시 헛기침을 하던 주세양이 잠시 고민하는 표정을 짓다가 정색을 하며 자운엽을 쳐다보았다.

"이왕 이렇게 된 거… 품위 유지비를 두 배로 올려주면 공야가의 전매권을 반 년 동안 더 보장하겠네."

주세양이 결의에 찬 표정으로 말했다.

"훌륭한 협상가시군요!"

자운엽이 감탄했다는 표정을 지으며 말했다.

"중이 고기 맛을 알면 절간에 파리가 안 남아도는 법이라네."

"좋습니다! 그렇게 하시지요!"

자운엽이 흔쾌히 답하며 품속에서 미리 준비하고 있던 전표를 주세양에게 내밀었다.

"뭔가?"

"왕야께서 말씀하신 품위 유지비입니다."

"이거야 원……. 협상이 방금 이루어졌는데 어떻게 바로 줄 수가 있나? 금액도 방금 정한 게 아니었나?"

주세양은 이해가 안 된다는 표정으로 자운엽을 쳐다보았다.

밀고 당기는 협상 끝에 방금 금액을 결정했는데 결정이 끝나자마자 그 금액이 곧바로 손에 건네지는 것이 어리둥절한 일이었다.

"실은 일 년 계약에 두 배의 금액을 생각하고 있었습니다. 그런데 일 년 반 계약에 두 배의 금액이니 우리로서는 반 년 이익을 본 것이지요. 하하!"

자운엽이 가지런한 이빨을 드러내며 상쾌한 웃음을 터뜨렸다.

"……."

"쯧쯧! 내 딴에는 한 건 했다고 생각했는데 주려고 가지고 온 떡도 다 못 챙겼군."

주세양이 안타까운 표정을 하며 자운엽의 얼굴과 자기 손에 든 전표를 번갈아 쳐다보았다. 그러나 자운엽의 표정에는 한 번 결정된 이상 그것으로 끝이라는 의미가 명백히 떠올라 있었다.

"쩝!"

입맛을 다신 주세양이 손에 든 전표를 천천히 품속에 갈무리했다.

"그런데 좀 전에 자네가 제시한 그 조건으로 일 년 계약을 수락했으면 어떻게 할 셈이었나?"

주세양이 호남성 전역에 대한 향후 일 년 반 동안의 소금 전매권을 공야세가에 넘긴다는 문서를 작성하며 넌지시 자운엽에게 질문했다.

"그 차액은 당연히 제 차지가 되는 것이죠!"

자운엽이 당연한 걸 왜 묻느냐는 표정으로 주세양을 쳐다보았다.

"그, 그렇군! 당연히 그렇게 되겠지. 험험! 자, 됐네! 이것으로 내년 초부터 일 년 반 동안 호남성의 소금 전매는 공야세가로 떨어지도록 내가 할 수 있는 일은 다 하겠네. 나머지는 자네가 알아서 하게."

주세양이 인장 찍은 문서를 자운엽에게 내밀었다.

"됐군요!"

서류를 넘겨받은 자운엽이 한 자 한 자 꼼꼼히 확인한 후 품속에 갈무리했다.

"그런데 자넨 상관진걸과는 어떤 사이인가?"

주세양이 서류를 확인하고 품속에 갈무리하는 자운엽을 물끄러미 쳐다보다 불쑥 질문을 던졌다.

"아는 사이십니까?"

자운엽이 뜻밖이라는 표정으로 얼른 고개를 들고는 주세양을 쳐다 보았다.

"몇 번 만난 적이 있지. 배포가 마음에 들어 호감이 가는 친구였는데, 그 부하 한 명이 자네와 동행하고 있더군."

주세양이 진지한 눈빛으로 자운엽의 표정을 살폈다.

"그냥 별 사이 아닙니다. 오가다 만났다가 지금은 소식도 모르고 지내고 있습니다."

자운엽이 심드렁하게 답했다.

"별 사이가 아니라……? 내 짐작으로 상관진걸 그 사람은 절대로 자네를 별 사이 아닌 관계로 놔둘 사람이 아닌 것 같은데?"

주세양이 자신의 짐작을 확신한다는 투로 말했다.

"언젠가 이상한 동물 그림이 새겨진 단검 하나를 맡기더군요."

"그, 그래서……."

주세양의 눈빛이 찰나지간 빛을 발했다.

"도로 던져 주었습니다. 무겁기만 하고 별로 쓸모가 없어 보이더군요."

"아까운 일이구만. 그 사람에게는… 아니, 황실 전체를 보아도……."

주세양이 혼잣소리인 양 중얼거리다가 다시 자운엽을 쳐다보았다.

"그 단검이 너무 작아서 마음에 안 들었던 모양인데… 내 두 배는 더 길고 잘 드는 검을 선물할 테니 받아가게."

자운엽이 승낙만 하면 당장 주겠다는 듯 주세양이 벽장 쪽으로 고개를 돌렸다.

"그런 것이야 길면 길수록 더 거추장스럽죠. 전 지금 가지고 있는 제 칼 이외에는 그 어떤 칼도 관심이 없습니다. 그러니 선물을 주시고 싶거든 말이나 한 마리 주십시오."

"말?"

"예! 하루에 천 리는 아니더라도 최대한 잘 달리는 놈으로……."

"말은 잘 타는가?"

"어떻게든 매달려서 안 떨어지면 되는 거 아닙니까?"

"푸하하! 이 친구! 말 잡을 소리 하고 있군."

주세양이 다시 한 번 대소를 터뜨렸다.

여우 뺨 칠 정도로 영악스러운 눈빛 속에서 언뜻언뜻 내비치는 무모함은 혀를 내두르게 만들었다. 어쩌면 그런 무모함이 자신과의 내기에서 이기게 만들었을 것이리라.

'오 년 뒤에는 어떤 모습을 하고 있을지 정말 기대가 되는 놈이로다!'

주세양은 슬쩍 자운엽의 모습을 살피며 의미심장한 눈빛을 빛냈다.

"좋네! 내가 가진 말 중에서 제일 좋은 놈으로 주겠네. 시운! 자넨 지금 즉시 흑룡을 몰고 와 이 친구에게 주게."

주세양이 뒤를 돌아보며 한 자루 칼처럼 서 있는 백시운에게 지시를 내렸다.

"왕야, 그 말은……."

백시운이 당황한 표정을 지으며 더듬거렸다.

"내어주게. 그리고 이것은 그 말을 타고 다녀도 된다는 허가증 역할을 하는 것일세. 말 때문에 귀찮은 일이 생기면 내보이게. 그럼 간단히 해결될 걸세."

주세양이 허리 어림에서 작은 금환 하나를 떼내어 자운엽에게 내밀었다. 그것 역시 황룡단검처럼 복잡한 용 무늬가 양각되어 있었다.

"말 사용 허가증 외에 다른 거추장스러운 용도가 있는 것은 아니겠지요? 그런 것이라면 사양하겠습니다."

자운엽이 눈살을 찌푸리며 주저하는 표정을 지었다.

"몇 가지 있기는 한데… 자네에게는 소용이 없을 걸세. 어쨌든 이게 없으면 그 말은 탈 수가 없네. 그러니 잘 간수하게. 그리고 말 값은 천천히 벌어서 갚게."

자운엽이 금환을 받자 주세양이 얼른 말 가격을 언급했다.

"그냥 주시는 게 아닙니까?"

금환을 받아 든 자운엽이 엉거주춤한 자세로 주세양을 바라보았다.

"그 말을 자네에게 줌으로써 내 품위가 상당히 곤두박질쳤다네. 그러니 언젠가는 다시 품위를 올려주어야 할 것 아니겠나?"

"그렇… 습니까? 그런데 말 가격이 얼마나 되는지……?"

"차차 알아보게. 그럼 거래는 끝났으니 그만 나가보게. 그리고 호남성 오대세가 사람들을 보거든 날 만났다는 말은 하지 말게."

주세양은 혹시라도 자운엽이 금환을 도로 던져 줄까 저어하는 표정으로 크게 손을 흔들며 먼저 일어섰다.

"알겠… 습니다. 그런데 왠지 찜찜하군요."

자운엽은 주세양에게서 받아 든 금환을 이리저리 유심히 살폈다.

"그렇게 의심이 가거든 언제든지 말 가격을 벌어서 돌려주면 될 게 아닌가?"

금세 언짢은 표정이 된 주세양을 보고 얼른 고개를 숙인 자운엽은 아래로 내렸던 복면을 다시 코 위까지 끌어 올리고는 백시운을 따라 밖으로 나갔다.

"오 년이라⋯⋯."

잠시 후 주세양의 목소리가 한줄기 한숨과 함께 나직이 흘러나왔다.

"이젠 다 끝났군요."

북미가 모든 일을 끝내고 돌아온 자운엽을 쳐다보며 가슴 위로 올려놓은 무거운 돌을 치운 표정을 지었다.

"다 됐소, 이젠⋯⋯."

자운엽도 긴 한숨을 내쉬며 자리에 털썩 몸을 기댔다.

"그럼 이제⋯⋯."

"우선 엽차나 한 잔 주시오. 뒷일은 내일 생각하기로 하고⋯⋯."

"알겠어요."

자운엽의 말에 북미가 밝은 미소를 지으며 밖으로 나갔다.

"까악―"

잠시 후 밖으로 나간 북미의 비명 소리가 들려왔고, 눈을 감고 의자에 등을 기대고 있던 자운엽이 벼락같이 일어나 밖으로 쏘아져 나갔다.

"왜 그러시오, 북미?"

넋이 나간 표정으로 한곳을 쳐다보고 있는 북미를 보고 자운엽이 고함을 쳤다.

"저, 저 말⋯ 어디서 났나요? 설마 훔쳐 온 것은 아니겠지요?"

북미가 파랗게 질리며 물었다.

'훔쳐?'

무슨 큰 변고가 생긴 줄 알고 벼락같이 뛰쳐나온 자운엽은 북미의 말을 듣고 멍하니 할 말을 잊었다.

그동안 약간은 비정상적인 방법으로 원하는 것을 취득할 때가 몇 번 있었지만 북미로부터 다짜고짜 그런 원색적인 말을 듣게 되니 일순 말문이 막힌 것이다.

"왜 그러시오? 아는 말이오?"

아직도 새파랗게 질린 표정을 한 북미를 보며 자운엽이 침착하게 물었다.

"그것보다… 어떻게 저 말이 여기에 서 있나요?"

북미의 겁에 질린 눈이 자운엽을 응시했다.

"값은 천천히 치르기로 하고 왕야로부터 정상적으로 인계받은 놈이오."

자운엽이 북미의 걱정을 덜어주려 '정상적인 인계' 란 말을 최대한 강조했다.

"값을 치른다고요?"

자운엽의 설명에도 불구하고 북미의 표정은 여전히 풀리지 않았다.

"비싼 말이오?"

"비싸고 안 비싸고를 떠나 아무나 탈 수 있는 말이 아니에요, 저 말은……."

"아하! 그 얘기군요. 왕야도 그런 말을 했소. 그래서 이걸 가지고 있으면 탈 수 있다고 했소."

자운엽은 허리춤에 매단 금환을 내보였다.

"맙소사……."

또다시 새파랗게 질린 북미가 비명인지 탄성인지 모를 소리를 질렀다.

"또 왜 그러시오? 나도 이게 영 찜찜하오. 한데 저놈이 너무 마음에 들어……."

자운엽이 흑룡과 금환을 번갈아 몇 번씩 쳐다보았다.

"정말 훔친 건 아니지요?"

북미가 다시 자운엽의 말문을 막았다.

"이것 보시오, 북미 소저!"

"미, 미안해요."

북미가 황급히 사과하며 고개를 숙였다.

"그런데 왜 그렇게 사색이 된 것이오?"

조금 뜸을 들인 자운엽이 북미를 보고 질문했다.

"저 말과 그 금환은 황족의 물건이에요. 그리고……."

"그리고?"

"황룡단검을 귀찮다고 내팽개친 당신이 어떻게 그 금환을 받아왔는지 뜻밖이군요."

북미의 눈빛에 의문이 어렸다.

"어찌해 볼 새도 없이 떠맡게 되었소. 그러고 보니 도둑을 피해 강도를 만나지 않았나 하는 생각도 드오. 하지만……."

"하지만 뭔가요?"

북미의 눈에 의문이 떠올랐다.

"상관 대협의 물건이라면 몰라도 왕야의 물건이라면 그것을 이용하여 한 번쯤 정말 큰 사기를 칠 수도 있지 않을까 하는 생각이 드는 중이오."

슬쩍 고개를 돌리는 자운엽의 눈에서 장난기가 사라지고 찰나지간 더없이 복잡한 빛깔 한줄기가 스쳐 지나갔다.

"무슨 생각을 하는지 알 수가 없군요. 어쨌든 정상적인 인계로 얻은 물건들이라니 걱정 안 할게요."

북미가 긴 한숨을 내쉬었다.

"간 떨어질 뻔했소. 내일 아침부터는 말 타는 법이나 가르쳐 주시오."

자운엽이 등을 돌려 방으로 들어갔다.

다음날 아침 일찍부터 흑룡의 등에 매달려 떨어지지 않으려고 기를 쓰던 자운엽은 점심때가 가까워지자 제법 능숙하게 말을 탈 수가 있게 되었다. 그것은 자운엽이 말에 대한 천부적인 자질을 타고났다기보다는 흑룡이란 말의 세심한 배려 때문이었다.

주세양과 떨어지지 않으려고 앞발을 내밀고 버티던 흑룡은 주세양이 목덜미를 어루만지며 한참 동안 부드럽게 타이르자 몇 번이나 뒤를 돌아다보며 자운엽을 따라왔다. 그리고 새 주인의 말 다루는 솜씨가 너무 기가 막히는지 연신 고개를 흔들며 투레질을 하던 흑룡은 마침내 스스로 알아서 자운엽을 떨어지지 않게 만들었다. 그렇게 오전 내내 인마일체(人馬一體)의 경지에 오르기 위해 노력하던 인마는 오후가 되어서는 어설프게나마 일체감을 느끼게 되었다.

"정말 훌륭한 말이구나, 네 녀석은."

자운엽은 흑룡의 등에서 기마술을 익히며 거듭거듭 감탄사를 내질렀다.

뻣뻣한 자세로 고삐만 잔뜩 잡아당기다 기우뚱 중심을 잃을라 치면 흑룡은 먼저 그것을 알아채고 기울어진 중심을 유지하기 좋은 쪽으로 방향을 틀었다. 또 속도를 내다가도 조금 불안하다 싶으면 고삐의 움직임과는 상관없이 속도를 줄이고 안정을 되찾게 했다.

"이젠 며칠만 더 지나면 질풍처럼 달릴 수 있겠소!"

들판을 한 바퀴 돈 자운엽이 북미와 일곱 사신이 앉아 있는 곳으로 달려와 말에서 내렸다.

"그래요! 정말 훌륭한 말이에요."

"정말 멋진 말이오. 웬만한 사람보다 더 영리할 것 같소!"

"그런 것 같소! 이런 말이라면 돌부처를 태워도 떨어뜨리지 않고 질풍처럼 내달릴 것 같소."

저마다 한마디씩 흑룡에 대한 칭찬을 늘어놓는 북미와 일곱 사내들을 지나치며 자운엽은 조용히 풀밭에 자리를 잡고 앉았다.

'어이쿠! 이건 또 무슨 징조냐?'

저런 말이라면 돌부처도 탈 수 있겠다고 약을 올린 위충겸이 내심 긴장하며 자운엽의 눈치만 살폈다. 다른 때 같았으면 그런 소리를 듣고 절대로 가만있지 않을 자운엽이었건만 오늘은 어쩐지 한마디 대꾸도 하지 않고 묵묵히 자리에 주저앉은 모습이 영 켕기게 만들었다.

"왜 그러시오? 어디 아프시오?"

단철패 역시 뭔가 심상찮은 분위기를 느꼈는지 눈동자를 굴리며 자운엽을 쳐다보았다.

"여러분들 덕분에 일이 처음 예상한 것보다 훨씬 빨리 끝났소. 정말 큰 신세를 졌소!"

시선을 저 앞 들판에 둔 자운엽이 천천히 입을 열었다.

"우리야 뭐 시키는 대로만 했지요. 그리고 신세랄 것도 별로 없소.

미랑 덕분에 안계를 넓혔고, 뒤통수를 맞지 않고 살아가는 법도 배웠으니까요.”

단철패가 처음보다는 몇 배나 말수가 많아진 모습으로 씨익 웃었다.

“이젠 가보아야 할 것 같소.”

여전히 들판 먼 곳을 쳐다보며 자운엽이 나직하게 말했다.

“그게 무슨 말인가요, 가다니요?”

북미가 약간 의외라는 눈빛으로 자운엽을 쳐다보았다. 이번 일이 끝나면 구당협으로 사중협을 만나러 가야 한다는 것은 알고 있었지만 일이 훨씬 일찍 끝났으니 조금 여유가 있을 줄 알았다. 그런데 채 하루도 지나기 전에 떠나야겠다는 자운엽의 말은 정말 갑작스러웠다.

“왜? 왜 이렇게 서두르시나요? 예상보다 일이 일찍 끝났으니 그만큼 여유가 있는…….”

투정 섞인 소리를 지르던 북미는 자운엽의 전신에서 흘러넘치는 이질적인 기운 한 가닥을 느끼고는 눈을 동그랗게 떴다.

“자…….”

들판 저 먼 곳을 쳐다보다 고개를 돌리는 자운엽의 눈동자에서 미처 다 지우지 못한 그리움의 빛을 읽은 북미는 다시 무슨 말을 하려다 얼른 입을 다물었다.

‘설수연!’

자신도 모르게 북미의 뇌리에 한 여인의 이름이 떠올랐다.

방금 전 자운엽의 눈동자에 어려 있던 그리움의 정체는 그 여인임이 틀림없다. 그동안 자신 앞에서는 한 번도 표시를 낸 적이 없었지만 혼자 있을 때마다 먼 곳을 향하던 그 눈빛은 아마도 그녀를 향한 눈빛이었을 것이리라. 한시라도 빨리 사중협을 만나고, 또 그녀를 만나고 싶은 생각이 찰나지간 스쳐 지나가던 자운엽의 눈빛 속에 숨어 있었다.

'자 공자……!'

북미는 가슴 깊이 탄식을 터뜨렸다.

그동안 정인의 곁에 있다는 행복감으로 그런 것은 단 한 번도 헤아려 보지 않았다.

마냥 자신 생각만 하고, 자신의 행복만을 바랬다.

생명을 구해준 자신을 받아들이고, 자신 앞에서는 그녀를 그리워하는 모습을 절대로 보이지 않았지만 조금 전 언뜻 비쳐진 모습에서 그 깊이가 얼마만한지 짐작이 갔다.

"난 말이오… 할 일이 없어 가만히 있으면 자꾸 이상한 방향으로 생각이 흐르는 사람이오. 그러니 지금 바로 떠납시다. 약속 날짜까지는 좀 여유가 있지만 가다가 홍수라도 만날지 어찌 알겠소?"

평소의 표정으로 돌아온 자운엽이 미소를 지으며 말했다.

"자 공자……."

북미가 입술을 깨물었다.

"왜 그러시오? 하긴… 내가 너무 서두르고 있긴 하군요."

"아니에요. 지금 당장 떠나세요. 자 공자 말대로 먼 길을 가는 동안 무슨 일이 생길지 모르잖아요? 그리고 이번에는 전 좀 쉬고 싶어요. 염인도 공야세가에 전해야 하고… 피곤하기도 해요."

북미가 한숨을 내쉬며 지친 듯한 표정을 지었다.

"무슨 소리요, 북미 소저? 조금 전까지도 팔팔하게 설치더니 피곤하다니요?"

단철패가 의아한 표정을 지으며 끼어들었다.

"이번에는 자 공자 혼자 가세요. 전 정말 좀 쉬고 싶어요. 또, 공야세가로 돌아가서 좌수검(左手劍)을 익혀야겠어요. 칼을 분신 삼아 살아왔는데 그걸 잃어버리니 너무 허무해요. 그리고 저번에 청하방의 육진이란 사람과 싸웠을 때는 너무 비참했어요. 예전 같았으면 쉽게 끝낼 수 있는 자였는데……."

북미가 그때 일을 떠올리며 처참하다는 표정을 지었다.

"정말 좌수검을 익히고 싶소?"

묵묵히 북미를 쳐다보던 자운엽이 관심이 간다는 표정으로 질문했다.

"익히고 싶어요! 공야세가로 돌아가면 당신이 수련했던 연무장에서 죽도록 좌수검을 익힐 거예요. 그래서 왼손으로도 예전만큼 칼을 휘두를 수 있도록 하겠어요."

북미가 자신의 단호한 결심을 내보이려는 듯 입술을 굳게 다물었다.

"좌수검법이라……?"

자운엽이 북미의 왼팔을 쳐다보며 탄식하듯 내뱉었다.

"좋소! 그렇게 하시오. 이왕 할 이별이면 빠를수록 좋을 것이오. 난 바로 떠나겠소."

말과 함께 자운엽이 훌쩍 흑룡의 등 위로 올랐다.

"미, 미랑?"

단철패가 화들짝 놀라며 말고삐를 잡았다.

"일이 끝나면 하고 싶은 대로 해도 된다고 했지만 한 가지만 더 부탁하겠소. 북미 소저를 공야세가까지 좀 데려다 주시오."

자운엽이 고삐를 잡은 단철패에게 마지막으로 한 가지 부탁을 더 했다.

"그거야 당연히 그래야 할 일이지요. 하지만……."

단철패가 씩씩거리며 무슨 말을 하려다 북미의 제지를 받고 입을 다물었다.

"바쁘신 줄은 알지만 부탁드려요. 단철패 대협께서도 아시다시피 전 지금 누구 도움이 없이는 공야세가까지 무사히 갈 수가 없어요. 그러니 여러분들께서도 도와주셔야 해요."

흑룡의 말고삐를 잡고 있는 단철패의 팔을 강하게 끌어당기며 북미가 조용히 말했다.

"휴우—"

단철패가 긴 한숨을 내쉬며 흑룡의 말고삐를 놓았다.

"다시 한 번 묻겠소. 정말 좌수검을 연마할 것이오?"

"그래요! 왼손으로도 예전만큼 칼을 쓸 수 있도록 하겠어요."

북미가 단호하게 답했다.

"당신은 말이오……."

말 위에서 북미의 단호한 표정을 잠시 내려다보던 자운엽이 천천히 입을 열었다.

"당신은 좌수검법보다 거짓말을 그럴싸하게 하는 법을 먼저 배우시오. 속에 없는 말을 할 때 당신의 표정과 행동에서는 최소한 열 가지 이상의 특징이 드러나오."

"무슨 말인가요, 그건?"

"당신의 마음은 가슴 깊이 새기겠소. 당신을 데려가지 않는 대신 최대한 빨리 데리러 오겠소."

말을 끝낸 자운엽이 상체를 움직이자 흑룡이 먼저 알고 뒤로 돌아섰다.

"이랴!"

고함 소리를 들은 흑룡이 천천히 걸음을 내딛다 점차 속력을 내기 시작했다.

"으흐흐흑!"

자운엽의 모습이 보이지 않을 즈음 단철패의 옆으로 쓰러진 북미가 오열을 터뜨렸다.

"불여우 같은 인간! 뻔히 다 알고 있으면서 그렇게 시치미를 떼다니. 하마터면 고삐를 잡고 한바탕 난리를 칠 뻔했군."

단철패가 북미의 어깨를 토닥거리며 중얼거렸다.

"그만 우시오, 북미 소저! 미랑은 소저 마음을 다 알고 있으니 됐지 않소? 최대한 빨리 돌아올 거요!"

처음보다 더 크게 어깨를 들썩이며 오열하고 있는 북미를 달래던 단철패가 아랫배에 가득 힘을 불어넣었다.

"미랑! 당신은 조만간 나하고 다시 만날 것 같은 예감이 드오! 아마 우린 전생에서부터 인연이 있는 것 같소. 두고 보시오! 틀림없이 다시 만나게 될 것이오."

아랫배 저 밑바닥에서 터져 나오는 단철패의 고함 소리가 온 들판 가득 울려 퍼졌다.

제51장

돌팔이 명의(名醫)

돌팔이 명의(名醫)

"두두두!"

말을 탄 흑의인 하나가 바람처럼 질주하며 달려왔다. 뜨거운 태양 빛을 받으며 말을 달리는 흑의인의 모습은 무척이나 초조해 보였고, 흑의인을 태운 말 또한 쉬지 않고 달렸는지 온몸에 땀을 흘리고 있었다.

"워, 워!"

질풍처럼 말을 달리던 흑의인은 저 앞쪽에서 천천히 다가오는 한 무리의 기마인들을 보자 말고삐를 당기며 속도를 늦추었다.

"어쩐 일이냐?"

한 무리의 기마인들 중에서 누군가 앞으로 나서며 말을 달려오는 사내에게 고함을 질렀다.

히히히히힝—

마침내 앞발을 번쩍 들며 긴 울음을 토한 말이 질주를 멈추었다.

휘익—

말 등에서 가볍게 뛰어내린 사내가 자신을 보고 고함지른 사내를 향해 읍하고는 급히 고개를 들었다.

"소주의 흔적을 놓쳤습니다!"

사내가 잔뜩 긴장한 표정으로 정마수호대장 기전강(飢轉强)을 보고 급하게 보고했다.

"무슨 소리냐? 흔적을 놓치다니?"

기전강이 와락 눈을 치켜뜨며 고함을 질렀다.

"오늘 아침부터 흔적이 감쪽같이 사라졌습니다. 아마도 저희들의 미행을 눈치 채고 일부러 흔적을 지운 것 같습니다."

선두에서 미행을 담당하던 두 사람 중 한 명인 천융(泉融)은 황망한 표정을 지으며 기전강에게 답했다.

"말이 되는 소리를 해라. 며칠 전 지나간 바람의 흔적까지도 찾아낸다는 네놈들이 아니더냐? 그런데 날개가 달린 새도 아닌 인간의 흔적을 놓치다니, 그게 말이 되느냐?"

기전강이 말의 진위라도 판별하려는 듯 천융의 얼굴을 빤히 쳐다보았다.

"소주는 어느 시점부터 우리가 따라가는 것을 알고 계신 듯했습니다. 그래서 여러 가지 함정으로 혼란을 준 후 연기처럼 사라졌습니다."

천융이 아직도 믿을 수 없다는 표정으로 답했다.

"그럼 지금부터는 가슴 졸이며 미행할 필요 없어요. 감숙으로 전속 질주해요!"

두 사람의 대화를 조용히 듣고 있던 갈미란이 정마수호대장을 보고 지시를 내렸다.

"감숙이라니요? 지금까지 이동한 경로를 보면 감숙과는 거리가 먼 것 같은데……."

기전강이 고개를 갸웃거리며 갈미란을 쳐다보았다.

"처음부터 이상했어요. 어쩐지 예상했던 방향과는 다르게 움직인다 싶었어요. 지금 생각하니 우리를 혼란시키려고 빙 돌아서 온 후 사라져 버린 것 같아요. 하지만 최종 목적지는 변함없어요. 전속 질주하여 우리가 먼저 가서 기다려요."

볼이 부어오른 갈미란이 누가 이기나 해보자는 듯 사나운 눈초리로 감숙성 쪽을 바라보았다.

"정마수호대 전원이 따라올 줄은 몰랐군."

"이크!"

"소, 소주!"

"설… 아니, 무 공자님!"

바로 옆 나뭇가지 위에서 들리는 설수범의 목소리에 기전강이 깜짝 놀라며 칼집으로 손을 갖다 대다가 귀에 익은 목소리임을 인식하고는 입을 딱 벌렸다. 적어도 이틀 거리는 떨어져서 느긋하게 뒤를 따라가고 있다고 생각했는데 머리 꼭대기 위에서 내려다보고 있을 줄은 상상도 못했던 것이다.

"어떻게 된 일입니까, 소주?"

기전강이 속절없이 벌어졌던 입을 겨우 다물고는 나뭇가지 위에서 훌쩍 날아 내린 설수범을 향해 질문했다.

"당신들이야말로 어떻게 된 것이오? 당신들의 임무는 사부님 곁에서 사부님을 지키는 것이 아니었소?"

성주가 여기 나타난 것이 아닌가 싶을 정도로 정마협 갈문혁이 내뿜던 기운과 흡사한 기운을 내뿜는 설수범 앞에서 오금이 저려오는 것을 느낀 정마수호대 무사들은 숨도 크게 내쉬지 못하고 갈미란만 쳐다보았다.

"할아버지께서 이 사람들을 한 사람 한 사람 처소로 불러들여 직접 명을 내리셨어요. 이제부터는 공자님의 그림자가 되라고……"

갈미란이 서둘러 정마수호대의 입장을 설명했다.

"그게 정말이오?"

"정말이지 않구요. 그렇지 않고 이들이 여기까지 왔다면 모두 처형감이라는 것을 모르시고 하는 소리는 아니겠죠?"

갈미란이 두 눈 가득 원망이 서린 눈빛으로 쏘아붙였다.

설수범의 눈에서 뻗어 나오던 엄중한 기운이 갈미란의 원망 가득한 눈빛에 의해 사라지자 기전강을 비롯한 정마수호대 무사들이 나직이 한숨을 내뿜었다.

'후후! 역시 성주님이야.'

여전히 도끼눈으로 설수범을 쏘아보고 있는 갈미란을 바라보며 기전강은 고소를 삼켰다.

처음 자신들을 내보내며 갈미란을 동행시킬 때는 귀찮은 혹덩이를 안았다는 생각이 들었다. 그러나 이런 상황이 닥치고 보니 성주의 깊은 심계에 내심 웃음이 터져 나왔다. 지금 이 순간 갈미란이 없었다면 아무리 성주의 명이었다 할지라도 저 얼음장 같은 청년은 자신들을 쫓아 보내려 할 것이다. 그렇다고 물러설 수도 없는 자신들이기에 말을 듣지 않았을 것이고, 그런 다음에는……?

아마도 저만치 날아가 처박힌 후에 절뚝거리며 되돌아가야 했을 것이다. 그리고 되돌아간 천마성에서도 비슷한 상황이 기다릴 것이 틀림없다.

"떼어버렸으면 천리만리 달아날 것이지 왜 이곳에 나타났어요?"

갈미란이 설수범을 향해 가시 돋친 말을 쏟아냈다.

"휴우—"

말문이 막힌 설수범은 한숨을 내쉬며 시선을 돌렸다.

정마수호대만 왔다면 모르겠으나 갈미란까지 사부의 명을 받고 동행했다면 떼어낸다고 될 일이 아닌 것이다. 아까 보았듯이 종적을 놓치면 곧바로 감숙설가로 달려가 기다릴 것은 불을 보듯 뻔했다.

'그렇게 부탁을 했건만……'

사부가 있는 천마성 쪽으로 고개를 돌린 설수범이 원망스런 눈빛을 보냈다.

"바쁘실 테니 어서 가보세요. 우린 알아서 할 테니까요."

갈미란이 연속적으로 설수범의 속을 긁어댔다.

"소주! 마침 우린 여기서 요기를 하려던 참이었습니다. 그러니 우선 같이 드시고 차분히 얘기해 봅시다."

기전강이 난처한 상황에 빠진 설수범을 구해주며 부하들을 시켜 얼른 자리를 만들었다. 그리고 갈미란과 설수범을 이끌어 자리에 앉혔다.

"우선 술부터 한잔 드시지요. 이것들이 가지고 온 마지막 술이라 오늘 이후로 당분간은 구경하기 힘드실 것입니다."

기전강이 얼른 술병 마개를 따고 설수범에게 병째 건넸다.

"벌컥, 벌컥!"

설수범이 숨도 쉬지 않고 술 한 병을 단숨에 비웠다.

"저도 한 병 주세요."

갈미란도 술 한 병을 빼앗듯이 낚아채서 나발을 불었다.

"이렇게 훌쩍 떠나온 건 미안하게 생각하오. 하지만 이번 일은 누구에게도 밝히고 싶지 않은 내 가문의 일이오. 그리고 또한 나 혼자서 처리해야 할 일이오."

설수범이 먼 곳을 쳐다보며 우울한 음성으로 말했다.

"그건 알고 있어요. 하지만 천마성의 제자가 된 이상 당신은 그 어떤 순간도 혼자일 수는 없어요. 그건 절대로 용납될 수 없는 일이에요."

설수범의 표정을 통해 가슴속 깊은 곳에 감춰둔 아픔을 읽은 갈미란이 원망의 눈빛을 얼른 지우고 조용히 말했다.

"이번 일만 마무리 짓고 나면 다시 천마성으로 돌아가겠소. 그러니……."

"절대로 그럴 순 없어요. 그렇게 부담스럽다면 정마수호대는 돌려보내겠어요. 그러나 전 절대 돌아가지 않겠어요. 지옥 끝까지라도 따라가겠어요."

갈미란이 죽어도 헤어지지 않겠다는 표정을 하며 정마수호대를 돌아보았다.

"무슨 말씀이십니까, 아가씨? 저희들 역시 이대로 돌아가면 죽은 목숨입니다."

기전강이 펄쩍 뛰며 거품을 물었다.

'어쩐지 너무 쉽게 보내주신다 싶더니…….'

설수범은 난감한 상황 앞에서 다시 한 번 천마성 쪽으로 고개를 돌렸다. 표현은 안 하셨지만 자신에 대한 사부의 정이 얼마나 깊은지는 누구보다 잘 알고 있었다. 그런 사부께서 불쑥 떠나겠다는 자신을 별다른 제지 없이 떠나보냈다. 그것이 지금까지 못내 의구심을 자아내게 했는데 결국 이럴 생각이셨던 모양이다.

말린다고 해서 눌러앉아 있을 자신이 아님을 아신 사부는 아예 정마수호대 전원과 갈미란을 같이 딸려 보낸 것이다.

설수범은 정마수호대와 갈미란을 바라보며 사부의 마음을 고스란히 읽을 수 있었다.

마음 같아서는 천마성 전 인원을 딸려 보내고 싶었으리라…….

눈에 넣어도 아프지 않을 듯 귀여워하던 갈미란과 정마수호대 전원을 같이 딸려 보낸 것은 천마성 인원 전원을 보낸 것이나 마찬가지다. 그리고 약속한 일 년 삼 개월이 지나도 돌아오지 않는다면 손수 천마성 전 인원을 이끌고 찾아 나설 것이다.

'사부……!'

천마성 쪽을 바라보는 설수범의 눈동자 속에 청해성의 하늘이 온통 빨려드는 듯했다.

"대답은 않고 무슨 생각을 그렇게 골똘히 하시나요?"

설수범의 눈빛 속으로 빨려들 것 같은 자신을 느낀 갈미란이 옥용을 물들이며 조심스럽게 설수범의 주의를 일깨웠다.

"돌려보내지는 않겠소. 대신 내가 부르지 않는 이상 근방 십 리 안으로 절대 접근하지 마시오."

"존명!"

조마조마하게 설수범의 대답을 기다리던 정마수호대 무사들이 살았다는 표정으로 고함을 질렀다.

"그런데… 저까지 그 명령 속에 포함되는 건 아니죠?"

갈미란이 화사하게 웃으며 어서 십 리 밖으로 물러나라는 듯 기전강을 향해 손을 내흔들었다.

*　　　*　　　*

“아이고, 다리야, 허리야……”

금방이라도 꼬꾸라질 듯한 왜소한 체격의 노인이 죽는시늉을 하며 한적한 오솔길 옆 바위 위에 주저앉았다.

“이놈, 잡히기만 해봐라! 다리 몽뎅이를 댕강 분질러 놓을 테다. 마른하늘에 날벼락 맞을 놈!”

오랜 여행에 지친 표정이 역력했지만 노인의 입에서는 지친 기색이 전혀 없는 파릇파릇한 악담이 연방 쏟아져 나왔다.

“하늘 같은 사부의 은공을 모르고 검술 연마하기 귀찮아 온다 간다 말도 없이 도망치다니……. 이 배은망덕한 놈!”

한 차례 더 원망 섞인 소리를 내지른 노인은 아랫배를 슬쩍 쓰다듬으며 주변을 두리번거렸다. 쉴 새 없이 달려오느라 못 느꼈지만 조금 여유를 가지고 보니 시장기가 느껴지는 모양이었다.

“산해진미도 입맛이 없어서 물리던 내 신세가 거지 중의 상거지 꼴이로구나. 제자 놈 하나 잘못 거두어 말년에 이 무슨 고생인가? 아이고, 내 팔자야…….”

다시 한줄기 장타령을 늘어놓던 노인의 눈빛이 어느 순간 번쩍 하고 빛을 냈다.

휘익—

날카로운 눈빛으로 어느 한곳을 응시하던 노인이 손에 들고 있던 지팡이를 번개같이 휘둘렀다.

길가에서 아무렇게나 주워 든 나무 작대기인 듯했지만 그 작대기 끝에서 무서운 경력이 뻗어 나갔고, 근처에서 귀를 쫑긋 세우고 먹을 것을 찾던 토끼 한 마리가 노인이 뿌린 경력에 격중되어 한 끼 식삿감으로 돌변하고 말았다.

"크하하! 귀여운 놈. 배고픈 내 심사를 이리도 정확히 알아주다
니……. 내 제자 놈보다 열 배는 낫구나!"

사지를 쭉 뻗고 늘어진 토끼를 들어 올린 노인은 연방 군침을 흘리
며 모닥불을 피웠다.

치직—

치직—

잠시 후 잘 다듬어진 토끼 고기가 통째로 구워지며 보기에도 먹음직
스럽게 빛을 발했다.

"옳거니!"

토끼 고기를 돌려가며 소금을 뿌리던 노인은 문득 옆에 있는 버섯
몇 송이를 따서 내장을 빼낸 토끼 고기의 뱃속에 집어넣고 같이 굽기
시작했다.

"버섯까지 내 마음을 알아주니 오늘 저녁은 진수성찬이 되겠구나.
술만 한 잔 있으면 더 바랄 게 없겠건만……."

노인은 입맛을 다시다 체념한 눈빛을 하고는 토끼 고기를 게걸스럽
게 입으로 쑤셔 넣었다.

"흠흠! 매일 소금 간만 하고 먹다가 버섯을 곁들이니 한맛 더 나는구
나. 크크크!"

기괴한 웃음을 터뜨리며 금세 토끼 한 마리를 다 먹은 노인은 상체
를 뒤로 젖히며 포만감을 만끽했다.

"그, 그런데 이게 무슨 징조냐?"

포만감에 젖어 늘어지게 하품을 하던 노인은 갑자기 아랫배에서 느
껴지는 통증에 눈살을 찌푸렸다. 비록 나이는 들었지만 위장은 아직도
철벽을 자랑하는 자신이었다. 그런데 토끼 한 마리 구워 조금 급하게

먹었다고 이런 예사롭지 않은 통증이 느껴진다는 것은 도저히 납득할 수가 없었다.

쿠르르—

예사롭지 않던 통증은 결국 예사롭지 않은 음향을 토해냈고, 노인은 숨을 몰아쉬며 수풀이 우거진 곳으로 달렸다.

"아이고! 아이고, 배야! 이게 무슨 날벼락이냐?"

사정없이 설사를 한 노인은 여전히 송곳처럼 찔러오는 아랫배 통증에 연신 비명을 질러댔다.

"내 이놈을 잡기만 해봐라, 아주 요절을 내고 말 것이다. 그만큼 열과 성을 다해 가르쳐 놓았으면 늙은 사부의 여생을 편안하게 해주지는 못할망정 이런 생고생을 시키다니… 이 배은망덕한 놈!"

온 얼굴에 땀을 흘리며 고함치던 노인은 다시 종종걸음을 치며 수풀 속으로 뛰어들어 바지를 내렸다.

"아이고, 죽겠구나! 이 무슨 변고냐? 평생 이런 일이 없었건만 이제 나도 갈 때가 된 모양이다. 아이고, 배야……."

노인은 죽을상을 하다가 얼른 표독한 표정을 지었다.

"아, 안 되지! 그 배은망덕한 놈을 요절 내지 못하고 간다면 구천을 떠돌 텐데……. 그놈을 찾기 전에 이렇게 허망하게 갈 수는 없는 노릇이지!"

다시 생의 의욕을 되찾은 노인은 이를 악물고 고통을 참았다.

"어이, 영감! 여기가 어디라고 허락도 없이 얼쩡거리는 거요."

굵직한 목소리와 함께 몇 명의 장한이 어슬렁거리며 숲 속에서 나타났다.

"여기가 어디냐?"

수풀 속에서 어기적거리며 걸어나온 노인이 오만상을 쓰며 물었다.

"어허— 이 좁쌀만한 영감이 어디서 인상을 쓰며 떫은 표정을 짓는 것인가? 이곳이야말로 산중호걸들의 사유지이지. 그러니 영감은 허가 없이 남의 사유지에 침입했다 그 말이오. 그런 경우 적절한 보상이 요구된다는 것은 만고의 진리이고⋯⋯."

"그러니까 뭐냐? 네놈들은 산적이다 그 말⋯ 아이고⋯⋯."

노인은 말도 끝내지 못하고 다시 숲 속으로 뛰어들어 바지를 끌어내렸다.

"뭐야, 이거? 남의 사유지에 허가 없이 침입한 것도 모자라 아예 똥칠까지 한단 말이지?"

장한 하나가 기가 막힌다는 표정으로 노인이 뛰어든 수풀 쪽을 바라보았다.

"아이고, 죽겠다. 이 배은망덕한 놈!"

노인은 여전히 검술 수련하기 힘들다고 도주한 제자를 탓하며 비틀비틀 수풀 속을 기어나왔다.

"배, 배은망덕한 놈?"

턱석부리 장한 하나가 노인의 말을 따라하며 웃지도 울지도 못하겠다는 표정을 지었다.

"잘못했다고 용서를 빌어도 시원찮은 판국에 배은망덕한 놈?"

턱석부리 장한이 말을 하면서도 쉴 새 없이 노인의 행색을 살폈다.

왜소한 몸집에 꾀죄죄한 몰골이 그들이 좋아하는 인간들과는 영 거리가 멀다고 짐작한 장한은 마침내 와락 표정을 구겼다.

"보아하니 통행세를 낼 처지도 못 되는 것 같아 곱게 보내주려 했더니 말하는 꼬락서니가 도저히 맘에 들지 않는구만. 혼이 좀 나야 되겠어."

노인을 저 멀리 메다꽂아 버리려는 듯 텁석부리 장한이 노인의 허리에 어깨를 갖다 댔다.

"끄응!"

힘을 한번 주어 노인을 메다꽂으려던 장한은 자신의 어깨에 전해져 오는 기이한 느낌에 얼른 고개를 들어 올렸다.

외양으로 보아서는 짚단처럼 가볍게 날아가리라 생각했던 노인이 마치 발바닥에 뿌리라도 달린 것처럼 꼼짝하지 않고 서 있었기 때문이다.

"뭐야, 이거? 내가 잘못 보았나?"

노인 대신 옆에 있던 나무에 어깨를 걸치지 않았나 하고 착각한 장한은 여전히 자신 앞에 서 있는 노인을 보고 다시 어깨를 세게 들이받았다.

쿠르르르—

장한의 어깨에 받혀 약간 충격을 받은 노인의 아랫배가 다시 천둥소리를 토해냈다.

"아이고! 아이고, 이놈!"

투다다닥—

개방 방주의 타구봉법을 무색케 할 매질이 이루어졌고, 노인의 허리를 어깨로 들이받은 장한은 비명을 지를 새도 없이 그대로 바닥에 꼬꾸라졌다.

"잠시 기다리거라, 이놈들! 다시 한 번 급한 불을 끄고 내 실컷 놀아주마."

잠시 눈을 부라리며 산적들을 쏘아본 노인은 다시 수풀 속으로 몸을 날렸다.

"무림인이다!"

이번에는 훨씬 더 급했는지 풀쩍 몇 장을 날아 수풀 속으로 스며든

노인을 보고 사태를 짐작한 산적들은 얼른 쓰러진 동료를 데리고 줄행
랑을 놓았다.

"게 섯거라, 이놈들! 내 그렇지 않아도 화풀이할 곳이 필요했는데 잘
만났다, 이놈들!"

바지를 추스른 노인은 도망가는 산적들을 쫓아 줄달음을 치려다 아
랫배를 찌르는 통증에 주춤 걸음을 멈추었다.

"아이고! 그것도 공력을 운기한 것이라고 이젠 토사까지 할 것 같구
나."

텁석부리 산적을 상대로 잠시 공력을 운기한 때문인지 아랫배의 통
증과 함께 속까지 울렁거리는 것을 느낀 노인은 그 자리에서 고개를
박고 먹은 것을 모두 토해냈다.

"아이고! 기어코 오늘이 내 제삿날이 될 모양이다. 그 배은망덕한
놈은 사부의 죽음도 모른 채 제 맘대로 세상 곳곳을 활보하겠구나. 말
년에 창안한 내 검법을 다 가르치지도 못했거늘… 애석한지고……."

비통한 목소리로 중얼거린 노인은 다시 한 번 캑캑거리며 구토를 했다.

"할아버지! 많이 편찮으세요?"

"누, 누구야?"

오락가락하는 의식 속에서 은 쟁반에 옥구슬이 구르는 듯한 목소리
를 들은 노인은 기운이 다 빠진 표정으로 고개를 돌려 구슬 구르는 소
리의 주인을 찾았다.

"아이쿠! 드디어 저승사자가 도착했구나."

노인은 그 자리에 털썩 주저앉으며 통곡성을 터뜨렸다.

"왜 그러세요, 할아버지? 많이 편찮으신가 보죠?"

다시 청아한 목소리가 들려왔고, 노인은 질끈 감은 눈을 뜨고 목소

리의 주인을 확인했다. 그러나 다시 보아도 목소리의 주인은 헝겊으로 온 얼굴을 감싼 귀신의 모습이었다.

목소리만 들어보아서는 천상의 선녀라도 하강한 것같이 느껴졌지만 눈에 들어오는 모습은 다시 볼까 두려운 붕대 인간이었다.

"처자는 뉘신가? 사람인가, 귀신인가?"

노인은 두 눈을 떴다 감기를 반복하며 슬슬 뒷걸음질을 쳤다.

"아직 해가 저렇게 남아 있는데 무슨 귀신이 있겠어요? 이 붕대는 어린 시절부터 생긴 병이 아직 낫지 않아 너무 추한 얼굴이 되어 가리고 있는 것이랍니다."

여인의 차분한 목소리에 겨우 정신을 수습한 노인이 눈을 가늘게 뜨고 붕대로 온 얼굴과 손을 감은 여인을 쳐다보았다.

"하이고, 십년감수했구나!"

노인은 긴 한숨을 내쉬며 철퍼덕 바닥에 주저앉았다.

"흉포한 산적들도 금방 쫓아 보내시던 분이 귀신이 뭐가 무섭다고 그러세요?"

붕대를 감은 여인은 약간 웃음기가 묻어 나오는 목소리로 말을 하며 노인 곁으로 다가왔다.

"어디가 편찮으신가요?"

"좀 전에 토끼 한 마리를 구워 먹었는데 아랫배가 이 난리를 치는구면. 으윽! 아이고……."

노인은 다시 토악질을 하며 죽을상을 했다.

"다른 것은 드시지 않았나요?"

"다른 것이 뭐 있겠나? 소금 간에… 그리고 보니 옆에 있던 버섯을 같이 구워 먹었는데……."

노인은 뭔가 생각났다는 듯 소리를 쳤다.

"혹시 느타리버섯같이 생긴 걸 말씀하시는지요?"

"그, 그렇다네. 느타리버섯이 있기에 이게 웬 떡이냐 하고 같이 구웠지."

노인이 얼른 답했다.

"알 만하군요. 이곳에서 자라는 그 버섯은 생김새는 느타리버섯 같지만 독버섯이랍니다. 타지 사람들은 그것을 구별 못하고 이따금씩 혼이 나지요. 치명적인 것은 아니지만 며칠은 걸린답니다. 무공을 아시는 분이라도 소용이 없답니다."

"그, 그렇구먼! 어쩐지… 평생 배탈 한 번 안 한 사람이건만."

노인은 그럼 그렇지! 하는 표정으로 고개를 끄덕였다.

"이걸 드세요."

붕대여인은 노인에게 작은 봉지 하나를 내밀었다.

"뭐, 뭔가 이것은?"

"제가 나름대로 만들어본 약입니다. 통증을 가라앉히고 회복 기간을 반으로 줄여 드릴 겁니다. 매 끼 한 봉지씩 드셔야 하는데, 마침 가진 것이 이것밖에 없군요. 여기 머무를 생각이시면 이곳 의가를 찾으세요. 그곳에서 구하실 수 있을 겁니다."

"고맙네, 처자."

노인은 얼른 봉지를 뜯어 가루로 되어 있는 약을 입속으로 털어 넣었다.

"캑, 캑!"

급하게 털어 넣다 사레가 들린 노인이 연방 기침을 했다.

"풋! 물통을 드리려 했는데 그렇게 급하게 드시는군요."

붕대여인이 실소를 흘리며 물통을 내밀었다.

"이놈의 방정맞은 성격은 죽을 때까지 못 고칠 모양이야. 정말 고맙구먼."

여인이 내민 물통을 받아 몇 모금 마신 노인이 기진맥진한 표정으로 붕대여인의 손을 쳐다보자, 붕대가 조금 흘러내리며 손이 드러난 여인이 얼른 손을 붕대 속으로 감추었다.

"휴우— 이제 조금 가라앉는 기분이 드네. 처자가 직접 이 약을 만들었다는 것을 보니 의술에 소질이 있는 모양이구먼. 혹시 이곳 의가의 주인인가?"

"아닙니다, 할아버지. 저도 병을 고치러 이리저리 떠돌다가 잠시 이곳에 유하고 있습니다. 그리고 혹시 의가에 들르시더라도 저를 만났다는 말씀은 말아주세요."

여인이 황급히 말했다.

"으잉? 그건 또 왜 그런가?"

"그냥 그래 주세요."

"알겠네. 그게 뭐 어려운 일이라고……. 그건 그렇고, 이 배은망덕한 놈……."

노인은 고개를 끄덕이다 조금 살 만한지 다시 먼 산을 쳐다보며 언성을 높였다.

"누구를 보고 그러시나요?"

갑작스런 노인의 목소리에 붕대여인은 조심스럽게 질문했다.

"아, 아닐세! 혼잣소리일세. 늘그막에 제자 놈 하나를 키웠는데 이놈이 글쎄 검술 익히기 싫다고 야반도주를 하지 않았겠나. 그래서 이렇게 사생결단을 하고 찾아 나선 것이지."

노인은 기다렸던 하소연이라도 하듯 사연을 털어놓았다.

"내가 그놈을 어떻게 가르쳤는지 아는가? 불면 날아갈까, 쥐면 부서질까 온 정성을 다해 내 검법을 가르쳤는데… 이 배은망덕한 놈은 그 정성도 몰라주고 요리 빼고 저리 빼고 요령만 피우더니 어느 날 아침 일어나 보니 소리없이 사라졌지 뭔가. 이 마른하늘에 벼락 맞을……. 험험!"

자신의 말에 도취되어 열변을 토하던 노인은 과격해진 자신의 언사를 느꼈는지 말을 멈추고 헛기침을 했다.

"제자 분이 검법에 취미나 소질이 없었던 모양이지요?"

붕대여인이 노인의 신세를 달래듯 조용한 목소리로 말했다.

"소질이 없긴 왜 없어. 그 어렵다는 수라환… 이크!"

노인은 또 말실수를 했는지 급히 입을 다물었다가 다시 말을 이었다.

"소질로 따지자면 세상에 그만한 놈이 없을 터인데 이상하게도 내 검법은 꼭 몇 군데 틀린단 말이야. 아무리 지적을 해주고 고쳐 주어도 그때뿐이고, 무의식적으로 펼칠 때는 계속 틀리더란 말이지. 그래서 내 몇 번 목청을 돋운 적이 있었는데 그것이 서운했던지 말 한마디 없이 줄행랑을 놓았지 뭔가?"

"그래서 제자 분을 찾아 나선 것인가요?"

"그렇다네. 기필코 잡아서 내가 노년에 창안한 유마칠……."

노인은 자신의 검법을 말하려다 다시 말을 멈추었다. 그러나 그 검법의 이름까지 이런 곳에 사는 처자가 알 수 없을 것이라는 생각이 들었는지 편하게 말을 이었다.

"내가 노년에 창안한 유마칠검을 꼭 그놈에게 제대로 전수시켜야 편안히 눈을 감을 수가 있을 것 같은데 그놈은 꼭 제 맘대로 휘두른단 말이야. 그렇게 휘둘러서는 살인마는 될 수 있을지언정 결코 제놈 큰사부 같은 영웅은 될 수 없어.”

노인의 눈에 걱정이 가득했다.

“그러시군요. 제자 분도 할아버지의 마음을 알면 돌아갈 것입니다. 그러니 고생 그만 하시고…….”

“어림 반 푼어치도 없는 소리! 그놈은 제 큰사부 마음만 알아주지 내 마음은 어느 집 개 맘보다 안 알아주는 놈일세. 그러니 이렇게 찾아 나서서 가르치지 않는다면 천하제일검법 하나가 사장되고 말 걸세. 그러니 내가 어떻게 고생을 안 할 수가 있겠나?”

우괴는 한시가 급하다는 표정으로 자신의 기막힌 사연을 다 털어놓았다.

“그래도 너무 무리하지는 마세요, 할아버지. 자칫 오늘과 같은 일을 또 당하실지도 모르잖아요?”

“그야 뭐……. 그런데 처자는 어쩌다 그런 몹쓸 병에 걸렸는가?”

자신의 사연을 다 말한 우괴는 이제 보답을 하기라도 하듯 붕대여인의 사연을 물어왔다.

“어릴 때부터 생긴 병이지요…….”

붕대여인은 길게 털어놓고 싶지 않은 듯 말끝을 흐렸다.

“안타까운 일이로세. 이렇게 예쁜 목소리와 착한 마음씨를 가진 처자는 만난 적이 없는 것 같은데……. 그래서 약초를 캐러 나왔는가?”

“그렇습니다, 할아버지.”

“그러다가 아까 같은 그런 놈들과 마주치면 어쩌려고?”

우괴가 걱정스러운 표정으로 산적들이 사라진 방향으로 고개를 돌렸다.

"거의 나돌아다니는 일이 없습니다. 오늘은 꼭 찾아야 할 약초가 있어서……."

"그렇겠구먼. 험험! 그럼 내 토사곽란은 언제쯤 멎겠나?"

"아까 제가 드린 약 다섯 봉지만 더 드시면 됩니다. 요 아래 의가에 가면 구하실 수 있을 겁니다. 다시 한 번 부탁드립니다. 그곳에서 저를 봤다는 말씀은 하지 말아주십시오."

다시 한 번 당부한 붕대여인은 구름을 밟는 듯한 가벼운 걸음걸이로 숲 속을 향해 신형을 옮겼다.

"어디로 가는가?"

"마을로 내려갑니다, 할아버지."

"좋은 길 놔두고 왜……? 미안하이……. 오늘 은혜는 잊지 않겠네."

우괴는 좋은 길을 피하고 숲을 통해 마을로 내려가는 붕대여인의 뒷모습을 안쓰럽게 쳐다보며 고마움을 표했다.

"염두에 두지 마십시오, 할아버지. 저도 오랜만에 누군가와 많은 대화를 나누어 무척 즐거웠답니다."

여인의 목소리가 멀어져 갔다.

"거참, 귀신에 홀린 기분일세!"

우괴는 멍하니 서서 붕대여인이 사라진 숲 쪽을 바라보았다.

"옥구슬이 구르는 듯한 목소리며, 차분한 말투며, 걸음걸이며… 보통 처자가 아닌 듯싶은데 어찌 그런 몹쓸 병에 걸렸을꼬? 병에 걸리지만 않았으면 얼굴 또한 예쁘기 그지없을 듯한데……. 쯧쯧!"

우괴는 정말 안타깝다는 목소리로 중얼거렸다.

"무심코 흘러내린 붕대 사이로 언뜻 보긴 했지만 손이 저렇게 예쁜 처자는 처음일세! 천의무봉(天衣無縫)이란 표현은 옷보다는 저 처자의 손에 더 잘 어울리겠구먼.”

몇 번이고 혀를 찬 우괴가 아랫배를 쓰다듬으며 엉거주춤 걸음을 옮겼다.

“의원 계시오?”

아침 일찍부터 벼락 치듯 문을 두드리며 고함치는 소리에 화구위(華具衛)는 몇 번이나 하품을 해대며 밖으로 나왔다.

“뉘시오?”

화구위는 퉁명스럽게 물었다.

“누구긴 누구겠소? 이 시각에 의원을 찾는 사람이야 아픈 사람밖에 더 있겠소?”

카랑카랑한 노인의 목소리가 대문 사이로 흘러 들어왔다.

“아픈 사람 고함 소리에 동네 개들 다 심장 마비로 급사하겠소, 원!”

화구위는 문을 열어주며 이런 몰상식한 인간은 어떤 몰골을 하고 있는지 자세히 보고자 방문자의 행색을 유심히 살폈다.

“어서! 어제 그 약, 어서 내놓으시오!”

“어제 그 약이라니요? 노인장은 처음 보는 얼굴인데…….”

화구위는 노인의 말에 혹시 자신이 잘못 보았나 싶어 노인의 얼굴을 다시 쳐다보았다.

‘아차!’

화구위의 말에 우괴는 자신을 만났다는 말을 하지 말아달라는 붕대 여인의 부탁을 상기하며 입맛을 다셨다.

자신을 봤다는 말을 여기서 하지 말아달라는 당부를 두 번이나 받았지만 새벽부터 살살 느껴져 오는 아랫배 통증 때문에 이것저것 따지지도 않고 들이닥친 것이다.

"배가 아파 말이 헛나왔소. 요 근처에서 느타리버섯 잘못 먹고 아픈 배에 잘 듣는 약 좀 주시오."

우괴가 인상을 쓰며 목소리를 높였다.

"아하, 그거 말이오? 들어가서 의원님을 만나보시오. 직통으로 듣는 약을 내줄 테니."

"아니, 그럼 의원이 아니었단 말이냐?"

"거참! 잘 나가는 의원이 이 시각에 대문 열어주는 꼴 보았……."

퍽!

"아이쿠!"

의원이 아니라는 화구위의 말에 우괴가 냅다 발길질을 했고, 화구위는 벌렁 나자빠지며 비명을 질렀다.

"의원도 아닌 놈이 웬 잔소리가 그리 많아! 한시가 급하건만……."

우괴는 인상을 쓰며 제일 커 보이는 방 앞으로 달려갔다.

"의원 계시오, 의원? 의원 나오시오!"

온 집이 떠나갈 정도로 지르는 우괴의 고함 소리에 방문이 몇 개 열리고, 식솔들로 보이는 사람들 몇몇이 삐죽이 고개를 내밀었다.

'이런 육시랄.'

우괴는 속으로 욕을 퍼부으며 제일 큰 방문이 열리기를 기다렸다.

"뉘시오?"

잠시 후 제법 근엄한 목소리가 울리며 제일 큰 방문이 열렸다.

"의원이시오?"

우괴가 우거지 삶아놓은 듯한 인상의 의원을 보고 물었다.

"그렇소만."

의원이 삶은 우거지를 더욱 일그러뜨리며 답했다.

"버섯 잘못 먹고 아랫배 아픈 데 잘 듣는 약 좀 주시오."

"버섯 잘못 먹고 배 아픈 데 잘 듣는 약이라니요?"

의원은 짐작이 간다는 표정이었지만 이내 시치미를 떼고 거드름을 피웠다.

"왜 그거 있지 않소? 요만한 봉지에 약초 가루 갈아놓은 것 말이오."

우괴가 급하다는 듯 고함을 질렀다.

"거참, 누가 의원인지 모르겠소. 그리고 우리 집에 그런 봉지 약은 없는데 무얼 말하는 건지……?"

'이런 죽일 놈이!'

우괴의 눈이 치켜떠졌다.

"내 이 동네 사람들에게서 다 듣고 왔다오. 그러니 어서 좀 주시오."

"아! 그 약 말이구만. 요즈음은 봉지가 작아져서 내 잠시 착각을 했소."

우거지상 의원이 고개를 끄덕이며 약장 쪽으로 걸음을 옮겼다.

"자, 이것이오. 이것을 여덟 봉지만 먹으면 씻은 듯이 나을 것이오."

"여덟 봉지? 내가 듣기로는 여섯 봉지만 먹으면 된다고 하던데……."

우괴가 인상을 쓰며 고개를 갸웃거렸다.

"의원 말을 따르지 않겠다면 나도 약을 팔지 못하겠소. 그냥 가보시오."

"아, 아니오. 어서 주시오."

우괴가 손을 흔들며 약 봉지를 뺏어 들었다.

"그런데 가격은 얼마이오?"

"오늘부터 가격이 올랐소. 두 냥은 받아야겠소."

"두 냥?"

우괴가 우거지를 보고 눈을 치떴다.

"왜 그러시오?"

"무슨 약 봉지 여덟 개에 은자 두 냥이나 한단 말이오?"

"싫으면 관두시오. 나도 이 약 개발하느라 고생 좀 했소. 그간 아무
도 못 고치고 고스란히 닷새 동안 고생하던 것을 이 약으로 통증을 없
애고 이틀이나 사흘이면 낫게 만들었소. 그러니 그 정도는 받아야 하
지 않겠소?"

의원이 목에 잔뜩 힘을 주며 거만을 떨었다.

'이런 도둑놈! 이 약은 그 처자가 만들었다는 것을 내 뻔히 알건
만……'

우괴는 우거지상 의원의 표정을 한 번 더 쳐다보고는 은자 두 냥을
꺼냈다.

'자신을 만난 것을 비밀로 해달라던 이유를 알겠군. 이놈은 그 처자
를 여기에 기거시켜 주는 대신 그 처자가 만든 약을 자신이 만든 약으
로 속여서 폭리를 취하고 있구먼.'

내심 그렇게 짐작한 우괴는 천천히 고개를 돌리며 어제 만난 붕대여
인을 찾아보았다.

"왜 그러시오? 뭐가 이상하기라도 하오?"

"아, 아니오. 어제 요 앞을 지나다 언뜻 붕대를 온 얼굴에 감은 여자
를 본 것 같아서……."

우괴의 말에 잠깐 눈빛을 빛낸 의원이 입을 열었다.

"그 여자는 처음부터 온 얼굴과 손발을 붕대로 감고 우리 집을 찾은

환자이오. 어려서 얻은 병으로 벙어리에다 흉측한 얼굴이 되었다 했소. 겨우 글로써 의사소통이나 하는데… 우리 집에 와서 차도가 있어 몇 달 전부터 기거하고 있지요. 그런데 그 환자는 왜?"

"아, 아니오. 언뜻 보고 좀 놀라서……."

"그럴 것이오. 겨우 눈만 내놓고 온 얼굴을 붕대로 감고 있으니……."

의원이 자신도 그렇다는 표정을 지었다.

"알겠소! 아이고… 통증이 또 느껴지니 우선 한 봉지 먹고 시작해 봅시다."

우괴가 얼른 물 사발을 당기며 약을 입에 털어 넣었다.

"뭘 시작해 본단 말이오?"

약을 다 먹기를 기다린 의원이 우괴를 보고 물었다.

툭—

물 사발을 내려놓은 우괴가 탁자에 제법 모양나게 장식된 분재에서 가장 큰 이파리 하나를 떼어냈다.

"아, 아니? 이 노인네가 미쳤나?"

우거지 속에 박힌 듯한 눈이 두 배로 커진 의원이 고함을 질렀다.

"이게 무언가?"

의원의 발광과는 상관없이 우괴가 이파리를 의원의 코앞으로 내밀며 물었다.

"이 노인네가 망령이 났나? 내가 제일 아끼는 분재의 제일 탐스런 이파리를 따다니……."

"잘 아는구먼. 이건 분재에 달린 나무 이파리지. 그럼 잘 보게."

우괴가 손가락 사이에 끼운 나무 이파리를 슬쩍 퉁겼다.

파앗—

우괴의 손가락 사이에 끼워져 있던 이파리가 섬전처럼 쏘아져 나가 저만치 있는 기둥 한복판에 깊이 박혔다.

"무, 무림인이셨소?"

의원이 파랗게 질린 얼굴로 말했다.

"무림인이다 뿐이겠나. 남들이 그러는데 쉽게 상대를 찾을 수 없는 고수라고 하더구먼."

툭—

우괴가 다시 나뭇잎 하나를 따서 손가락 사이에 끼웠다.

"이게 자네 눈으로 날아가면 어떻게 되겠나? 눈은 물론이고 아마 골 통까지 뚫고 뒤로 나오지 않을까? 카카카!"

우괴가 괴소를 터뜨렸다.

"죽을죄를 지었습니다. 이 돈 도로 돌려 드릴 테니 목숨만 살려주십 시오."

"어허! 내가 무슨 강도인 줄 아나? 준 돈을 도로 빼앗게. 그건 됐고, 이걸 보게나."

우괴가 품속에서 뭔가를 끄집어냈다.

"그, 그건 금덩이가 아닌지요?"

메추리 알만한 금덩이를 본 의원이 영문을 몰라 하며 식은땀을 흘렸다.

"이걸 아까 말한 붕대를 감은 처자에게 주게. 젊은 처자가 그런 몹 쓸 병에 걸렸다는 게 안쓰럽구먼."

"젊은 처자? 아, 예! 시키시는 대로 하겠습니다!"

의원이 덜덜 떨리는 손으로 금덩이를 받아 들었다.

"난 확인을 철저히 하는 성미라네."

우괴가 금덩이를 든 우거지를 매섭게 쏘아보았다.

"무슨 말씀인지 잘 알겠습니다."

의원이 지금 당장에라도 붕대여인에게 뛰어갈 듯한 자세를 잡았다.

"그리 서두를 건 없네. 그리고 앞으로 이 약값을 지금의 반에서 반으로 내리게."

"알겠습니다. 당장 그렇게 하겠습니다!"

의원이 코를 땅에 박으며 답했다.

"마지막으로… 이거 모양이 영 아니구먼."

뚜둑─

뚝!

우괴가 탁자 위에 놓인 분재 가지를 모두 반대 방향으로 꺾어놓았다.

"이대로 잘 살리게. 오다 가다 들러서 이 모양이 아니면 자네 팔을 이렇게 만들어놓겠네. 캬캬캬!"

우괴가 약 봉지를 집어 들고 괴소를 터뜨리며 방문을 나섰다.

"그런데… 이 몹쓸 놈을 어디 가서 찾는단 말이냐? 아이구, 내 팔자야!"

쿵─

식은땀을 닦으며 고개를 들던 의원이 다시 들려오는 우괴의 목소리에 얼른 코방아를 찧었다.

◆ 제52장

구당협(瞿塘峽) 혈투(血鬪)

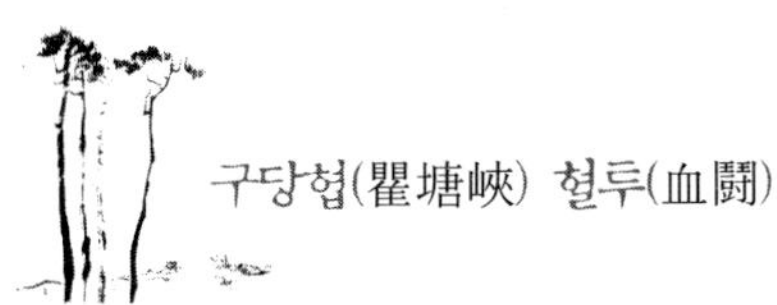

구당협(瞿塘峽) 혈투(血鬪)

"도대체 저게 무슨 뜻인가?"

오랜만에 집으로 돌아오는 듯한 행색의 사내가 다른 사내에게 물었다.

"나도 모르네. 무슨 일인지 두어 달 전부터 이 근처를 지나다니는 배의 돛에는 모두 저 이상한 글귀들이 대문짝만하게 쓰여 있다네. 요즘에는 꿈속에서도 저 구절들이 생각난다네."

"거참! 어찌 보면 심오한 뜻이 있는 것도 같고, 또 어찌 보면 인근 난봉꾼들의 장난인 것 같기도 하고……."

사내 하나가 지나가는 배의 돛에 쓰인 글귀를 쳐다보다 천천히 읽어 내려가기 시작했다.

"백회에서 나비의 날개를 타고……."

"그만 하게, 이 사람아!"

몇 자 읽어 내려가기도 전에 옆에 있던 사내가 고함을 꽥 질렀다.

"왜 소리를 지르고 그러나? 하마터면 귀청 떨어질 뻔했네!"

글귀를 읽던 사내가 눈살을 찌푸리며 고함친 사내를 쳐다보았다.

"수백 번을 읽어도 무슨 뜻인지 알 수 없는 글귀를 자네 입을 통해 다시 듣게 되니 지겹다 못해 이젠 신물이 난다네."

"하긴, 꿈에서도 나타날 정도라면 신물이 날 만도 하겠군."

글귀를 읽던 사내도 고개를 끄덕이며 돛에 쓰여진 글귀에서 눈을 돌렸다.

"우와―"

눈을 돌린 사내는 다시 무언가에 시선을 고정시켰다가 마침내 탄성을 터뜨렸다.

"또 왜 그러나?"

"저길 좀 보게!"

탄성을 지른 사내의 손가락질에 옆에 있던 사내도 얼이 빠져 있는 사내의 손가락 끝을 좇아 눈길을 돌렸다.

"우―"

뒤늦게 눈길을 돌려 뭔가를 발견한 사내는 좀 더 얼이 빠진 소리를 토해냈다.

"저게 값으로 따지면 얼마나 나갈까?"

한참 동안 넋을 잃고 있던 사내가 몽롱한 눈빛을 하며 질문했다.

"아마 자네 마누라보다 훨씬 비쌀걸."

"그렇지, 우리 마누라… 뭐, 뭐라고! 이 친구가 정말!"

언뜻 정신을 차린 사내가 도끼눈을 하고 동료를 쳐다보았다.

"마누라 쳐다볼 때 한 번이라도 그런 눈빛을 해주면 밥상다리가 휘어질 텐데, 안 그런가?"

"시끄러, 이 친구야!"

두 사내는 그렇게 옥신각신하면서도 나루터 저쪽에 서 있는 흑마 한 마리에 다시 시선을 던졌다.

"말도 말이지만, 저런 말을 타고 다니는 인간은 도대체 어떤 인간일까?"

사내 하나가 말에서 눈을 돌려 온통 검은 무복에 흑립(黑笠)을 쓰고 조용히 서 있는 말 주인에게로 시선을 모았다.

"한 자루 칼이 따로 없군 그래!"

"그렇구만. 꼼짝도 않고 수면만 쳐다보고 서 있는 모습이 마치 시퍼렇게 갈아놓은 칼 같구만."

사내들은 저마다 한마디씩 하며 자운엽의 몸에서 은연중에 피어오르는 예기를 멀리서도 느꼈는지 주눅 든 표정을 지었다.

"배가 온다!"

누군가의 목소리가 들렸고, 그 목소리에 상념에서 깨어난 자운엽은 수면에 고정시켰던 시선을 들어 배를 쳐다보았다.

"후후!"

흑립 아래로 그린 듯이 다물어져 있던 자운엽의 입술 끝이 약간 위로 치켜졌다.

"공야인낙 그 사람… 돛을 단 배는 모두 저 글귀로 도배를 해놓았군."

근처를 지나는 모든 범선에는 자신이 써준 글귀가 쓰여 있는 것을 본 자운엽은 혹시라도 틀린 글자가 있는지 한 자 한 자 확인했다. 한 자라도 틀린다면 의미 전달에 혼선을 줄 수 있기 때문이었다.

"꽤나 신경을 썼군! 하긴, 철저한 사람이었지. 야망도 크고…… 야망이 큰 사람일수록 사소한 실수는 안 하는 법이지."

만족한 표정을 지은 자운엽은 다른 사람들을 따라 흑룡과 함께 배에 올랐다.

"말씀 좀 묻겠습니다."

자운엽은 이곳 토박이로 보이는 노인 한 사람에게 다가가 말을 걸었다.

"무슨······?"

자운엽이 데리고 있는 흑룡과 자운엽의 몸에서 풍기는 기운에 잔뜩 긴장한 표정의 노인이 주춤거리며 자운엽을 쳐다보았다.

"이곳 구당협을 한눈에 내려다볼 수 있는 제일 높은 봉우리는 어디인지요?"

경계심 가득한 노인을 향해 자운엽은 최대한 부드러운 어투로 질문했다.

"그런 곳이라면 바로 저곳이지요."

노인은 길게 생각할 것도 없다는 듯이 손가락을 들어 자운엽 뒤쪽에 있는 봉우리 하나를 가리켰다.

"그렇군요. 감사합니다!"

자운엽은 고개를 숙여 감사의 뜻을 표하고 노인이 가리킨 봉우리를 쳐다보았다.

'과연 예상대로 사중협이 이곳에 있을까?'

봉우리 꼭대기에 시선을 고정시킨 자운엽은 생각에 잠겼다.

사중협이 이곳에 있다면 그동안 지나다닌 배들의 돛에 쓰여진 글귀를 보았을 것이고, 나비의 호흡 구절과 함께 써놓은 글귀의 의미를 해석했을 것이다. 그러면 궁금해서라도 저 꼭대기로 정해진 시간에 나타날 것이다. 그러나 만약 이곳에 없거나 이미 신선이 되어버렸다면……?

태음토납경의 마지막 호흡인 벽력의 호흡은 언제 깨닫게 될지 알 수가 없다. 어쩌면 영원히 깨우치지 못할지도 모른다.

'운명에 맡기는 수밖에……. 그나저나 소금 전매권을 따내는 일이 예상보다 훨씬 빨리 끝나는 바람에 약속된 날짜보다 근 한 달을 빨리 도착했는데 그동안 뭘 한단 말인가?'

자운엽의 표정에 초조한 기색이 번져 나갔다.

'그 일이 이렇게 빨리 끝날 줄 알았다면 약속 날짜를 좀 앞당길 걸 그랬군.'

자운엽은 한 달 동안을 허송세월할 생각을 하니 정말 하릴없다는 생각이 들었다.

'단 하루라도 빨리 만나고 싶은데…….'

노인이 가르쳐 준 꼭대기를 쳐다보느라 약간 위로 들린 흑립 아래로 드러난 자운엽의 얼굴에서 뭔가 단호한 생각 한줄기가 지나갔다.

'시도해 보는 거다. 정마협이 입에 거품을 물고 칭찬한 천재라면 그 정도는 우습게 알아차리겠지.'

생각을 굳힌 자운엽은 배 한가운데서 돛을 움직이고 있는 장한들에게로 다가갔다.

"저 글귀가 적힌 천을 달게 한 사람이 누군지 아시오?"

손가락으로 돛을 가리키며 묻는 자운엽의 질문에 사내 하나가 고개를 들고 잠시 자운엽을 쳐다보다가 불쑥 내뱉었다.

"우린 모르오. 선주가 시킨 대로 했으니."

"선주는 어디에 사시오?"

자운엽 역시 무뚝뚝한 말투로 물었다.

"선주를 만나려면 이 배를 타지 말았어야 했소. 아까 그 나루터에서 얼마 떨어지지 않은 하성촌(何姓村)이란 곳에 사니까."

"그 마을에 가면 쉽게 찾을 수 있겠소?"

"하 선주라면 모르는 사람이 없을 거요."

사내는 여전히 퉁명스런 목소리였지만 자운엽이 알고 싶은 것은 모두 말해 주었다.

"흑룡아! 목욕을 좀 해야겠구나."

자운엽은 흑룡의 목덜미를 쓰다듬어 준 후 자신의 질문에 답을 해준 사내에게로 고개를 돌렸다.

"친절한 대답 고맙소!"

한마디 말과 함께 자운엽은 그대로 강물 속으로 뛰어들었다.

히히히힝—

자운엽이 강물 속으로 뛰어들어 강변 쪽으로 헤엄을 쳐 나가자 흑룡도 긴 울음소리와 함께 강물 속으로 뛰어들었다.

"날 보자고 한 사람이 자네인가?"

하성촌을 찾은 자운엽은 아침나절 자신이 탔던 배의 주인인 선주 하연원(何延元)과 탁자를 사이에 두고 마주했다.

"오늘 아침 선주님 소유의 배를 탔습니다."

"그런데?"

자운엽이 간단하게 말하자 하연원이 혹시 뭐가 잘못되었나 싶어 경계의 눈빛을 했다.

"이상한 글귀가 쓰인 천을 언제까지 돛에 매달고 다녀야 하는지 그걸 알고 싶어 왔습니다.”

“난 또……! 우리 배에 타서 무슨 손해를 입었나 싶어 걱정했다네. 하하!”

잠시 눈빛을 빛낸 하연원은 얼른 한시름 놨다는 표정으로 바꾸며 쾌활하게 웃었다.

“그 글귀라면 우리도 영문을 모르겠네. 우린 누가 돈을 주며 걸어달라기에 걸고 다닌 것뿐이지. 올해 말까지 걸어달라고 한 것으로 아는데……”

하연원은 확인하듯 옆에 있는 사내를 쳐다보았고, 사내가 고개를 끄덕거렸다.

“그럼 그걸 모두 떼어내려면 어떻게 해야 합니까?”

“떼어내는 것이야 어렵지 않지만, 그건 계약 사항에 위반되는 것이라서……”

“그건 제가 책임지겠습니다. 그러니 오늘부터는 모두 떼어내 주시오.”

“자네가 어떻게 책임진단 말인가?”

하연원이 약간 난처하다는 표정으로 말했다.

“지금으로선 그 말을 증명할 방법이 없군요. 그렇다면 내일 하루 동안만이라도 그 글귀가 적힌 천들을 걸고 운항하게 손을 써주시오. 그럼 이 전표를 드리겠소.”

자운엽이 전표 한 장을 탁자 위에 내밀었다.

“적지 않은 액수구만. 내가 가진 배에서 그걸 떼는 것이야 돈이 필요없겠지만 다른 배들에는 돈이 최고지.”

하연원이 빙긋 웃으며 전표를 집어 품속에 넣었다.

"그 글귀에 무슨 뜻이 있기라도 한 건가?"

전표를 챙긴 하연원이 궁금증이 이는 눈빛으로 자운엽을 쳐다보았다.

"나도 잘 모릅니다. 부탁을 받은 것뿐이니……."

자운엽은 시치미를 떼며 하연원의 관심을 차단시켰다.

"그런가? 하긴 뭐, 상관없는 일이지. 난 돈을 받았으니 지금부터 바쁘게 뛰어다니며 돈값을 해야지. 그런데 자네 분위기가 만만치 않구만? 이름을 물어봐도 되겠나?"

'뭔가, 이자는?

순간적으로 자운엽은 하연원이란 중년인의 눈을 쳐다보았다. 계산 빠른 상인의 표정을 하며 자신의 부탁을 들어주는 눈빛 뒤에서 짧은 순간 찔러오는 한줄기 날카로운 기운이 왠지 모를 경각심을 들게 했다.

"하하! 뭐 다른 뜻이 있어서 그러는 것이 아니네. 자네가 타고 온 말이 보통 말이 아닌 것 같아 궁금해서 그러네."

자운엽의 눈빛에서 경계의 기운을 읽었는지 하연원은 얼른 이유를 말했다.

"그것 역시 이 일과는 상관없는 것이니, 일이나 차질없게 해주시오."

무뚝뚝하게 답한 자운엽이 등을 돌려 실내를 빠져나갔다.

다음날 아침부터 인근을 운항하는 배의 돛에는 이제껏 도배를 한 것처럼 쓰여 있던 뜻 모를 글귀들이 모두 치워져 있었다.

그동안 그 뜻을 풀어보려고 머리를 싸매던 사람들은 꿈속에서까지 떠오르던 글귀가 하루아침에 사라지자 누구 할 것 없이 한마디씩 하며 고개를 갸웃거렸지만 영문을 모를 일이기는 처음이나 지금이나 마찬가지였다.

어쨌든 전표의 위력으로 뜻한 바를 이룬 자운엽은 어둠이 깔리기 시작할 무렵 인적이 드문 산길을 택해 어제 노인이 일러준 산꼭대기로 올랐다.

"자, 넌 근처에서 기다리고 있거라. 사중협이란 사람이 내 뜻을 읽고 오늘 밤 바로 나타난다면 며칠 못 볼 수도 있겠구나. 그때는 아무도 안 보이는 곳에서 너도 며칠 숨어 있거라."

애초에는 하연원의 집이나 다른 어느 곳에 맡기려 했지만 흑룡을 바라보는 하연원의 눈빛이 마음에 걸린 자운엽은 흑룡의 고삐와 안장을 풀어 혹시라도 모를 위험 시에는 자유롭게 도망칠 수 있도록 해주었다.

푸륵!

몸에 걸친 것이 모두 벗겨지고 야생의 상태가 된 흑룡은 뭔가 어색한지 콧바람을 내뿜으며 고개를 흔들었다.

"혹시 몰라서 그러는 것이다. 그러니 숲이 우거진 곳에서 마음 편하게 기다리거라."

자운엽도 흑룡의 목덜미를 부드럽게 한 번 쓰다듬어 주고는 경사가 급하고 험한 바위길을 네 발로 기어오르다시피 하며 꼭대기로 향했다.

"슬슬 움직일 때가 됐군."

꼭대기 근처의 바위틈에서 자시(子時)가 될 때까지 휴식을 취한 자운엽은 천천히 몸을 일으켜 구당협이 한눈에 내려다보이는 꼭대기로 올라갔다.

'과연 사중협이란 노인이 이곳에 있을까? 그리고 한 달여를 앞당겨 이곳에 나타나 모든 범선의 돛에 걸린 글귀를 떼어낸 내 의도를 읽고 있을까?

그런 생각과 함께 자운엽은 지금껏 단 한 번도 느껴보지 못한 커다란 흥분에 휩싸였다.

"정말 살아 있기는 한 것일까?"

도저히 앉아 있을 기분이 아닌 자운엽은 꼭대기 바위 위에서 이리저리 서성거렸다.

차 한 잔 마실 시간이 일 년보다 길게 느껴졌다.

다시 차 한 잔 마실 시간밖에 지나지 않았지만 자운엽은 죽을 순서를 기다리는 죄수들이나 느끼는 초조감을 느끼며 안절부절못하고 그 자리에서 서성거렸다.

억겁같이 느껴지는 시간 속에 자시가 지나고 축시(丑時)로 들어선 지도 오래된 것 같았다.

'나 혼자만의 망상이었던가?

축시 말이 되어갈 즈음, 자운엽은 기다리다 지친 표정으로 휘영청 밝게 떠 서산마루로 넘어가고 있는 만월을 쳐다보았다.

온몸의 힘이 쭉 빠져나갔다.

기대가 너무 컸기에 그 크기만한 허탈감이 온몸을 감쌌다.

"아직 실망하기는 이르다. 처음 돛대에 걸어놓은 구절에서 만나자는 약속 날짜는 한 달 정도나 더 남았다. 그때 가서도 안 나타난다면 사중협을 여기서 만날 수 있다는 내 생각은 확실한 망상이 되는 것이지만 아직은 아니다."

마지막 한 가닥 기대를 버리지 않은 자운엽은 천천히 몸을 일으켰다.

"한 달 동안 무얼 하며 지내야 하나?"

산봉우리 아래를 쳐다보는 자운엽은 공허한 심정을 가눌 길 없어 긴 한숨을 내쉬었다.

스슥—

막 걸음을 옮기려는 찰나, 귓속을 파고드는 미세한 소음에 자운엽은 온몸의 신경이 곤두서는 것 같은 느낌을 받으며 우뚝 걸음을 멈추었다.

이곳까지 올라오면서 몇 번도 더 주위를 살폈고, 꼭대기에 앉아 있으면서도 모든 감각을 최고조로 일깨웠지만 그 어떤 기운도 감지할 수 없었다.

그런데 걸음을 옮기려는 찰나에 들려온 미세한 소음은 누군가 처음부터 자신을 주시하고 있던 것 같은 느낌을 주었다.

휘익—

잠시 발걸음을 멈추고 주춤하는 모습에서 뭔가 낌새를 챘는지, 내려가려던 아래쪽에서 바람을 가르는 소음과 함께 엄청난 속도로 허공을 차고 오르는 인영의 모습이 눈에 들어왔다.

'사중협……?'

자운엽은 심장이 덜컥 멎는 듯한 느낌을 받으며 안력을 돋우었다.

'사중협이 아니다!'

무섭게 솟아오르는 괴인영의 뒤로 호위하듯 따라오는 여러 복면인들을 보고 순간적으로 판단한 자운엽은 즉시 내려가려던 반대 방향으로 몸을 날렸다.

쉬이익—

마주치는 바람이 할퀴듯 얼굴을 스치고 지나갔다.

파아앗!

자운엽이 올라왔던 길을 무서운 속도로 차고 오르던 괴인영은 어느새 꼭대기를 지나 쏘아져 내려가는 자운엽의 신형을 따라 내리꽂히고 있었다.

'엄청난 속도다!'

거의 추락하듯 바위투성이 비탈길을 쏘아져 내려가며 자운엽은 온 신경을 눈앞에만 집중시켰다.

뒤에서 괴인영이 무서운 속도로 자신을 따라 쏘아져 오는 것을 느꼈지만 지금 당장은 눈앞의 상황에만 신경 쓸 수밖에 없었다. 자칫 한 번이라도 헛디뎠다가는 바위 벼랑 아래로 추락할지도 모를 일이었다.

'조금만 더!'

바위 끝 부분만을 밟으며 위험한 암벽 지대를 쏘아 나가던 자운엽은 마음껏 경공을 펼칠 만한 지형이 눈에 들어오는 것을 보고 온 힘을 다해 발 아래에 있는 바위 끝을 찼다.

자신이 편안하게 경공을 펼칠 수 있는 곳이면 뒤를 따르는 괴인도 그럴 것이다. 그러나 평탄한 곳에서는 이곳 바위투성이 암벽을 가로지르는 만큼 우열의 차이가 나지 않는다. 그렇다면 무슨 수가 생길지도 모른다.

휘익—

바위 절벽을 가로지르며 느낀 괴인의 기척은 시간이 지날수록 가까워졌다. 그것만으로도 괴인이 얼마나 고수인지는 짐작이 가능했다.

퍼엉—

바위 절벽을 가까스로 통과해 평지에서 전력을 다해 달리려는 찰나, 한줄기 폭음과 함께 무시무시한 장력이 등줄기를 향해 쏟아져 오는 것을 느낀 자운엽은 대경하며 방향을 틀었다.

콰앙!

우지직!

장력에 맞은 나무 한 그루가 폭풍우에 휩싸인 양 흔들리며 기우뚱 허리를 꺾었다.

쉬이익―

바람을 가르는 소리가 바로 등 뒤에서 들리는 것을 느낀 자운엽은 본능적으로 몸을 틀며 수운검을 휘둘렀다.

파르르르―

전광석화처럼 수운검이 등 뒤로 뿌려졌지만 수운검의 칼날에 걸리는 것은 산자락의 바람 줄기뿐이었다.

"어린 놈이 대단하구나, 우리의 은신을 알아차리다니."

수운검의 공격을 무위로 돌린 괴인영은 급히 돌아서는 자운엽을 보며 조용히 말했다.

"누구시오, 노인장은?"

달빛 아래에 드러난 초로인의 모습을 보며 자운엽은 긴장의 눈빛을 빛냈다.

하성촌의 선주 하연원과 헤어지며 그자의 눈빛이 계속 마음에 걸려 신경을 곤두세웠음에도 불구하고 지적까지 따라오는 동안 낌새도 못 느꼈다는 것은 소름 끼치는 일이었다.

"네놈이 공야세가에 들어가는 순간부터 따라다녔는데 그런 질문은 무척 서운하군."

노인은 뒷짐을 지고 느긋하게 말했다.

'공야세가에 있을 때부터 따라다녔다고?'

노인의 말에 자운엽은 뒤통수를 몽둥이로 세게 한 대 맞은 듯한 충격에 휩싸였다.

'야율사한!'

자운엽은 반사적으로 한 개의 이름을 떠올렸다. 그리고 바로 뒤이어 또 한 개의 이름이 떠올랐다.

'서천맹의 청룡당주!'

순식간에 두 개의 이름을 떠올린 자운엽은 정수리 한복판에서부터 얼음물이 쏟아져 내리는 듯한 느낌을 받았다.

'그렇군!'

그동안 이따금씩 느껴지던 까닭 모를 의심과 불안이 모습을 드러냈다.

근 이십 년간 사중협을 쫓아다녔다는 서천맹의 청룡당주!

지금 자신 앞에 선 초로인은 의심할 여지도 없이 그자일 것이다.

자신의 몸속에 담긴 기운이 사중협의 기운이란 것을 알게 해주었던 사람은 어이없게도 자신을 죽이려 했던 야율사한이다. 그때 기필코 자신을 죽이려 했던 모습과 달리 그동안 아무런 조짐도 보이지 않는 것이 이따금씩 마음에 걸렸는데 이 노인은 그 후부터 자신의 일거수일투족을 놓치지 않고 지켜보며 사중협을 잡을 기회를 엿보고 있었던 모양이다.

대체 얼마 동안인가?

공야세가로 들어가면서부터 이자가 따라붙었을 것이니 열 달가량을 따라다닌 것이다. 그런데 단 한 차례도 그런 낌새를 느끼지 못했다. 하긴 지척에 숨어 있는 것도 느끼지 못했으니 말해 무엇 하랴. 그나마 조금 전에 느낀 기척도 노인 혼자만 은신해 있었더라면 결코 흘리지 않았을 것이다.

"당신이 청룡당주이오?"

자운엽은 허망한 표정으로 질문했다.

사중협을 만날 것이라는 부푼 기대 끝에 만난 사람이 자신을 죽음 직전까지 몰고 갔던 사람과 같은 조직의 사람이라니……. 그리고 이 노인은 그때 자신을 죽이려 했던 야율사한보다 한참 더 고수일 것이다.

자운엽은 허탈한 마음과 함께 등줄기로 식은땀이 흐르는 것을 느꼈다.

"그동안 하는 양으로 보아 머리 회전이 무척 빠른 놈이라는 생각이 들더니 정말 그렇구나."

노인은 입가에 옅은 미소를 지으며 답했다. 그리고 자신을 따라온 수하들에게 손짓을 했다.

스스슥—

노인의 손짓을 본 복면인들이 사방으로 흩어지며 포위망을 형성했다.

"네놈이 사중협의 제자이냐?"

'역시!'

자운엽은 노인의 질문에서 이들이 자신을 사중협의 제자로 믿고 있음을 짐작했다.

"그 사람이 정말 살아 있기는 한 것이오?"

자신의 짐작을 확신한 자운엽은 정말 궁금하다는 표정을 지으며 오히려 노인에게 반문했다.

"교활한 놈! 그런다고 이 상황을 모면할 수 있을 것 같으냐?"

청룡당주가 조소 어린 표정으로 답했다.

"당신의 표정을 보니 사중협은 정말 존재하는 사람인 모양이오. 그렇다면 나도 무척 기쁘오. 혹시 그 사람이 가상의 인물이거나 이미 타계한 사람이라면 실망이 클 것 같았는데. 정말 고맙소!"

"이놈이?"

너무나 진지하게 사중협의 생사를 묻는 자운엽의 표정을 본 노인은 잠시 의구심 어린 눈빛을 하다가 비릿한 미소를 배어 물었다.

"네놈의 그간 행적을 살펴보면 교활하기 짝이 없는 놈이다. 그걸 충분히 알고 있으니 당치 않은 말로 노부를 속일 생각은 말아라."

노인은 차가운 눈빛으로 잘라 말했다.

"어떻게 생각해도 좋소. 앞으로 어찌 될지는 알 수가 없지만 그 사실을 확인한 것이 우선은 무척 기쁜 일이니까."

자운엽이 한없이 안도하는 표정으로 미소를 지었고, 그 미소를 보며 청룡당주는 다시 한 번 혼란스런 기분이 들었다.

그동안 자신이 사중협을 추적한 세월이 이십여 년이다. 그리고 이놈은 아무리 보아도 스물 초반으로밖에 안 보이는 나이다. 비록 사중협과 한 번도 맞닥뜨리지는 못했지만, 그렇다고 완전히 행적을 놓친 적도 없었다. 그 기간 동안 사중협이 제자를 키운 낌새는 전혀 발견하지 못했다. 그건 장담할 수 있다. 그런데도 이놈이 제자라는 말은 뭔가 딱 맞아떨어지지 않는다.

청룡당주의 눈빛이 잠시 흔들렸다.

맹의 모든 실무를 이끌어가는 현무당주 야율사한은 이제껏 단 한 번도 허튼소리를 내뱉은 적이 없는 아이다. 그렇기에 조카뻘밖에 안 되는 아이지만 공식적으로는 같은 사부에게서 무공을 배운 막내사제이다. 그런 아이가 목을 걸어도 좋다는 말과 함께 확인한 사실이라면 믿을 수 있는 일이다. 그 때문에 지금껏 쫓아왔고, 여기에 이르렀다.

"이젠 은신이 탄로가 난 이상, 더 이상 따라다니는 일은 그만 하고 네놈을 제압해 보면 알 수가 있겠지. 사중협의 내력은 나 역시 직접 견식한 적이 있으니 네놈의 손목만 한 번 짚어보면 알 수 있다. 그러니 쓸데없는 말로 시간을 낭비할 필요는 없다. 아울러 네놈이 정말 사중협의 후인이라면 네놈을 미끼로 사중협을 잡는 방법을 택하겠다."

청룡당주가 어떻든 자신으로서는 크게 손해 볼 것이 없다는 표정으로 느긋하게 말했다.

'좌측에 네 명, 우측에 다섯, 앞뒤로 다섯……. 젠장! 많이도 끌고 왔군.'

청룡당주의 말을 진지하게 듣는 척하며 자운엽은 부지런히 주변 상황을 살폈다. 여기서 자신이 사중협과 만날 것이라 생각했는지 청룡당주가 데려와 포위망을 펼친 복면인들은 하나같이 고수의 기도가 느껴졌다. 사중협은 자신의 사부 가마룹을 꺾은 사람이니 결코 혼자서는 그를 잡을 수 없다고 생각했을 것이고, 그만한 대비를 했을 것이다.

'빌어먹을!'

자운엽은 속으로 신음성을 삼켰다.

사중협을 잡기 위해 준비된 사람들이 사방을 포위하고 있으니 예전에 야율사한이 펼친 것보다 더 무서운 천라지망인 셈이다.

앞에 있는 노인 하나만으로도 벅찰 것인데 여차하면 주변을 둘러싼 복면인들이 달려들 것이고, 그야말로 생문(生門)은 한 곳도 보이지 않았다.

"달아날 수 있을 것 같으냐?"

자운엽의 생각을 읽은 청룡당주가 피식 웃으며 말했다.

"솔직히 말하면 좀 힘들 것 같소."

"좀 힘든 게 아니라 아예 없다고 보는 게 좋을 것이다. 나뿐만 아니라 저들은 천하제일인 사중협을 잡기 위해 훈련된 사람들이다. 저들의 합공이라면 나도 이 자리에서 뼈를 묻을 수밖에 없다."

청룡당주가 언제라도 확인해 보라는 듯이 팔을 벌리며 말했다.

"당신이라면 그럴 수도 있겠지만… 난 당신처럼 그렇게 멍청하지가 않소."

자운엽이 빙긋 미소를 지으며 청룡당주의 말에 반박했다.

"이놈이!"

청룡당주의 한쪽 볼이 씰룩하고 경련을 일으켰다.

"그렇지 않소? 한 사람을 이십여 년이나 쫓아다니면서 아직 코빼기도 못 보았다니 말이오. 나 같으면 포기를 하던지, 다른 방법을 강구했을 것이오. 줄기차게 쫓아다니기만 해서는 절대로 잡을 수 없을 것들이 많이 있지요. 그런데도 아직까지 쫓아다닌다는 것은 멍청함의 표상이라는 생각이 드는군요."

"이런 죽일 놈을 보았나!"

자운엽이 더욱 진한 미소를 지으며 빈정거리자 청룡당주의 손이 천천히 위로 올라왔다.

"혀를 뽑아도 며칠 동안 인질로 이용하기에는 아무런 지장이 없을 터이니 네놈의 혀부터 뽑아놓겠다."

쉬익―

천천히 손을 끌어 올리던 청룡당주가 갑작스럽게 손을 흔들자 한줄기 강기가 자운엽의 허리를 향해 쏘아져 왔다.

팟―

청룡당주의 손이 미세하게 움직일 때부터 암암리에 내력을 끌어올렸던 자운엽은 환사삼결 제삼결인 환영심공을 펼쳐 그 자리에서 꺼져 버렸다.

"어엇!"

갑작스런 자운엽의 움직임에 청룡당주가 당혹성을 내뱉었다.

야율사한과의 격돌에서 힘 한번 제대로 쓰지 못하고 당하다 죽음 직전에 사생결단으로 달려든 어떤 놈들 때문에 목숨만 부지하여 달아난 놈이라 들었다. 그랬기에 이 정도의 수법이면 당장 제압은 못하더라도 내상 정도는 입힐 수 있을 것이라 생각했는데, 예상을 뛰어넘는 움직임으로 자신의 공격을 피해 버린 자운엽의 수법에 청룡당주는 잠시 움찔하다가 섬전처럼 신법을 펼쳤다.

쉬익―

"크윽!"

"큭!"

섬뜩한 바람 소리와 함께 포위망 한쪽에서 두 마디의 비명 소리가 들렸다.

청룡당주의 기습에 자운엽 역시 기습적으로 환영심공을 펼치며 제일 가까이 있던 두 명의 목과 가슴에 수운검을 뿌린 것이다.

"더 뒤로 물러나서 포위해라!"

두 명의 부하가 큰 상처를 입고 쓰러지는 것을 본 청룡당주가 고함치며 자운엽의 신형을 쫓았다.

극성으로 펼치면 십 장 안의 거리에서는 거의 심즉동의 속도로 움직일 수 있다는 환영심공이다. 아직 심즉동의 경지는 아니더라도 푹 꺼졌다가 코앞에서 불쑥 나타나는 듯한 착각을 일으킬 만한 자운엽의 움직임에 포위망을 펼쳤던 사내들이 급급히 뒤로 물러났다.

“어딜!”

청룡당주 역시 극상의 경공을 펼치며 자운엽의 진로를 막아갔다.

휘익―

다시 한 번 칼바람 소리가 들리고, 순간적으로 진로를 바꾸며 휘두른 수운검이 지나간 자리에서 선혈이 솟구쳤다.

“이런!”

상상외로 강한 반격에 청룡당주의 입이 벌어졌다.

“으윽!”

예상과는 전혀 다른 자운엽의 무위에 주춤하는 사이, 또 한 명의 수하가 휘어져 오는 수운검에 팔뚝이 길게 베어지며 짧은 비명을 토했다.

“물러나라 했거늘!”

청룡당주가 충분한 거리로 물러나지 않고 있다가 상처를 입은 부하를 보며 폭갈을 터뜨렸다. 그리고 전력을 다한 신법으로 자운엽의 움직임을 쫓았다.

취리릭―

하늘거리는 비단 자락처럼 수운검이 자운엽의 움직임을 쫓는 청룡당주의 목을 향해 날아들었다.

“하얏!”

청룡당주가 귀찮은 파리 떼라도 물리치듯이 손을 휘둘러 수운검을 쳐냈다.

퍼억―

“이건?”

바람에 날려가기라도 할 듯 나풀거리는 수운검의 옆면을 때린 청룡당주는 연검에 실린 내력이 엄청난 것을 느끼고는 재차 팔을 휘둘렀다.

"하앗!"

환사일결 화석심공으로 내력을 증폭시킨 자운엽이 낭창거리는 수운검을 창대처럼 빳빳하게 뻗어 청룡당주의 목을 베어갔다.

쉬이익—

퍼엉!

수운검의 검날에서 뻗어 나오는 강기와 청룡당주의 손바닥에서 뻗어 나오는 강기가 마주치며 포탄이라도 터진 듯한 폭음을 울렸다.

"으음—"

대격돌의 여파가 사라지자 숨을 한번 고른 청룡당주와 자운엽은 서로를 노려보고 섰다.

"생각보다 훨씬 강한 놈이로구나……."

청룡당주가 약간 놀랍다는 표정으로 자운엽을 쳐다보았다.

"노인네의 근력도 대단하시오. 방심의 허를 틈타 전력을 뿌렸는데도 이득을 보지 못했으니 말이오."

자운엽도 땀이 홍건한 얼굴로 청룡당주를 쳐다보았다.

공야세가에서 반년이 넘게 환사삼결을 연마하고 나와 처음 맞닥뜨린 절정고수다. 온 중원을 집어삼키려는 흉수 가마륵의 둘째 제자답게 청룡당주의 무위가 실로 엄청나다는 것을 자운엽은 방금 격돌로 뼈저리게 느꼈다.

방심을 틈타 기습적으로 환영심공을 펼쳤지만 청룡당주의 움직임 역시 환영심공 못지않았다.

크게 발을 움직이는 것 같지 않았지만 효과적으로 공간을 좁히며 자신의 움직임을 차단하는 탓에 겨우 두 명의 복면인들을 베었고, 한 명은 조금 심한 상처만 입혔다. 그 정도로는 포위망이 느슨해지지도 않을 것이다. 오히려 경각심만 높여준 것 같았다. 또한 애써 시치미를 떼고 있지만 격돌하며 받은 충격도 만만치 않았다.

"네놈이 정녕 야율사한에게 죽을 뻔한 그놈이 맞는 것이냐?"

한참 동안이나 멍하니 자운엽을 쳐다보던 청룡당주 역시 믿어지지 않는다는 투로 물었다.

그때는 천라지망 속에서 진력이 소진되었겠지만 야율사한의 두 번 공격에 시체나 다름없는 몸으로 쓰러졌다 했는데 직접 대결을 벌여본 이 어린 놈의 무공은 들은 소문과는 천양지차였다. 엄청난 속도로 움직이는 모습에서나 정면으로 부딪쳐 본 내력에서나 야율사한에게 그렇게 속절없이 당할 놈이 아니었다.

'그사이 또 이만한 진전이 있었단 말인가?'

공야세가에서 반년 이상을 틀어박혀 나오지 않아 혹시 죽어버린 것이 아닐까 의심했는데, 그 기간 동안 다시 이렇게 커버린 것이라면 진정 위험한 놈이라는 생각이 들었다.

청룡당주는 굳은 표정으로 다시 내력을 끌어올렸다.

'그런데… 이 기운은?'

내력을 끌어올리던 청룡당주의 눈이 부릅떠졌다.

그렇게 심각하지는 않지만 내력을 끌어올림과 함께 가슴을 울렁거리게 만드는 한줄기 음유로운 기운은?

"사중협!"

청룡당주의 입에서 사중협이란 단어가 신음처럼 흘러나왔다.

사부 가마룹이 사중협과 격돌 후 뼛속까지 스며든 한줄기 기운 때문에 얼마나 고생했던가?

일반적인 내력 대결의 경우 강한 반탄력에 의해 내부가 진탕되는 충격으로 혈맥이 뒤틀리고 손상당하는 것이 보통이다. 그러나 사부의 옆에 있던 자신 역시 생생히 느꼈던 사중협의 내력은 아무리 강한 반탄력이라도 미세한 진동과 떨림으로 밀어오는 기운을 흩어버리고 온몸으로 스며들어 내부를 진탕시킨다. 그 기운이 자운엽의 칼을 통해서 어느새 자신의 내부로 스며든 것을 느낀 청룡당주는 자운엽이 사중협의 제자임을 믿을 수밖에 없었다.

"야율사한 그 아이 말이 틀림없구나. 네놈은 사중협의 제자임이 분명하다."

청룡당주는 살기가 더욱 짙어진 눈으로 자운엽의 전신을 샅샅이 훑어보았다.

'사중협의 제자라면 기필코 제압해서 사중협을 끌어내야 한다.'

청룡당주의 눈빛이 차갑게 빛났다.

"당신이 속한 서천맹이란 곳은 정말 고마운 곳이오. 거듭거듭 내 존재 가치를 인식시켜 주니 말이오. 정말 고맙소. 그런데도 죽자 사자 싸워야 한다니 그게 애석할 따름이오."

파아악!

말과 함께 수운검이 허공을 향해 날아올랐다.

파르르르르―

수만 개의 날갯짓이 달빛을 쳐내며 허공에 비산했다.

"가소로운 놈!"

일갈과 함께 청룡당주가 불끈 내력을 끌어올렸다. 처음에는 약간 방심을 하여 큰 우위를 점하지 못했지만 이제부터는 혼신의 힘을 다해 공격할 것이라는 의도가 고스란히 엿보였다.

'잘될 수 있을까?'

온몸 가득 엄청난 기운이 흘러나오는 청룡당주를 보며 자운엽은 한 가지 계획을 머리 속에 떠올렸다.

'정면으로 부딪쳐서는 결코 승산이 없다. 눈을 속이는 수밖에…….'

생각을 굳힌 자운엽은 환영심공으로 번쩍 하고 옆으로 움직이며 수운검을 흔들었다.

차르르르—

섬뜩한 음향을 뿌린 수운검이 지금까지와는 전혀 다른 모습으로 떨리고 있었다.

"하앗!"

청룡당주의 손이 자운엽의 움직임을 쫓으며 막 앞으로 내뻗으려는 찰나, 한소리 기합성을 지른 자운엽이 수운검을 급격히 옆으로 꺾었다. 그와 동시에 무수히 달빛을 쳐내던 수운검의 모습이 순간적으로 사라졌다.

"엇!"

코앞으로 날아들던 검날이 순간적으로 시야에서 사라지자 청룡당주가 움찔하며 뒤로 물러섰다.

파아악!

사라졌던 검날이 어느 순간 옆구리를 향해 날아들었다.

퍼엉—

자운엽의 심장을 향해 장력을 날리려던 청룡당주의 손이 급히 방향을 바꾸어 옆구리로 날아드는 검신을 향해 일장을 뿌렸다.

파앗—

날아들던 검날이 어느 순간 다시 형체가 사라졌다.

"어엇?"

서문주치가 펼치던 유리검의 초식을 흉내 낸 자운엽의 칼에 청룡당주가 깜짝 놀라며 거듭 뒤로 피하는 짧은 순간, 환영심공을 극성으로 펼친 자운엽의 신형이 섬전처럼 뒤로 쏘아져 나갔다.

'속임수?'

잠시 눈앞에서 이상한 각도로 휘어지며 눈을 현혹시키는 칼날에 주위가 분산된 사이, 환영심공을 극성으로 끌어올린 자운엽의 신형이 급격히 뒤로 멀어지며 가장 허술한 포위망을 향해 그대로 부딪쳐 나갔다.

촤악―

막아서는 사내 하나를 향해 팔랑거리는 수운검이 무섭게 쏘아져 나갔다.

"끄르륵!"

목이 꿰뚫린 사내가 괴음을 내지르며 쓰러졌다.

휘익―

한 개의 칼이 쓰러지는 복면인의 반대 방향에서 자운엽의 옆구리 쪽으로 날아들었다.

파아악―

급히 수운검을 회수한 자운엽이 채찍처럼 수운검을 휘두르며 사내의 칼을 쳐올렸다.

째쨍―

금속성이 울리며 복면사내의 칼이 휘청 위로 쳐올려졌다.

파앗!

하반신이 무방비 상태가 된 사내의 허벅지를 가른 자운엽이 피보라를 뒤로한 채 앞으로 쏘아져 나갔다.

"교활한 놈!"

두 사내를 처치하며 잠시 지체하는 사이 청룡당주의 음성이 앞쪽에서 들려왔다.

"타아!"

앞쪽에서 퇴로를 막은 청룡당주의 쌍장이 거대한 벽처럼 확대되어 자운엽의 시야로 다가들었다.

'이판사판이다!'

자운엽 역시 이를 악물며 쌍장을 들어 올려 전력을 다해 앞으로 내뻗었다.

퍼엉—

온 산이 울릴 듯한 폭음이 일며 흙먼지가 자욱이 피어올랐다.

"쿨럭!"

화석심공을 극성으로 끌어올렸음에도 불구하고 한참이나 뒤로 밀린 자운엽은 답답한 기침과 함께 선혈 한 모금을 토해냈다.

청룡당주와 정면으로 장력을 교환하는 상황에서 환사일결의 힘을 극한까지 쏟아 부었지만 되돌아오는 반력은 너무 엄청났다.

"정말 괴물 같은 인간들이군. 중원을 집어삼킬 생각을 충분히 품을 만하군. 큭큭!"

다시 한 모금의 선혈을 내뱉은 자운엽이 억눌린 웃음을 토하며 소맷자락으로 입가를 훔쳤다.

"어린 놈이 정말 대단하구나. 내 장력과 정면으로 부딪치고도 멀쩡히 살아서 주절거리다니. 허허!"

청룡당주가 공허한 웃음을 흘리며 자운엽을 쳐다보았다.

중원 진출을 사십 년이나 늦추게 하고, 자신의 이십 년 생애를 송두리째 빼앗아간 사중협이란 존재를 자운엽을 통해 다시 느끼게 된 청룡당주는 그때의 기억이 되살아난 듯 노안 한구석에 언뜻 두려움의 그림자가 스쳐 지나갔다.

'도대체 이 기운의 정체는 무엇일까?'

자신이 뿌린 극강한 기운을 부드럽게 흘리며 종내에는 가슴까지 다시 스며들어 또다시 심장을 울렁거리게 하고 있는 기운을 진정시키는 청룡당주의 눈에 짙은 의문의 빛이 흘러나왔다.

대업의 꿈을 품고 매진한 수십 년의 세월!

그 큰 뜻이 추괴하기 짝이 없는 한 노인에 의해 철벽처럼 가로막혀 버렸다.

대체 그 노인의 정체는 무엇이고, 도저히 뿌리를 알 수 없는 그 힘의 근원은 무엇일까?

자운엽의 장력을 통해 그때의 기분을 떠올린 청룡당주의 표정이 일그러졌다. 심장을 울렁거리게 하던 기운이 급기야 목구멍에 미세한 선혈 한 가닥을 역류하게 만들었기 때문이다.

"카악!"

청룡당주가 거칠게 침을 내뱉었다.

"퉤!"

자운엽 역시 입 안에 홍건히 고인 피를 내뱉고 온통 불이 난 것 같은 내부를 진정시키며 천천히 몸을 바로 세웠다.

휘청—

진탕된 기혈로 두 발로 서는 것도 힘들게 된 자운엽은 크게 한 번 휘청거린 후 가까스로 중심을 잡았다.

"큭큭!"

선혈이 홍건한 자운엽의 입속에서 유부에서 들려오는 듯한 괴소가 흘러나왔다.

"별로 복받고 태어나진 않았소. 낳아준 사람 얼굴도 모르니까 말이오."

나직한 음성이 다시 자운엽의 입에서 흘러나왔다.

"하지만 한 여인으로 인해 그동안 스스로 세상에서 가장 복받은 놈이라 생각했소. 그리고 그 여인을 향해 한 발짝씩 다가가며 그 여인도 나를 향해 다가오고 있다는 것을 알았소. 그때의 기분이 어땠는지 당신 같은 사람들은 절대로 모를 것이오. 큭큭!"

자운엽의 입에서 핏빛 소성(笑聲)이 흘러나왔다.

"그런데 매번 당신들이 그 길을 가로막으려 하고 있소. 세상을 다 차지하든, 중원 한복판에 당신네들 성지를 건설하든 내 알 바 아니오. 하지만 내 앞을 가로막는 자는 가만둘 수 없소."

자운엽의 눈도 혈광을 토했다.

"모두 죽이고 말겠소. 당신도 죽이고, 오늘 이곳을 포위한 당신 수하들도 모조리 죽이겠소. 그리고 언젠가는 당신들 조직도 모두 박살을 내어버리겠소. 크크큭!"

자운엽의 입에서 쥐어짜는 듯한 웃음이 다시 흘러나왔다.

"이, 이놈이?"

마치 악귀인 양 입가에 피를 흘리며 괴소를 터뜨리는 자운엽을 보며 청룡당주는 섬뜩한 공포에 일순 몸이 굳어지는 것을 느꼈다.

'기필코 잡아서 죽여야 할 놈이다!'

가슴 한곳을 서늘하게 만드는 자운엽의 기운을 느낀 청룡당주의 손이 자신도 모르는 사이 붉은색으로 달아오르고 있었다.

"이젠 기회를 엿보며 도망치는 짓 따위는 하지 않겠소. 오시오! 정면으로 맞부딪쳐 주겠소. 내가 사중협의 제자임이 확실하고, 당신 사부가 사중협에게 꺾여 이제껏 뜻을 이루지 못했다면 당신도 나를 쉽게 잡을 수는 없을 것이오.”

자운엽도 천천히 손을 들어 올려 정면 대결의 자세를 취했다.

“어린 놈이 정말 가상하구나. 정녕 사중협의 제자답다. 하지만 우리의 갈 길이 다르니 어쩌랴? 결코 사로잡힐 놈은 아닌 것 같으니 이 자리에서 고통없이 죽여주마.”

“후후! 좋도록 하시오. 그러나 난 지금 절대 죽을 수 없소. 그러니 조심하시오, 노물!”

자운엽은 질끈 입술을 깨물었다. 그리고 천천히 태음토납경의 힘을 끌어올리고 그 힘에 편승해 환사일결의 구결을 운기했다.

‘철구(鐵球)!’

서산마루에 걸린 둥근 달을 마주 보며 화석심공을 극성으로 끌어올리던 자운엽의 뇌리 속으로 한 가지 생각이 섬전처럼 스치고 지나갔다.

‘철구를 밀어낸다!’

사천당가의 가주 당천의와의 내력 대결에서 철구를 밀어낼 때 분명히 자신의 내력이 담긴 철구가 당천의의 내력을 흩뜨리며 당천의 쪽으로 밀고 나가 그 대결에서 이겼다.

그때 철구를 공중에 띄운 대결이 아니라 서로의 내력을 직접 맞부딪친 대결이었다면, 환사삼결을 익히지도 못한 자신으로서는 중원최고세가의 한곳인 사천당가의 가주를 이길 수 없었을지도 모른다. 하지만 상대를 다치지 않게 최대한 조심하며 부드러운 기운으로 철구를 밀어내자 당천의의 내력을 흩뜨리며 철구를 전진시킬 수 있었다. 어쩌면 자신의 몸속에 내재된 사중협의 내력은 강하게 내칠 때보다는 부드럽게 밀어낼 때 진정한 위력이 발휘되는 것이 아닐까?

거기까지 생각이 미친 자운엽은 극성으로 끌어올렸던 환사일결의 기운을 혈맥 속으로 흘려보내며 정반대로 환사일결의 기운에 편승하여 태음토납경의 부드러운 기운을 극한까지 끌어올렸다.

"가거라, 애송이!"

청룡당주의 붉게 달아오른 손바닥이 활짝 펴지며 무서운 기운이 실린 장력이 자운엽의 심장을 향해 뻗어 나왔다.

"흐읍!"

자운엽 역시 쌍장을 내뻗으며 태음토납경의 내력을 부드럽게 밀어 보냈다.

우우웅—

자운엽의 쌍장에서 부드럽게 뻗어 나간 기운이 청룡당주의 기운과 마주치자 이번에는 온 산을 울리는 큰 폭음 대신 수만 마리의 벌이 윙윙거리며 날아다니는 듯한 소리가 흘러나왔다.

'됐다!'

청룡당주는 승리를 확신하며 마지막 내력을 쏟아 부었다.

이제껏 몇 번 부딪쳤을 때와는 달리 맞부딪쳐 오는 반력을 전혀 느낄 수가 없었다. 아직 어린 애송이지만 그 내력이 무서울 정도여서 끝까지 경시할 수가 없었는데 이번에는 놈도 힘이 다 빠졌는지 더 이상 자신의 내력에 대항해 오지 못하는 모양이었다. 비틀거리며 겨우 일어선 상태에서 또다시 그런 무서운 반격을 가해온다면 이놈은 사람도 아닌 것이다.

그런 찰나의 생각 끝에서 청룡당주의 의식이 급격히 식어 들어갔다.

반격이 없다면 당연히 피분수를 뿜으며 퉁겨 나가야 정상이다. 그러나 쌍장을 들어 올리고 서 있는 자운엽의 발은 여전히 땅을 굳게 디디고 있었다.

'이게 무슨……?'

청룡당주는 두 눈을 부릅뜨며 여전히 쌍장을 들어 올린 채 사력을 다하고 있는 자운엽을 쳐다보았다. 비록 힘에 부친 듯 이마와 목덜미에 힘줄이 불거져 있었지만 구성으로 뻗어낸 자신의 장력이 자운엽의 쌍장에 이르러 아지랑이처럼 아른거리며 옆으로 흩어지고 있었다. 그리고 그 흩어지는 장력을 헤집으며 한 가닥 이질적인 기운이 무수한 진동을 일으키며 역류하고 있었다.

"이, 이런!"

청룡당주의 입에서 다급성이 울렸다.

사부 가마릅이 지독한 내상을 입은 기운이 바로 이것이리라.

깃털처럼 부드러우면서도 만근석보다 더 무거운 기운을 흩어버리고 원하는 곳으로 흘러가는 이 사이로운 기운!

그 무서운 기운이 자신의 내력을 헤집으며 눈앞으로 스며들고 있었다.

"하아앗!"

청룡당주가 커다란 기합성을 지르며 마지막 남은 내력을 전부 쏟아부었다.

퍼엉!

"크윽!"

사력을 다한 청룡당주의 내력이 마침내 자운엽의 가슴을 강타하자 자운엽이 선혈을 토하며 바닥에 나뒹굴었다.

"으윽!"

그러나 청룡당주 역시 진동음을 울리며 스며든 자운엽의 내력에 가슴속이 울렁거리는 것을 느끼며 선혈을 한 모금 토해냈다.

"이놈이 기어코……."

청룡당주가 이를 악다물며 소리를 질렀다.

아무런 충격도 없이 부드럽게 스며든 사이로운 내력은 시간이 지남에 따라 온몸의 기력을 떨어지게 하고, 급기야는 두 다리까지 떨리게 만들었다.

"우왝!"

다시 한 모금 선혈을 토한 청룡당주의 눈에 악마와도 같은 혈광이 이글거렸다.

"이놈! 절대로 살려두지 않겠다!"

흔들리는 걸음으로 청룡당주가 자운엽이 쓰러진 방향으로 걸어갔다.

"괜찮습니까, 당주님?"

한참 뒤로 물러서서 포위망을 형성하고 있던 복면인들이 분분히 날아 내렸다. 그리고 선혈을 토하는 청룡당주를 경악에 찬 모습으로 처다보았다.

"지독한 놈!"

자신의 쌍장에 뒤로 물러나 바닥을 기면서도 기어코 일어나 다시 싸우려고 발버둥 치는 자운엽을 보고 청룡당주는 치를 떨었다.

"모두, 모두 죽이리라……."

연신 선혈을 흘리며 악귀처럼 중얼거리는 자운엽을 보며 눈살을 찌푸린 청룡당주가 쌍장을 들어 올렸다.

휘익—

들어 올린 청룡당주의 쌍장에서 장력이 쏟아져 나오려는 찰나 미세한 바람 소리가 울려 퍼지며 낙엽 한 잎이 무서운 속도로 청룡당주의 뒤통수를 향해 날아들었다.

"어엇!"

뿌리려던 쌍장을 거둬들인 청룡당주가 급히 몸을 틀어 무시무시한 속도로 날아오는 낙엽을 피했다.

쉬익─

청룡당주가 낙엽을 피하며 몸을 돌리는 짧은 순간, 온통 흰 털로 뒤덮인 백원(白猿) 한 마리가 기를 쓰고 일어서려는 자운엽을 향해 쇄도해 들었다.

"어헉!"

비틀거리던 자운엽도 비명을 지르며 자신을 향해 달려드는 백원을 저지하려 했지만 흰 털이 뒤덮인 백원의 손이 신속하게 자운엽의 혈을 찍은 후 자운엽을 허리에 끼고 바람처럼 벼랑 쪽으로 치달렸다.

"자, 잡아라!"

순식간에 일어난 사태에 청룡당주와 주변을 포위했던 복면인들이 급급히 백원의 진로를 차단하려 몸을 움직였지만 백원의 모습은 까마득한 벼랑 아래로 떨어져 내렸다.

"이 무슨……?"

우르르 몰려들었던 복면인들과 청룡당주가 벼랑 아래쪽으로 고개를 내밀었지만 백원과 자운엽의 신형을 집어삼킨 벼랑 아래쪽 공간은 시커먼 어둠만이 가득 채워져 있었다.

"사중협이 보낸 짐승이다."

신음처럼 중얼거린 청룡당주가 품속에서 급히 기형의 호각 하나를 꺼내어 강하게 불었다.

삐이익—

날카로운 호각 소리가 길게 울려 퍼졌다.

"잠시 도망을 쳤을지는 몰라도 절대로 이 근방을 빠져나가지는 못한다."

잇새로 중얼거린 청룡당주가 손짓으로 부하들을 불러 모았다.

"너희들도 어서 내려가 산 아래 포진한 금룡대(金龍隊)와 합류해라. 인근을 물샐틈없이 포위하여 그 원숭이의 흔적을 찾으면 사중협도 찾을 수 있을 것이다. 이번에는 기필코 사중협, 그 노괴물을 잡아야 한다! 개미새끼 한 마리 빠져나갈 수 없게끔 천라지망을 펼쳐라!"

"존명!"

청룡당주가 절규하듯 고함을 치자 복면사내들이 짤막하게 답하고는 미친 듯이 산 아래로 경공을 펼쳤다.

◆ 제53장

사중협(邪中俠)

사중협(邪中俠)

"여기는?"

눈을 뜬 자운엽은 급히 고개를 돌려 사방을 살폈다.

"으윽!"

칠흑 같은 어둠 속에서 지척을 분간하지 못한 자운엽은 벌떡 몸을 일으키려다 갈비뼈가 끊어지는 듯한 아픔을 느끼며 비명을 내질렀다.

사력을 다해 맞부딪칠 때는 못 느꼈지만 지금은 온몸 구석구석 안 아픈 곳이 없었다.

'여기는 어딜까? 그리고 시간은 얼마나 지났을까?'

더 이상 움직이는 것을 포기하고 가만히 누운 상태에서 자운엽은 주변의 상황을 느끼려고 신경을 집중했다.

'약초 냄새!'

제일 먼저 코끝을 자극하는 냄새는 약초 냄새였다. 아마도 이곳 주인이 복용하거나 준비해 둔 것이리라.

약초 냄새에 익숙해진 자운엽의 후각은 곧 이어 눅눅한 이끼 냄새를 맡았다. 그것으로 자신이 누워 있는 이곳이 벼랑 어느 곳에 있는 동굴임을 짐작할 수가 있었다.

"그런데 여기에 얼마나 누워 있었던 것일까?"

결리는 갈비뼈와는 달리 진기의 흐름이 순조로웠고 내상의 흔적이 조금도 없이 말끔히 사라진 것을 느낀 자운엽은 적잖이 안심이 되었다. 조금 더 진기를 유통시키던 자운엽은 몸 어느 구석에서 느껴지는 기이한 한줄기 기운에 흠칫 놀라며 정신을 집중시켰다.

자신의 내력과 비슷한 듯하면서도 뭔가 좀 다른 한 가닥의 기운이 혈맥 속에 녹아 있었다.

'누군가 진기를 불어넣어 내상을 치료했다!'

자운엽은 직감적으로 그것을 느끼며 사방으로 고개를 두리번거렸다. 그러나 주위에서 느껴지는 것은 어둠과 동굴 바깥의 바람 소리뿐이었다.

'그 백원일까?

자운엽은 청룡당주와의 대결 도중 무서운 속도로 나타나 순식간에 자신의 혈을 제압하고 자신을 허리에 끼고 달리던 백원을 떠올랐다.

"그럴 리가 없어!"

백원에 제압당하던 순간을 떠올린 자운엽은 가볍게 진저리를 쳤다.

두 눈에 혈광을 번쩍이며 달려온 백원에게 제압되던 순간에는 얼마나 놀랐던지 앞에 서 있는 청룡당주에게 도움의 눈길을 보내기까지 했었다. 그러나 백원의 손은 달려오던 속도만큼이나 빠르게 자신의 요혈을 점하고 통나무처럼 뻣뻣하게 만들어 허리에 끼고 달렸다. 그리고 더 이상은 아무 기억이 없다.

"여기가 어디인지부터 알아보아야겠다."

나지막하게 중얼거린 자운엽은 조심스럽게 몸을 일으켰다. 갈비뼈 통증이 만만치 않았지만 그 끔찍스런 백원이 다시 돌아오기 전에 최소한의 상황 파악은 해두고 싶었다.

"가만히 누워 있거라."

"으헉! 크윽—"

바로 옆에서 들리는 조용한 목소리에 자운엽은 깜짝 놀라 상체를 돌리다가 다시 느껴지는 갈비뼈 부근의 통증에 비명을 질렀다.

의식을 차리고 지금까지 족히 일 다경의 시간은 흘렀다. 그런데 그 시간 동안 누가 들어오거나 옆에 있다는 느낌은 털끝만큼도 받지 못했다. 자신이 느낀 것이라고는 동굴 바깥에서 간간이 울리는 바람 소리와 저 멀리서 미세하게 들리는 물소리뿐이었는데 귓전에서 울리는 목소리로 미루어보아 목소리의 주인은 처음부터 지금까지 옆에서 자신을 내려다보고 있었던 것 같았다.

"누, 누구시오?"

숨이 턱 막히는 고통이 가라앉자 자운엽은 온 신경을 집중시키며 목소리의 임자를 찾으려 애썼다. 그러나 방금 들은 목소리가 착각이 아니었나 싶을 정도로 동굴 안에서는 자운엽 자신 외에 그 어떤 기척도 느낄 수가 없었다.

"괜한 심력을 낭비하지 말고 편히 쉬거라."

다시 바로 옆에서 조용한 목소리가 들려오자 자운엽은 자신이 환청을 들은 것이 아니라는 확신을 가졌다.

"누구신지요?"

조금 냉정함을 되찾은 자운엽은 잠시 후에 다시 질문했다.

"지금은 그것이 중요한 것이 아니다. 생각보다 내상이 심각했고, 갈비뼈 한 곳에도 금이 간 것 같다. 내상은 그런대로 치료했다만 무리하게 움직이거나 충격을 받으면 금이 간 갈비뼈가 완전히 부러져 심장을 찌를 수도 있다."

이번에는 조금 멀리서 목소리가 들려왔다.

'언제 저곳까지 움직인 것일까?'

자운엽은 어이가 없는 심정이 되며 안에 있는 자신 이외의 다른 존재를 느끼려고 애를 썼지만 여전히 허사였다.

"전 지금 당신이 누구인지가 제일 중요합니다."

노인의 말에 자운엽이 약간 높아진 음성으로 답했다.

"고집이 센 놈이로구나."

들리는 목소리가 조금 낮아졌다.

"지난 두어 달 동안 귀가 따갑더구나."

잠시 끊어졌던 목소리가 다시 이어졌다.

"무슨 말씀이신지……?"

"온 구당협의 범선에서 나를 부르는 소리가 하루 종일 메아리를 치더구나. 네놈 몸속에 있는 기운을 보아하니 그 일을 벌인 사람은 네놈이 분명하겠구나."

정체 모를 목소리 끝에 가느다란 웃음기가 묻어 나왔다.

"그, 그럼… 사중협! 크윽!"

벼락 치듯 고함을 지른 자운엽이 다시 비명을 질렀다.

"쯧쯧! 영리한 놈인 줄 알았더니 의외로 덤벙대는 면이 많은 녀석이구나. 그리고 청룡당주란 놈과 사생결단을 낼 듯 싸우는 모습에서는 무모하기 짝이 없었고……."

사중협은 그때의 장면이 기가 막힌다는 투로 혀를 찼다.

"이왕 구해줄 생각이셨으면 좀 빨리 구해주시지 그러셨습니까? 그럼 이런 고통을 받지 않아도 될 것인데."

자운엽이 원망스럽다는 투로 말했다.

"네놈이 누군 줄 알고 무턱대고 구한단 말이냐. 죽기 살기로 싸우는 모습을 보고 나서야 함정이 아닌 것 같은 생각이 들더구나."

"그런데 정말, 정말 사중협이십니까?"

자운엽은 온통 열기에 휩싸인 목소리로 거듭 질문을 던졌다.

"사중협이라……."

잠시 생각에 잠기는 듯 목소리가 낮아졌다.

"정마협이란 사람이 날 그렇게 부른다고 알고 있다. 네놈이 말한 사중협이 그 사람이 말한 사중협이라면 그렇다고 해야겠지."

사중협의 목소리가 잔잔하게 흘러나왔다.

"크큭! 크하하— 으으윽!"

잠시 침묵을 지키고 있던 자운엽의 입에서 억눌린 웃음이 터져 나왔다. 그리고 그 웃음은 비명으로 끝을 맺었다.

"쯧쯧!"

사중협이 급히 자운엽의 혈 한 군데를 짚었다.

"왜 웃는 것이냐, 이놈아!"

자운엽의 고통을 진정시킨 사중협이 광소를 흘린 이유를 물었다.

"이유는 모르겠지만 우습군요. 크크큭!"

갈비뼈의 통증을 의식한 자운엽이 최대한 조심하며 억눌린 웃음을 토해냈다. 충격을 받거나 심하게 움직이면 금이 간 갈비뼈가 완전히 부러져서 심장을 찌를지도 모른다는 주의를 들었지만 터져 나오는 웃음은 멈춰지지가 않았다.

"크큭!"

"이놈아! 뭐가 그리 우스운지는 모르겠지만 더 이상은 위험하다."

사중협의 목소리가 엄중한 기운을 담고 자운엽의 고막을 파고들었다.

"후후! 이젠 그만 웃도록 하겠습니다. 무엇 때문에 그렇게 웃었는지는 저도 잘 모르겠지만 웃고 싶을 때 실컷 웃지 못하니 병이 생길 것 같군요."

자운엽은 겨우 웃음을 멈추며 조심스럽게 심호흡을 했다.

"불을 좀 켜주시겠습니까?"

웃음을 멈춘 자운엽은 사중협의 목소리가 들리는 쪽으로 고개를 돌리며 부탁했다.

"그럴 필요 없다. 잠시 더 있으면 해가 뜨고, 그때는 자연스럽게 동굴 안이 밝아올 것이다."

"그럼 제가 여기 얼마나 누워 있었던 것입니까? 백원에게 잡혀올 때가 거의 새벽녘이었는데……."

뭔가 시간이 맞지 않음을 느낀 자운엽은 바람이 들어오고 있는 동굴 입구 쪽으로 고개를 돌리며 말했다. 갈비뼈 부근의 통증만 빼면 온몸이 개운한 것이 깊은 잠을 자고 일어난 것 같았다. 그걸로 미루어보아 백원에게 납치되던 날 새벽이 결코 지금 밝아오는 새벽은 아닐 것이라는 생각이 들었다.

"꼬박 이틀을 누워 있었다."

"그렇군요. 어쩐지 푹 자고 일어난 듯했습니다."

자신의 짐작이 맞음을 확인한 자운엽은 동굴 입구에 서서히 여명이 비치는 것을 보고 고개를 돌렸다.

"그런데 저를 납치, 아니, 저를 구한 그 백원은 어디 있습니까?"

잊고 있던 사실이 기억난 듯 자운엽은 약간 질린 목소리로 질문했다.

"차차 알게 될 것이다. 그것보다 어떻게 네놈 몸속에 내가 만든 내력이 들어 있는 것이냐? 그리고 돛 폭에 쓴 글은 어디서 읽은 것이냐?"

백원에 대한 대답을 뒤로 미룬 사중협이 자운엽의 내력에 대해 질문했다. 그 역시 구당협을 지나는 배들의 돛 폭에 나비의 호흡 구절이 새겨져 있는 것을 보았을 땐 너무 뜻밖이라 한동안 그 자리에 못 박힌 채 시선을 딴 곳으로 돌리지 못했었다. 그리고 그 구절 아래에 똑같은 방식으로 의미를 숨긴 채 쓰여진 다른 구절의 뜻을 고생 끝에 풀어내고는 하루를 일 년처럼 기다린 것이다.

"사십몇 년 전에 산속에서 같이 하룻밤 노숙을 한 젊은이에게 태음토납경을 주신 적이 있습니까?"

"태음토납경?"

자운엽의 질문에 사중협이 의문을 표했다.

"그렇군요! 태음토납경이란 이름은 순전히 제가 지은 이름이니 모르시겠군요. 어쨌든 그때 어떤 젊은이에게 책 한 권을 주신 적이 있지 않았습니까?"

자운엽은 내용을 고쳐 다시 질문했다.

"허어— 이런 일이……."

자운엽의 질문에 다시 침묵을 지키던 사중협이 탄식을 터뜨렸다.

"그럼 그 책이 네 녀석 손에 들어가고, 그래서 그 호흡을 네가 익혔

단 말이더냐?"

"그렇습니다."

자운엽이 짤막하게 답했다.

"믿을 수가 없구나! 그 호흡은 내가 아니면 그 누구도 익힐 수가 없는 것인데 어떻게 이런 일이 있을 수 있단 말이냐? 허허!"

자운엽의 대답에 사중협이 몇 번이나 탄식을 하며 제법 훤히 밝아오는 동굴 속을 서성거렸다.

이젠 기억에도 희미한 사십몇 년 전의 짧은 인연이 이런 식으로 이어질 줄은 전혀 짐작하지 못한 듯 사중협은 밝아오는 동굴 입구를 통해 까마득한 과거를 쳐다보며 회상에 잠겼다.

"백원이라 부른 행동에 대해서는 사과드립니다."

이젠 완전히 사물을 식별할 수 있을 정도로 밝아지자 자운엽은 사중협의 모습을 보고 조용히 말했다.

"그건 사과할 일이 아니다. 누가 보아도 지금 내 모습은 백원이나 마찬가지니까 말이다."

산꼭대기에서 처음 봤을 때와는 달리 옷을 입고 있는 사중협이 천천히 신형을 돌리며 자운엽을 쳐다보았다. 온통 흰 털에 뒤덮인 얼굴 사이로 붉은빛이 감도는 눈동자에는 그런 것은 신경 쓸 일이 아니라는 기색과 함께 자운엽에 대한 궁금증만이 가득했다.

"그 호흡을 어떻게 익혔느냐? 그 호흡은 오로지 나만을 위한 것이고, 내 스스로 창안하면서 그때의 느낌들만 적은 것이다. 정상적인 신체로 태어난 사람은 절대로 익힐 수가 없는 것이거늘……."

사중협의 눈빛이 좀 더 강렬해졌다.

"전 아마도 비정상적인 인간인가 봅니다. 그러니까 익혔겠지요."

자운엽이 빙그레 웃으며 간단히 답하자 할 말을 잃은 사중협이 입을 다물고 다시 동굴 밖으로 시선을 돌렸다.

"그런데 어찌 그런 책자를 쉽게 황씨 할아버지에게 주셨는지 이해가 안 가는군요."

자운엽은 가슴속에 지니고 있던 의문점을 끄집어냈다.

"그때 산속에서 만난 그 청년은 내 몰골을 보고도 아무런 거리감을 두지 않더구나. 물론 그때는 지금처럼 이렇게 온몸이 털로 뒤덮이지는 않았지만 괴이하기 짝이 없는 몰골임에는 분명했는데도 아무런 거리낌 없이 술과 건포를 대접하더구나……. 운명을 거스르며 사는 사람에게서나 느껴지는 허허로움이 내비치는 청년이었다, 그 청년은."

아련히 먼 과거를 회상하는 사중협의 목소리에 만감이 교차하는 듯했다.

"그렇게 대접을 받았지만 난 아무것도 줄 것이 없었다. 그래서 유랑 생활을 하며 건강에나 조금 보탬이 되라고 품속에 있던 책을 주었다. 뒤편의 내용은 어차피 무슨 말인지도 모를 것이지만, 그 앞 편에 그려 놓은 호흡법은 누구나 쉽게 익힐 수 있고 건강을 지키는 데 제법 큰 도움을 줄 수도 있는 것이었다. 그래서 그걸 그 청년에게 준 것이었다. 그런데 그것이 어찌……. 허허!"

사중협이 다시 탄식을 터뜨렸다.

우두두ㅡ

사중협의 말에 다시 무슨 질문을 하려던 자운엽은 동굴 위쪽에서 작은 돌멩이들이 떨어져 내리는 소리를 듣고는 긴장의 눈빛을 빛냈다. 아마도 자신을 놓친 청룡당주가 부하들과 함께 근처를 수색하는 모양이었다. 그리고 그리 멀지 않은 곳에서 소리가 들리는 것으로 봐서 근처에까지 접근한 것 같았다.

"으윽!"

조심하며 몸을 일으켰지만 마음이 급한 탓인지 뜨끔! 하는 통증이 전해졌고, 자운엽의 표정이 일그러졌다.

"가만히 누워 있으라고 하지 않더냐, 이놈아!"

사중협의 질책이 들려왔다.

"저놈들이 꽤나 가까이 접근한 것 같은데요."

자운엽이 다급한 목소리와 함께 사중협을 쳐다보았다.

"저런 놈들에게 잡힐 정도라면 이십 년 전에 벌써 잡혔을 것이다."

자운엽의 걱정과 달리 사중협의 목소리는 조금도 흔들림이 없었다.

"저들이 이십 년 동안이나 사부님을 쫓고 있다는 걸 알고 계셨습니까?"

"모를 리가 있겠느냐. 그런데… 방금 무어라고 했느냐?"

자운엽의 말을 들은 사중협이 천천히 고개를 돌리며 자운엽을 쳐다보았다.

"알고 계셨냐고 했습니다."

"……."

얼른 시치미를 뗀 자운엽의 눈을 사중협이 빤히 쳐다보았다.

"그러니까… 저들이 이십 년 동안이나 쫓고 있다는 것을 알고 계셨냐고 했습니다."

"……."

"그러니까 사부… 님께서 저놈들이 쫓고 있는 것을 알고……."

"내가 어째서 네놈 사부가 되는 것이냐?"

단 한 순간도 눈을 떼지 않고 자운엽의 눈을 쳐다보던 사중협이 차분한 목소리로 질문했다.

"뭐, 돈 드는 것도 아닌데 그렇게 부르는 것쯤이야 어려울 게 있겠습니까. 싫으시다면 다른 호칭으로 바꿔 드리겠습니다."

자운엽이 정색을 하며 말했다.

"사내놈은……."

한참을 자운엽의 눈을 쳐다보던 사중협이 입을 열었다.

"한 입으로 두말하는 사내놈은 견자라 했거늘, 네놈은 견자가 되고 싶은……."

"무슨 말씀이십니까, 사부님! 제가 견자이면 사부님께서는… 이크!"

사중협의 말을 끊으며 목소리를 높이던 자운엽이 동굴 위쪽을 쳐다보며 얼른 입을 다물었다.

"신경 쓸 필요 없느니라. 이곳에는 진(陣)이 쳐져 있어 소리는 물론 빛도 새어 나가지 않는다. 그동안 내가 친 진들을 저놈이 하나하나 깨부수고 따라왔지만 여기에 친 진은 그렇게 쉽게 깨부술 수 없을 것이다."

사중협의 목소리에 조소가 섞여 있었다.

"그랬군요!"

자운엽은 청룡당주가 이십 년 동안이나 쫓아다니면서도 찾지 못했고, 천마성주 정마협도 일 년여를 찾아다녔지만 코빼기도 보지 못한 이유를 알 수 있었다. 사중협은 자신이 기거하는 곳에 언제나 절진을 쳐놓아 사람들의 접근을 막았던 모양이다.

우두둑!

그 말을 증명이라도 해주듯 동굴 바로 근처에서 돌멩이 떨어지는 소리와 말소리들까지 들려왔지만 동굴의 입구는 아무도 발견하지 못한 것 같았다.

"몸이 불편한 관계로 구배지례는 생략하겠습니다."

절진 때문에 더 이상 바깥의 인간들에게 신경 안 써도 된다는 사실에 안도한 자운엽은 사중협에게 다시 말을 건넸다.

"네놈 눈을 보니 안 아파도 그런 짓은 안 할 놈 같구나."

사중협이 피식 미소를 지으며 답했지만 온통 흰 털에 뒤덮인 얼굴에서 미소의 흔적은 밖으로 나타나지 않았다.

"뭐, 한 세 번 정도로 깎아주신다면 다 낫고 나서 해드리죠. 그거 안 한다고 뻔한 사부, 제자가 남남이 되는 것도 아닐 텐데 좀 실없다는 생각이 드는군요."

"뻔한 사부, 제자?"

자운엽의 말을 되뇌던 사중협의 눈빛에 어이없다는 빛깔이 가득 차올랐다.

"제 이름은 자운엽이라 합니다. 올해 스물두세 살 정도 되었을 겁니다. 그런데 사부님의 존대성명과 연세는 어찌 되시는지?"

"그놈 참! 넉살도 수준급이로구나."

사중협의 입가에 난 수염이 털썩 흔들렸다.

"내 이름은 운여위(雲盧僞)라 한다. 그리고 올해 여든셋 정도 되었을 것이다."

사중협이 자신의 이름을 정말 오랜만에 불러본다는 듯 망연한 눈빛을 했다.

"정말 멋진 함자시군요! 그런데……?"

사중협의 이름자를 칭찬하던 자운엽이 뭔가 이상한 듯 말꼬리를 흐렸다.

"마음에 안 드는 것이라도 있느냐?"

"그런 게 아니라, 황씨 할아버지가 사부님을 만난 것이 사십 년도 넘었고, 그때 사부님께서는 호호백발이라고 하셨는데… 생각보다 훨씬 젊으시군요."

"젊어?"

사중협의 말이 잠시 끊어졌다.

"스물다섯 나이 때부터 이미 호호백발 소리를 듣고 살았다."

"그렇군요!"

자운엽은 이제 모든 것이 이해가 간다는 표정으로 고개를 끄덕였다.

자운엽의 질문이 잠시 중단되자 사중협이 회한이 밀려오는 듯 고개를 돌려 온 동굴 속으로 밀려드는 햇살을 쳐다보았다.

솟아오른 햇살이 이젠 동굴 정면으로 쏘아져 들어왔고, 사중협의 온몸에 난 털이 햇살을 받아 반짝거렸다.

'사연이 많은 노인네로군!'

자신도 처음 봤을 때는 원숭이로 생각할 수밖에 없던 외모였으니 다른 모든 사람들도 그랬을 것이고, 그것이 이 노인을 한평생 숨어 살게 한 가장 큰 이유일 듯싶었다.

비운의 천재!

사정이야 아직 다 모르지만 자운엽은 이 노인이 바로 그런 사람이라는 느낌이 들었다.

"일어나서 움직이려면 며칠 더 있어야 할 테니 얘기나 좀 들려주십시오."

자운엽은 고독한 모습으로 햇살을 바라보는 사중협을 향해 덤덤하게 말했다.

"엉뚱한 놈 같으니라고… 무슨 얘기를 해달란 말이냐?"

사중협이 천천히 돌아섰다.

"뭐, 이것저것 아무거나 좋습니다만, 전 사부님의 인생 역정을 고스란히 듣고 싶군요. 그래야 어디 나가서 사부의 과거도 모르는 막돼먹은 놈 소리는 안 들을 게 아니겠습니까?"

자운엽이 눈 하나 깜짝하지 않고 사중협을 쳐다보며 느물거렸다.

"그놈 참! 아주 교묘하게 자기 실속은 다 채우는구나."

사중협의 수염이 다시 털썩 흔들렸다.

"다섯 살이 되기 전에 천고의 기재라는 소리를 들었다."

하나밖에 없는 제자를 막돼먹은 놈으로 만들고 싶지는 않았는지 사중협이 천천히 자신의 과거를 얘기하기 시작했다.

"지금도 여전히 그렇게 얘기하고 있습니다."

자운엽은 눈빛을 반짝이며 사중협의 얘기에 귀를 기울였다.

"여섯 살 때부터 무공을 배우기 시작했고, 문파를 빛낼 인재라는 칭찬과 함께 사부님의 사랑을 녹차지했었다. 그렇게 몇 년이 지난 어느 날 나를 대하던 사형들과 사부님의 태도가 이상해진 것을 느꼈고, 하루도 수련을 게을리 하게 놔두지 않으시던 사부님의 지도가 중단되었다."

사중협의 목소리가 조금 갈라진 듯했다.

"그때 내 나이 열세 살이었고, 곤오음양절맥(昆吾陰陽絶脈)이라는 천형과도 같은 병 아닌 병에 걸려 앞으로 삼 년을 더 살지 못한다는 것을 알았다.

"곤오음양절맥……?"

자운엽은 생전 처음 듣는 이상한 절맥의 이름에 눈을 가늘게 뜨고 사중협을 쳐다보았다.

태음토납경의 앞 부분에서 읽었던 바로는 허약하게 태어난 신체를 극복하기 위해 강함을 추구하느라 만든 호흡법이 그것인 줄 알았는데 지금 듣고 보니 아예 죽음을 극복하기 위한 호흡법인 것 같았다.

"하늘은 나에게 그런 천형을 내려준 보상을 하고 싶었던지 보통 사람들이 천고의 기재라 부를 만한 오성도 같이 내려주었다. 난 내 기막힌 운명을 극복하고자 그날부터 온갖 의서를 다 뒤지며 내 몸의 절맥을 치유할 수 있는 방법을 연구하기 시작했다. 안 읽은 의서가 없었으며, 모르는 병이 없을 정도가 되었지만 내 몸에 있는 절맥을 치유할 방법은 없었다."

그때의 심정이 다시 떠오른 듯 사중협의 목소리가 잠시 끊어졌다.

"죽음보다 더 무서운 것이 뭔지 아느냐?"

사중협이 자운엽을 보고 불쑥 질문을 던졌다.

"글쎄요… 죽음보다 더 무서운 것이라면?"

갑작스런 질문을 받은 자운엽은 답을 못하고 눈만 껌벅였다.

"죽음이란 사실을 받아들이는 데는 며칠의 시간만 있으면 되는 것이다. 처음에는 하늘이 무너질 듯한 느낌을 받지만 며칠 후에는 '나 죽고 나면 이건 누구에게 주고, 이건 어떻게 하고' 라는 말이 자신도 모르는 사이에 흘러나오는 것이 인간이다. 허허!"

사중협의 웃음소리가 공허하게 동굴 속으로 울려 퍼졌다.

"하지만 죽음의 날이 가까워오면서 온몸의 혈맥이 서서히 굳어가고, 그곳에서 밀려오는 통증은 죽음보다 훨씬 현실적이고 무서운 것이었다."

"많이 아프셨습니까?"

“아픈 정도가 아니라 지옥의 불덩이도 이보다 덜할 것이라는 생각이
들 정도였다. 차라리 죽는 게 훨씬 낫다는 생각이 수천 번도 더 들었으
니까 말이다.”

“그런데 어떻게 이렇게……?”

자운엽은 궁금해서 못 견디겠다는 목소리로 잠시 뜸을 들이고 있는
사중협을 채근했다.

“지독한 통증에 정신이 없던 어느 순간, 붉은 꽃봉오리 위로 하얀 나
비 한 마리가 날아다니는 모습이 눈에 들어왔다. 한없이 부드럽고, 한
없이 자유롭게 날갯짓하는 나비의 모습은 서서히 전신이 굳어가던 내
모습과는 너무 대조가 되었고, 그 부드러운 날갯짓이 그렇게 감미롭게
느껴질 수가 없었다. 그 나비의 날갯짓에 온통 정신이 쏠린 찰나의 순
간 동안 나는 온몸 구석구석에서 느껴지는 통증을 잊을 수가 있었다.
극히 짧은 순간이었지만 한없이 부드러운 나비의 날갯짓을 보는 순간
은 그 지독한 아픔이 사라진 듯했다.”

“그럼 그때 느낀 나비의 닐갯짓이……?”

사중협의 얘기에 빨려들듯 정신이 팔려 있던 자운엽은 자신도 모르
게 소리를 질렀다.

“그렇다. 그것이 나비의 호흡을 탄생시킨 계기가 되었다.”

사중협의 눈가에 옅은 희열의 빛이 흘러나왔다.

“그렇군요. 어쩐지 무공을 익히기 위한 심법이라기보다는 치료를 위
한 기운이란 느낌이 자주 들었습니다. 강하게 내뿜을 때보다는 부드럽
게 흘려줄 때 훨씬 강한 힘을 발휘했지요……. 그럼 그 호흡으로 절맥
을 치료하셨습니까?”

“결과적으로 그렇게 되었지만 처음부터 치료를 한다는 생각은 꿈에

도 하지 못했었다. 그때는 그 호흡이 치료를 해줄 것이라고는 상상도 못했고, 그것으로 어떤 내공심법을 만든다는 생각은 더 더욱 하지 못했다. 살기 위해서도 아니고 무공을 익히기 위해서도 아닌, 오로지 찰나 지간의 고통이라도 덜고 싶다는 생각 하나만으로 나비의 부드러운 날 갯짓을 한순간도 쉬지 않고 머리 속에 떠올렸다. 그렇게 눈을 감고 머리 속에서 나비의 날갯짓이 선명하게 떠오르게 되면 정말 놀랍게도 고통이 줄어들었다. 살아야겠다는 생각은 버린 지 오래였지만 처절한 고통 속에서 그 고통을 조금이라도 줄여야겠다는 생각은 온 영혼을 가득 채웠고, 머리 속에 선명하게 떠오른 나비의 날갯짓으로 내 몸에 있어서 가장 통증이 심한 부분부터 천천히 씻어가기 시작했다.”

“그렇게 탄생한 것이 백회로부터 시작된 나비의 호흡이군요?”

자운엽은 흥미진진한 무용담을 듣는 표정으로 입술에 침을 바르며 말했다.

“단 한 순간도 쉬지 않고 몇 달을 그렇게 부드러운 나비의 날갯짓으로 혈맥을 씻고 나자 고통이 반으로 줄어든 느낌이었다. 그것만으로도 하늘에 감사하고 싶을 만큼 행복했지만 더 이상 고통은 줄어들지 않았다. 난 그때부터 나비의 호흡을 중단하고 처음 나비의 날갯짓을 봤을 때처럼 내 몸속에 일어나는 고통을 줄여줄 대상을 찾기 시작했고, 두 번째 호흡인 바람의 호흡이 탄생한 것이다. 그런 식으로 여덟 개의 호흡이 끝났을 때 난 그 처절한 고통의 굴레 속에서 벗어날 수 있게 되었다.”

“정말 기가 막힌 얘기군요. 난 단지 좀 더 강해지기 위해 그런 호흡을 만드신 줄 알았는데…….”

자운엽은 머리를 설레설레 흔들며 중얼거렸다.

"그럴 목적이었다면 그런 호흡법을 만들 수가 없었을 것이다. 삶과 죽음을 넘어서, 단 한 순간이라도 그 지독한 고통에서 벗어나고자 하는 처절한 몸부림으로 탄생한 호흡이기에 어떤 내공심법과도 비교가 안 되는 힘을 낸다고 자부할 수가 있다. 나비의 호흡을 시작하고 여덟 개의 호흡을 끝내는 순간까지 단 한 순간도 호흡을 멈춘 적이 없을 정도로 매달렸고, 그렇게 탄생한 호흡이 네놈이 태음토납경이라 이름 붙인 그 호흡법이다."

"큭큭!"

자운엽이 나지막하게 웃음을 삼켰다.

"네놈은 내 얘기가 계속 우스운 모양이구나."

"그럴 리가요? 얼마나 흥미진진하고 감동적인데요."

"그런데 왜 그런 표정을 하며 웃는 것이냐?"

"사부님 말씀을 다 듣고 나니 불현듯 목이 달아나는 저승사자들이 많을 것 같다는 생각이 드는군요."

"목이 달아나는 저승사자라니? 그건 또 무슨 소리냐?"

자운엽의 뜻 모를 말에 사중협의 눈빛이 더욱 붉어졌다.

"죽음조차도 그렇게 극복해 버리는데 저승사자들이 무슨 할 일이 있겠습니까? 자연히 일거리를 잃고 목이 달아나겠지요. 쿡쿡!"

자운엽이 다시 조심스런 웃음을 흘렸다.

"정말 엉뚱한 놈이로고! 그 순간에 어찌 그런 생각들을 떠올리는 것이냐?"

사중협은 정말 대책이 없다는 눈빛으로 자운엽의 얼굴을 멍하니 쳐다보았다.

"저도 모르게 떠오르는 걸 어쩝니까? 절대로 일부러 그러는 건 아닙니다. 그러니 너무 노여워하지는 마십시오.”

자운엽은 얼른 얼굴 가득 묻어 있는 웃음을 지우고 다시 정색을 하며 사중협을 쳐다보았다.

“그럼 그 여덟 가지의 호흡으로 절맥을 치유하시고 고통과 죽음의 수렁에서 헤어 나오셨군요.”

“그것으로 끝난 것이 아니었다.”

사중협은 혼자서 북 치고, 장구 치고 다 하지 말라는 듯 자운엽에게 엄한 눈길을 한 번 준 후 다시 말을 이어갔다.

“여덟 개의 호흡으로 고통은 사라졌지만 온몸에서 느껴지던 기력의 저하나 모든 육체적 기능들의 저하로 보아 죽음까지는 극복하지 못했다는 것을 알 수가 있었다. 고통과 무관하게 내 몸속에는 여전히 천형이 그대로 남겨져 있었으니 말이다.”

“그렇군요! 아직 벽력의 호흡이 남아 있었군요. 제가 익히지 못한 것이다 보니 그것을 간과했습니다.”

자운엽은 다시 흥분한 목소리를 지르며 관심을 집중했다.

“고통이 심할 때는 그 고통만 줄일 수 있다면 더 이상 바랄 것이 없었지. 하지만 고통이 사라지고 나니 살고 싶다는 욕망이 온 마음속을 가득 채우더구나. 그때 나이 겨우 열여섯 살! 그 어린 나이에 죽는다는 것은 너무 억울했지. 허허!”

사중협은 그때의 기막혔던 심정을 떠올리며 너털웃음을 터뜨렸다.

“호흡으로 고통을 없애는 데 삼 년 가까이 걸렸으니 남은 시간도 얼마 없었다. 그러다 장대비가 쏟아지고 뇌성벽력이 밤새 떨어지던 어느 날 밤, 난 한 가지 가능성을 떠올려 보았다. 그것은 한 번 번쩍거릴 때마다 칠흑 같은 세상을 환하게 밝히는 저 벽력의 힘으로 내 몸속의 혈을 막은 모든 것을 태워 버릴 수 있을까 하는 것이었다.”

“짐작이 가는군요.”

사중협의 표정 못지않게 자운엽도 진지한 표정을 하며 침을 꿀꺽 삼
켰다.

“그래서 난 그날 밤을 꼬박 새우며 쉴 새 없이 우르릉거리며 떨어지
는 벽력을 쳐다보았고, 그 모습을 머리 속에 각인시켰다.”

“그건……”

벽력의 호흡을 얘기하는 사중협을 뚫어지게 쳐다보며 자운엽이 불
식간에 소리를 질렀다.

“왜 그러느냐?”

“그건 저도 시도해 본 것인데 도저히 안 되더군요. 그래서…….”

자운엽은 조심스런 표정으로 답했다.

“그랬을 것이다. 나 역시 온갖 노력을 해보았지만 벽력의 힘을 인간
의 몸에서 구현한다는 것은 가능한 일이 아니었다. 아무리 쳐다보고
그것에 집중했시만 벽력의 힘을 얻는 데는 실패했지. 그러니 네놈이
실패했다는 것은 지극히 당연한 일이지.”

사중협의 붉은색을 띠는 눈에 잔잔한 미소가 흘렀다. 그 눈빛은 마
치 네놈이 그 단계에서 실패를 거듭하며 어떤 참담한 심정을 맛보았는
지 잘 안다는 뜻을 내포하고 있었다.

“그럼 무슨 다른 방법이라도…….?”

“벽력을 보고 그 힘을 만들어내려고 해서는 절대로 안 될 것이다.
그것은 지금껏 여덟 개의 호흡을 익혔던 방법으로는 절대로 불가능하
다는 얘기이기도 하다. 그리고 또한 나 같은 천형을 타고난 사람이 아
니고는 불가능하다.”

“그게 무슨……”

자운엽은 지금 얘기하는 벽력을 직접 맞은 듯한 충격을 받으며 망연한 표정을 지었다.

“거의 세 달 동안 벽력을 생각하며 그것에 매달렸지만 지금까지와는 달리 벽력의 힘을 얻는다는 것은 불가능했다. 그건 네놈도 겪어봤으니 잘 알 것이다. 후후!”

사중협이 조바심으로 입술이 바짝바짝 마르고 있는 자운엽을 쳐다보며 웃음을 흘렸다.

“그렇게 세 달의 기간이 흐르고 나자 나에게 주어진 마지막 순간이 닥쳐오는지 온몸의 기력이 다 떨어지고, 급기야는 손가락 하나 움직일 힘도 남아 있지 않았다. 설상가상으로 벽력의 힘을 얻기 위해 석 달 동안 다른 여덟 개의 호흡을 등한시했기에 그동안 극복했던 고통이 다시 몰려오기 시작했다.”

사중협의 숨결이 약간 가빠졌다.

“그렇게 극복했던 고통이 다시 몰려오자, 그것은 극복하기 전보다 몇 배는 더 강력하고 지독했다. 손가락 하나 꼼짝할 수 없는 상태에서 비명도 지르지 못하며 그 지독한 고통을 고스란히 감수하던 나는 여덟 개의 호흡을 동시에 끌어올리며 온몸 구석구석 고통을 느끼게 하는 혈들을 향해 그 여덟 개의 기운을 폭사시켰다. 그 순간에 내가 할 수 있는 일은 그것뿐이었고, 그렇게 온 혈을 폭발시켜 고통없는 세상으로 어서 떠나고 싶은 마음뿐이었다. 손가락 하나 까닥할 수도 없었지만 다행히도 내 몸속에서는 마지막 폭발이 일어났고, 난 내 의도대로 고통없는 까마득한 어둠 속으로 빠져들었다.”

사중협이 긴 한숨과 함께 얘기를 일단락하고 동굴 입구 쪽으로 눈길을 돌렸다.

"으아악―"

동굴 입구 쪽에서 외마디 비명 한줄기가 들려오며 까마득히 아래쪽
으로 멀어져 갔다.

누군가 발을 헛디뎌 아래쪽으로 떨어지는 모양이었다.

"으아아―"

다시 한줄기의 비명 소리가 아래쪽으로 멀어져 갔다.

"그놈들 꽤나 시끄럽군."

사중협은 동굴 입구 쪽에 꽂힌 작은 쇠 말뚝 하나를 옮겨 꽂으며 중
얼거렸다.

"왜들 저러는 겁니까?"

긴장한 눈빛으로 동굴 입구 쪽을 쳐다보던 자운엽은 사중협이 다시
꽂아놓은 쇠 말뚝을 쳐다보며 물었다.

"진 속에서 헛다리를 짚고 아래로 떨어진 것이지."

사중협이 남남하게 답했다.

"여기에 동굴이 있다는 것을 눈치 챈 것입니까?"

"근처 어느 곳에 은신처가 있을 것이라고는 짐작하겠지. 내가 설치
한 진에 막혀 이십여 년을 허비한 놈이니까. 후후!"

사중협의 입에서 자운엽으로서는 왠지 낯설지 않은 웃음소리가 흘
러나왔다.

"일부러 끌고 다니셨군요?"

사중협의 미소를 본 자운엽은 자신의 짐작을 말했다.

"처음에는 귀찮아서 아예 떨궈 버릴까 생각도 했지만……."

"그런데요?"

"청룡당주란 저놈은 중원무림에서 대적할 사람이 몇 안 될 만큼 무서운 놈이다. 그런 놈이 본거지로 돌아가지 못한다면 서천맹의 힘도 그만큼 약해지겠지."

"세상일에 무관심한 은거 고수신 줄 알았는데 서천맹이나 청룡당주 등 모든 걸 알고 계시는군요."

자운엽은 감탄했다는 표정으로 온통 흰 털에 뒤덮인 사중협의 얼굴을 쳐다보았다.

"그런 맘에도 없는 표정 지을 필요 없다. 솔직히 말해서 저놈이 내가 설치한 진 속에 빠져 허우적거리는 꼴이 재미있기도 했으니까 말이다. 그래도 용케 빠져나오는 놈을 보며 나 역시 새로운 진을 만들고… 그 재미가 적지 않았다. 후후!"

사중협의 입에서 다시 나직한 웃음소리가 흘러나왔다.

'훌륭한 사부의 자질이 넘쳐흐르는군. 쿡쿡!'

자운엽은 사중협의 미소를 보며 내심 흡족한 미소를 지었다.

"왜 또 그런 표정을 짓는 것이냐, 이놈아?"

사중협이 자운엽의 표정을 읽었는지 목소리를 높였다.

"아, 아닙니다. 그냥 사부님의 미소가 무척 마음에 드는군요. 남을 골탕 먹이고 유쾌해하시는 그 미소… 정말 매력적입니다."

"이런 고얀 놈을 보았나?"

사중협이 거듭 어이없다는 표정으로 자운엽을 내려다보았다.

쾅—

우르르—

"이크!"

잠시 말을 멈춘 순간 동굴 밖에서 폭음과 함께 돌 더미가 무너지는 소리가 들렸다.

"저놈들이 폭약을 사용하는 모양입니다."

자운엽은 눈을 동그랗게 뜨며 사중협을 쳐다보았다.

"음흉스런 놈이 아주 작정을 한 모양이구나."

사중협도 약간은 난감한 표정으로 말했다.

"저렇게 계속 폭약을 터뜨리면 진법도 소용없는 것이 아닙니까?"

"동굴 밖에 설치된 진은 그렇겠지. 하지만 아무리 강한 폭약이라도 이 계곡 전부를 무너뜨릴 수는 없을 터이니 큰 걱정은 안 해도 된다."

말과 함께 사중협은 쇠 말뚝 몇 개를 동굴 곳곳에 옮겨 꽂았다.

그리고 자운엽을 향해 손을 뻗었다.

"어엇!"

자신의 몸이 구름 위에 올려진 듯 둥실 떠오르는 것을 느낀 자운엽이 당혹성을 내질렀다.

"용쓰지 말고 가만히 있거라. 이곳은 더 이상 있을 곳이 못 되니 거처를 옮기도록 하자."

"다른 곳에도 거처가 있습니까?"

"이곳은 내가 손바닥처럼 아는 곳이다. 저놈들도 이 동굴 안으로 들어와서는 폭약을 사용하지 못할 테니 진에 갇혀 고생 좀 할 것이다."

사중협은 공중에 떠 있는 자운엽을 천천히 받쳐 안고 동굴 안으로 걸음을 옮겼다. 온통 털이 무성한 몸이었지만 그 몸에서 느껴지는 온기에 어떤 것과도 비교할 수 없는 따뜻함을 느낀 자운엽이 스르르 눈을 감았다.

"말을 많이 했더니 잠이 오는군요. 새 거처에 도달하고 나면 깨워주십시오."

"줄곧 듣기만 한 놈이 뭐가 피곤하단 말이더냐?"

"어쨌든 잠이 쏟아지는군요. 무럭무럭 자라는 청년에겐 잠이 보약이니 좀 자도록 하겠습니다."

그 말을 끝으로 자운엽의 고개가 스르르 옆으로 젖혀졌다.

'어쩌다 이런 놈에게 그 책이 흘러 들어갔단 말인가. 허허!'

내심 혀를 찬 사중협의 걸음이 빨라졌다.

"어떻게 된 놈이 한 번 잠이 들면 며칠씩 자는 것이냐? 꼭 잠에 걸신 들린 놈 같구나."

새 거처로 옮기고 며칠 만에 깨어난 자운엽을 보고 사중협이 핀잔 섞인 소리를 질렀다.

"청룡당주란 자에게 제대로 맞았나 봅니다."

"갈비뼈 쪽의 상처는 어떠냐?"

잠에서 깨어난 자운엽을 쳐다보며 사중협이 물었다.

"거뜬하군요."

자운엽이 이리저리 상체를 흔들며 기지개를 켰다.

"이, 이놈!"

"왜 그러십니까?"

"그렇게 움직이다 금이 간 뼈가 부러지기라도 하면 어쩌려고 그러느냐?"

사중협이 놀란 눈으로 자운엽을 쳐다보았다.

"사부님께서 만드신 호흡을 몇 번만 하고 나면 그런 심한 상처도 깨끗이 나아버리는데, 그걸 모르고 하시는 말씀입니까?"

오히려 자운엽이 이상하다는 표정을 지었다.

“나에게는 고통을 없애주는 호흡이 네놈에게는 그런 효용을 발휘하는 모양이구나. 정말 괜찮은 것이냐?”

“약간 뻐근하긴 하지만 움직이는 데는 전혀 지장이 없습니다. 그런데 여기는 어디쯤입니까?”

자운엽은 처음 누워 있던 동굴보다 훨씬 넓은 실내를 휘 둘러보며 물었다.

“처음 있었던 곳보다는 한참 밑으로 내려온 곳이다. 저 통로로 곧장 나가면 강 수면과 맞닿는 곳이다.”

“그렇군요. 어쩐지 습기가 느껴지더라니……. 그런데 청룡당주와 그 수하들은?”

“동굴 안에 갇혀서 한참은 더 고생을 할 것이다. 그리고 이곳으로 연결된 통로는 막아버렸으니 당분간 그놈들은 신경 쓰지 않아도 된다.”

사중협이 자운엽의 걱정을 불식시키며 말했다.

“그럼 지금 당장 벽력의 호흡법을 가르쳐 주십시오.”

사중협의 말이 채 끝나기도 전에 자운엽이 불쑥 말했다.

“무슨 소리냐?”

“사부님의 마지막 내력인 벽력의 힘을 얻고 싶습니다.”

우뚝 선 자운엽이 강렬한 눈빛으로 사중협의 눈을 쳐다보았다. 활활 타오르는 눈빛이 어둠침침한 동굴을 훤하게 밝히는 듯했다.

“정말 대책없는 놈이로고!”

쏘아져 오는 자운엽의 눈빛을 한참이나 맞받아 쳐다보던 사중협은 슬쩍 시선을 거두며 보일 듯 말 듯 고개를 저었다.

‘이놈의 어디에 이런 면이 있었던가?’

사중협은 다시 한 번 자운엽의 눈빛을 쳐다보며 그 눈빛의 의미를 읽어갔다.

몇 마디 나누어보지 않았지만 이놈의 말과 행동은 백 년 묵은 구미호를 능가할 것 같았다. 쉴 새 없이 상대방의 심기를 뒤흔들면서 그 와중에 소리없이 자신의 실속을 챙기는 여우 같은 놈이었는데 지금 마주하는 눈빛은 자신의 내력으로도 감당하기 힘들 정도로 강렬했다.

내력 이전에 뭔가 더 근본적인 강렬함!

지금 마주하는 눈빛에는 그런 것이 있었다.

그것은 내력으로 누를 수 있는 것이 아니었다.

'후후!'

사중협의 눈꼬리에서 한줄기 인자한 빛이 흘러나왔다.

"어떤 여자더냐?"

다시 담담한 눈빛으로 돌아온 사중협이 불쑥 질문했다.

"……."

"네놈의 눈동자 속에 있는 그 여자 말이다."

"……."

"놈! 아직 내 말뜻을 못 알아들은 것이냐?"

"말뜻이야 알아듣고도 남지요."

"그런데 왜 대답을 안 하는 것이냐?"

사중협의 눈에 의혹이 어렸다.

"그걸 어떻게 말로 표현합니까? 직접 보셨으면서 그런 질문을 하시는군요."

"됐다, 이놈아! 질문한 내 입만 아프구나!"

"그러니까 최대한 빨리 가르쳐 주십시오."

자운엽의 채근에 사중협이 무거운 표정으로 입을 다물었다.

"왜 그러십니까?"

뭔가 불길한 분위기를 느낀 자운엽이 얼른 질문했다.

"내 말을 무엇으로 들었더냐?"

"그게 무슨 말씀이신지요?"

"이제껏 말한 벽력의 내력이란 내가 이루려고 해서 이룬 것이 아니다. 손가락 하나 꼼짝할 수 없는 지경이 되어 너무도 처절한 고통 끝에 자진을 생각하며 내 몸을 전부 태우듯이 한꺼번에 모든 기운을 뿜어내며 생긴 기운이다. 그건 천형의 절맥을 타고난 신체였기에 가능했다. 그리고 요행히 살아났지만 몰골이 이 모양이 되었다."

사중협은 자신의 외모 때문에 겪은 고통 역시 사람으로서는 감내할 것이 못 된다는 음성으로 답했다.

"그럼 사부님께서 타고난 그런 신체가 아니면 벽력의 호흡을 못 익힌다는 말씀이신가요?"

"그렇다고 봐야겠지."

"다행이군요."

"무슨 말이냐?"

"그렇다! 라고 딱 잘라 말씀하시는 것이 아니라 다행이란 말입니다. 그렇다고 봐야 한다면 아닐 수도 있다는 말이지요. 천하제일인이시니 그 정도는 대책을 세워두셨으리라 생각합니다. 그렇지 못하다면 제 사부 되실 자격이 없습니다."

"사부 될 자격이 없다고……?"

사중협이 잠시 동안 입을 다물지 못했다. 그러다 천천히 엄중한 눈빛을 했다.

"휴우—"

사중협이 마침내 긴 한숨을 내쉬었다.

"네놈 말대로 내가 얻은 벽력의 내력을 정상적인 신체를 타고난 인간으로서도 익힐 방법이 있을지에 대해서 오랫동안 연구를 했었다. 그 결과 실낱같은 방법을 찾았지만 너 같은 놈을 만날 수 있을 것이라고는 상상도 하지 못했기에 그동안 접어두고 있었다. 때문에 그것은 완벽하다고도 할 수 없고, 시도조차 해보지 못한 것이다."

"사부님을 믿습니다."

"입에 침이나 바르거라, 이놈아! 네놈은 자신 외에는 아무도 안 믿을 놈이다."

"성공하고 나면 그 가치관도 바뀔 겁니다."

"요망한 놈!"

사중협의 눈에 질렸다는 빛이 역력했다.

성공할 것이라고는 손톱만큼도 장담 못하지만 방법이 있다는 것을 알았으니 이놈은 절대로 포기할 놈이 아니라는 생각이 들었다. 그리고 시도해 주기 전까지는 한시도 편한 잠을 자지 못할 것이라는 생각도 함께 들기 시작했다. 온갖 방법으로 골탕을 먹이며 시도해 줄 때까지 귀찮게 할 놈이라는 것이 눈빛 속에 고스란히 드러나 있었다.

"그걸 시험하다간 죽을지도 모른다. 죽을 각오가 되어 있느냐?"

"살 각오만 되어 있습니다."

"설사 성공한다 하더라도 나 같은 몰골이 될 수도 있다. 그렇게 되어도 후회하지 않겠느냐?"

"그렇게 되면 사부님께서 처절히 후회하시도록 행동할 겁니다."

"고얀 놈! 내가 무슨 신인 줄 아느냐?"

“그렇게 알고 찾아왔습니다.”

“다른 건 모르겠지만 그것을 익히려면 내가 마지막에 겪었던 고통을 그대로 겪어야 한다. 견딜 수 있겠느냐?”

“사부님께서도 견뎠는데 제자가 못 견딘다면 제자 될 자격이 없지요.”

자운엽이 아무 걱정 말라는 투로 말했다.

“놈! 그렇게 간단하게 말할 수 있는 것이 아니다. 난 손가락 하나 까닥할 수 없는 입장에서 어쩔 수 없이 그런 것이다. 하지만 네놈은 그게 아니다. 지독한 고통 속에서 충분한 힘을 끌어올리지 못하고 시도한다면 피떡이 되어 죽을 수밖에 없다.”

“견뎌야지요. 안 그러면 죽는다는데 끝까지 견뎌야지 별 도리 있겠습니까? 저는 살 각오밖에 하지 않기 때문에 아무리 아프더라도 중도에 포기하지 않습니다. 그러니 아무 염려 하지 마시고 시도해 주십시오.”

자운엽은 낭상 시삭하자는 듯이 주변을 휘둘러보며 자리를 찾았다.

“번갯불에 콩 볶아 먹을 놈이로고! 그렇게 서두르다가는 벽력의 힘을 얻기도 전에 벼락에 맞아 죽을 것이다.”

사중협이 혀를 차며 눈빛을 엄중히 했다.

“그 여자에게 무슨 일이 있는 것이더냐?”

엄중히 경고했는데도 불구하고 여전히 서두르는 빛을 감추지 못하는 자운엽을 보고 사중협이 자신의 짐작을 말했다.

“새어머니의 마수가 뻗치고 있을 겁니다. 그리고 다른 사람의 마수도……”

자운엽의 눈빛이 번쩍 하고 빛을 토했다.

"팔을 이리 내보거라."

사중협의 말에 자운엽이 얼른 팔을 내밀었고, 자운엽의 혈맥을 짚은 사중협이 조용히 자운엽 몸속의 기운을 읽어갔다.

"난 그 힘을 뿌리고 나면 몇 달간 자리 보존을 해야 했다. 그걸 청룡 당주 저놈이 알았다면 그렇게 기를 쓰고 나를 쫓아다니지 않았겠지. 후후!"

사중협의 눈가에서 훌륭한 사부로서의 자질이 다시 한 번 유감없이 드러났다.

"그러나 네놈 몸속에는 내가 만든 기운 외에도 이상한 기운이 한 가지 더 있구나. 처음에도 그것을 느꼈다만……."

"환사삼결이라고 오다 가다 얻게 되었는데 그것이 무슨 문제라도 있는지요?"

"그건 알 수가 없다. 어쩌면 그것이 득이 될지도… 아니면 처절한 파멸을 부를지. 다 네놈 운명인 것이지."

그 말을 끝으로 사중협이 동굴 안쪽으로 들어갔다.

"이걸 펼쳐 보고 잘 기억하거라."

동굴 안으로 사라졌던 사중협이 두루마리 하나와 작은 목갑 한 개를 들고 나왔다.

"이게 무엇인지요?"

두루마리를 건네받은 자운엽은 조심스럽게 펼치며 시선을 고정시켰다.

촤악—

두루마리가 완전히 펼쳐지자 그 속에 두 명의 사람 그림이 그려져 있었다. 아니, 정확히 말한다면 한 사람의 앞모습과 뒷모습이 그려져 있었고, 그 그림 위로 많은 점들이 찍혀 있었다.

"이 인체 그림에 찍힌 점들이 내 몸에 있던 절맥에 의해 굳어지며 지독한 고통을 주던 혈들이다. 우선 그 혈들을 하나도 남김없이 기억해라."

"기억했습니다."

"고얀 놈!"

사중협의 목소리에 노여움이 묻어 나왔다.

촤르르!

사중협의 고함 소리를 들은 자운엽이 두루마리를 말았다. 그리고 바닥에 두 개의 인체 그림을 그렸다.

스슥一

작은 돌멩이 하나를 집어 든 자운엽이 두 개의 인체 그림 위에 점을 찍어 나가기 시작했다.

"빠진 곳이 있습니까?"

잠시 후 두 개의 인체 그림 위에 점을 모두 찍은 자운엽이 고개를 들고 사중협을 쳐다보았다.

"됐다!"

사중협이 짤막하게 답하고는 두루마리를 옆으로 치웠다.

딸깍!

사중협이 작은 목갑을 열었다.

목갑 안에는 긴 은침들이 가득 들어 있었다.

"이 은침들로 네가 기억하고 있는 혈을 하나하나 막아갈 것이다. 처음에는 괜찮겠지만 반 이상 막히고 나서부터는 지독한 고통을 겪게 될 것이다. 그리고 그 고통은 은침의 수가 늘어날수록 배가될 것이다. 은

침이 완전히 다 꽂히고 난 뒤 여덟 개의 호흡들을 극한으로 끌어올려 네 몸에 꽂힌 모든 은침들을 동시에 쏘아내거라.”

사중협이 잠시 설명을 멈추었다.

“다시 말하지만 은침이 한 개라도 덜 꽂힌 상태에서 몸부림을 친다던가, 내력을 충분히 끌어올리지 못하거나, 아니면 그것들을 다 기억하지 못하여 한 개라도 남겨놓는다면 네놈은 피떡이 될 것이다.”

마지막 당부를 하는 사중협의 목소리에 걱정이 가득했다.

“다시 한 번 묻겠다. 정말 자신이 있는 것이냐?”

“……”

“왜 대답이 없느냐?”

“애 낳는 일보다 아플까요?”

“……”

“몹쓸 놈 같으니라고! 그걸 내가 알겠느냐, 네놈이 알겠느냐?”

사중협의 목소리가 온 동굴 안에 울려 퍼졌다.

◆ 제54장

복수(復讐)의 서곡(序曲)

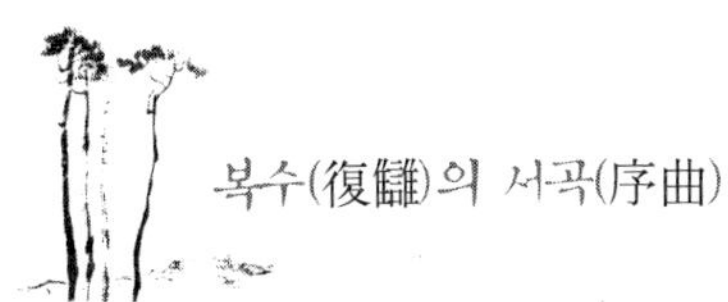

복수(復讎)의 서곡(序曲)

부엉!

부엉이 울음소리가 밤하늘 한 모퉁이를 가로질렀다.

그믐달이 사라지고 초승달이 아직 생겨나기 전의 밤하늘은 온통 먹물을 칠한 듯 어두웠고, 별들만이 그 어둠에 가느다란 빛을 뿌리고 있었다.

휘잉—

을씨년스러운 바람 한줄기가 부엉이 울음소리를 흩날려 버리며 어둠 속으로 사라졌다.

"언젠가 이런 기회가 올 날을 두 손 모아 기다렸다."

나직한 사내의 목소리가 온통 원독에 절어 있었다.

"그래요! 그날이 이렇게 빨리 찾아올 줄은 몰랐지만 하루를 일 년처럼 길게 느끼며 기다렸어요."

이번에는 날카로운 여인의 목소리가 낮게 흘러나왔다.

"처음 일각 동안은 최대한 소란스럽게 사방으로 주의를 분산시키시오. 그리고 식구들을 구하고 나면 본격적으로 놈들을 처단해도 좋소."

한 사내의 냉철한 목소리가 울리자 주변에 있던 몇 명의 인영들이 고개를 끄덕이며 긴장한 표정을 지었다.

"갑시다!"

사내가 짧은 명령과 함께 손짓을 하자 앞에 선 사내가 입에 문 호각을 힘차게 불었다.

삐익―

정적을 갈기갈기 찢어발기며 날카로운 호각 소리가 밤하늘을 가득 메웠다. 그와 동시에 어둠 속에 묻혀 있던 인영들이 약속이나 한 듯 최대한 큰 소리를 지르며 일제히 장원 담을 뛰어넘었다.

"와―"

"와아아!"

"적이다!"

고함지르며 담을 넘어 들어오는 인영들을 보고 보초를 서던 사내 몇 명이 급히 앞으로 쏘아져 나오고, 그중 한 명은 급히 안으로 뛰어들어 갔다.

"예상한 대로군."

냉철한 목소리의 주인공이 안으로 달려 들어가는 사내를 보고 무심히 중얼거린 후 그 자리에서 흐릿하게 모습이 사라졌다.

"와아―"

쨍!

쨍강―

외곽의 보초를 서던 사내들과 담을 넘은 인영들이 칼을 섞기 시작하자 칼 부딪치는 소리가 사방으로 울려 퍼졌다.

"엇!"

안으로 뛰어들어 가던 사내가 갑자기 튀어나온 한 개의 손에 의해 짧은 비명을 지르며 휘익! 하고 어둠 속으로 끌려 들어갔다.

"지하 감옥의 위치는?"

갑자기 튀어나온 손에 의해 장원의 한 화단 안으로 끌려 들어온 사내는 얼음장처럼 흘러나오는 차가운 목소리에 무의식적으로 진저리를 쳤다. 그리고는 얼른 고개를 돌려 목소리의 주인을 찾으려 했다.

"묻는 말에만 대답해라."

얼음장 같은 목소리가 다시 조용하게 흘러나오자 고개를 돌리던 사내의 목이 마치 굵은 밧줄에 묶인 듯 그 자리에서 멈춰졌다.

영혼마저 얼려 버릴 듯한 차가운 목소리!

사내는 등 뒤에서 들리는 목소리에서 그런 느낌을 받았다.

단 두 번 들은 목소리였지만 그 목소리를 듣는 순간 뱀의 눈빛에 갇힌 개구리처럼 온몸의 근육들이 제 기능을 상실하고 굳어지는 듯한 느낌에 사내는 식은땀을 흘렸다.

"한 번만 더 묻겠다. 감숙섭가의 가족이 갇힌 감옥은 어디 있느냐?"

얼음장처럼 차가운 목소리가 다시 흘러나왔다.

"저, 저쪽 별채로 들어가면 검은색 철문 아래로 지하 통로가 있소. 그, 그쪽에……."

팟!

말을 끝낸 사내는 목줄기 한곳에 강한 압박감을 느끼며 그 자리에서 통나무처럼 뻣뻣이 쓰러졌다.

휘익—

화단 속으로 잡아챈 사내로부터 알고 싶은 것을 알아낸 설수범은 다시 그 자리에서 흩어지듯 사라졌고, 어느새 별채 입구에서 나타났다.

"와—"

째쨍!

소란을 듣고 안채에서도 많은 인영들이 몰려나와 본격적인 싸움이 시작되었지만 어둠 속을 유영하듯 움직이는 설수범은 아무런 제지도 받지 않고 별채 안으로 스며들었다.

"엇!"

"으음!"

들릴 듯 말 듯한 낮은 신음성과 함께 별채 안을 지키던 네 명의 사내들이 그 자리에 무너지고, 그 사이로 설수범의 신형이 바람처럼 지나갔다.

끼이잉—

육중한 무게의 철문이 천천히 열리자 잠시 철문 안의 동정을 살핀 설수범은 신속하게 지하 통로로 걸음을 옮겼다.

"후우—"

지하 통로 계단으로 몇 걸음 내려가던 설수범은 안에서 풍겨져 나오는 악취와 습한 기운에 잠시 인상을 찌푸리며 호흡을 가다듬고는 표홀하게 아래로 날아 내렸다.

"고얀 놈!"

지하실 바닥에 내려선 설수범이 전방에서 느껴지는 인기척을 확인하고 우뚝 그 자리에 멈추자 쇠를 긁는 듯한 기분 나쁜 목소리가 지하 석실 안을 울리며 들려왔다.

"이곳에 접근하는 놈은 누구를 막론하고 미리 정해진 암구호(暗口

號)를 뱉어야 하거늘……. 네놈은 누구더냐?"

쇠를 깎는 목소리가 좀 더 높게 지하실 안에 울려 퍼졌다.

"저승사자!"

설수범이 다시 성큼 걸음을 옮기며 싸늘하게 말했다.

"목소리를 들어보니 아직 어린 놈이거늘, 방자한지고……."

어이가 없는지 잠시 아무 말도 않고 있던 노인의 목소리에 짙은 살기가 묻어 나왔다.

스윽—

복도 구석 쪽에서 흐릿한 그림자가 천천히 복도 중앙으로 나왔다.

희미한 송유등(松油燈) 하나만이 밝혀진 실내인지라 구석에 앉아 있을 때는 진면목을 확실히 알아보기 힘들었지만 일어서서 복도 중앙으로 나서자 노인의 모습이 어렴풋이 드러났다.

보통 사람보다 조금 더 큰 키였지만 깡마른 몸매가 그 키를 훨씬 더 커 보이게 했다.

"도대체 어떻게 생겨먹은 놈이기에 이렇게 방자하게 구는 것이냐?"

노인이 불청객의 얼굴이나 한번 보겠다는 듯 설수범 앞으로 성큼 다가왔다.

펑—

"어헛! 이놈이?"

노인의 신형이 앞으로 다가오자 설수범의 손에서 폭음이 터져 나오며 무시무시한 장력이 뻗어 나왔다.

쉬익—

갑작스레 뻗어오는 장력에 대경한 노인이 지팡이처럼 들고 있던 무기를 신속히 휘둘렀다.

퍼퍼펑—

연속으로 몇 번 휘둘러 설수범의 장력을 옆으로 흩뜨린 노인이 경악한 표정으로 두 눈을 부릅떴다. 대수롭지 않게 슬쩍 흔든 손짓 같았는데 그 손에서 뻗어 나온 장력에 실린 힘이 상상을 초월했다. 비록 갑작스런 대응이라 전력을 다하지는 않았지만 자신의 칼을 세 번씩이나 흔들고 나서야 겨우 공세에서 벗어날 줄은 몰랐던 것이다.

"도대체 네놈은 누구냐?"

노인은 도깨비를 본 듯한 표정으로 설수범을 쳐다보았다.

"그건 알 것 없소. 이곳에 감숙섭가의 식구들이 있는지만 알려주면 되오!"

설수범의 목소리가 싸늘하게 석실 안을 울렸다.

"여, 여기 있소. 그런데 뉘신지요?"

창살 안쪽 어디에서 바깥의 상황을 살피던 한 인영이 급히 창살 쪽으로 달려와 다급하게 외쳤다.

"섭부생 공자가……?"

"내 아들이오! 그런데 공자는?"

창살까지 기어온 사내가 허겁지겁 답했다.

"그건 나중에 알게 될 것이오."

짤막하게 말한 설수범이 시선을 돌려 감옥을 지키던 노인을 다시 쳐다보았다.

"다른 식구들은 어디 있소?"

설수범의 눈빛이 얼음으로 만든 칼처럼 앙상한 체격의 노인을 쏘아보았다.

"이, 이놈이!"

노인의 음성이 자신도 모르게 떨려 나왔다.

어두컴컴한 허공을 가르며 쏘아져 오는 설수범의 차가운 눈빛은 결코 자신을 살아 있는 사람으로 생각하는 것 같지가 않았다. 이미 죽어 나자빠진 시체에게나 보내는, 온기를 느낄 수 없는 눈빛이었다.

"이런 망할!"

노인은 자기 자신에게 화가 난다는 듯 거칠게 한마디 내뱉고는 바닥에 짚고 있던 기형의 칼을 들어 올렸다.

번쩍―

희미한 송유등 불빛이 노인이 들어 올린 칼날에 반사되어 설수범을 향해 쏘아져 나갔다.

"섭가의 다른 가족들 행방을 말해 주면 고통없이 죽여주겠소."

설수범의 입에서 싸늘한 음성이 다시 흘러나왔다.

"놈! 죽어라!"

더 이상 들을 필요도 없다는 듯 노인의 칼이 설수범의 목을 향해 날아들었다.

땅―

설수범의 손등이 가볍게 노인의 칼을 두드리자 어지러운 검초를 펼치며 다가들던 노인의 칼이 종잇장처럼 가볍게 허공으로 솟구쳤다. 그와 함께 칼을 잡은 노인의 신형이 휘청하며 칼을 따라 끌려갔다.

"이, 이게……?"

휘청하던 신형을 급히 바로 세우며 칼을 다잡은 노인이 얼른 고개를 돌려 설수범을 쳐다보았다.

휘이익―

노인의 시야에 들어온 설수범의 신형이 어둠 속으로 스며들듯 사라졌다.

파파팍!

본능적으로 위기감을 느낀 노인이 미친 듯이 칼을 휘두르며 사방을 차단했다.

촤악─

칼을 휘두르는 노인의 눈앞에서 손 하나가 불쑥 나타났다. 그리고 나타났는가 싶은 순간 그 손은 커다랗게 확대되며 노인의 전신을 뒤덮어왔다.

'대라수(大羅手)!'

온몸을 덮쳐 오는 한 개의 손을 보며 노인의 머리 속에 무의식 중으로 떠오른 생각이었다. 그러나 그 커다란 손이 세 겹으로 겹쳐지며 자신의 가슴에 와 닿을 때 노인은 그것이 결코 대라수의 무공이 아님을 곧바로 깨달을 수 있었다.

대라수의 수법처럼 처음에는 커다란 손바닥이었지만 지금 자신의 가슴에 닿은 손바닥은 원래의 크기로 작아진 손바닥이었다. 그리고 그 손바닥에는 지옥 유황불같이 이글거리는 열기가 담겨져 있었다.

'첩장(疊掌)!'

그 생각을 마지막으로 시커멓게 타 들어가는 가슴을 부여잡은 노인은 그 자리에서 무너졌다.

탁─

수라삼첩장(修羅三疊掌)으로 신속하게 노인을 처치한 설수범이 창살을 잡았다.

우우웅─

철컹─

창살을 잡은 설수범이 공력을 주입하자 창살 문이 힘없이 열렸다.

"어서 나오시오!"

"누, 누구신가, 공자는?"

감숙섭가의 가주 섭장천(攝場川)은 그토록 고대하던 창살 문이 열린 것도 깨닫지 못하고 멍한 표정으로 설수범의 얼굴만 쳐다보았다.

"서둘러야 합니다."

설수범이 다급히 외치자 문득 정신을 차린 섭장천이 급히 철창 밖으로 뛰쳐나왔다.

"다른 식구들은 어디에 있습니까?"

설수범이 섭장천의 팔을 부축하며 빠르게 질문했다.

"다른 식구들은 그때 놈들의 칼에 모두 희생됐소. 나만 살려…….
크흑!"

섭장천이 말을 끝맺지 못하고 분루를 삼켰다.

"우선 밖으로 나갑시다. 밖에서 자제 분들이 놈들과 싸우고 있습니다."

설수범은 비틀거리는 섭장천을 이끌고 석실 입구를 향해 빠르게 이동했다.

쨍―
쨍강―

병장기 부딪치는 소리가 난무하며 장원 안은 혼전양상을 이루고 있었다. 담을 뛰어넘은 사람들은 여전히 고함을 지르며 몰려나온 사람들과 싸움을 벌이고 있었지만 되도록 적극적인 싸움은 피하고 시간만 끌고 있었다.

"이놈들이 감히 여기가 어디라고……."

안채에서 천천히 걸어나와 뒷짐 지고 있던 중년인이 두 손을 늘어뜨리며 천천히 옆으로 나섰다. 그와 함께 옆에서 중년인을 보필하고 있던 젊은 사내 몇 명도 중년인과 함께 혼전이 벌어지고 있는 장원 가운데로 다가갔다.

"우선 저놈들부터 쓸어버려라."

장원 우측에서 큰 소리를 지르며 싸움을 벌이고 있는 무리들을 본 중년인이 턱짓으로 그곳을 가리키자 옆에 서 있던 사내 한 명이 바람처럼 쏘아져 나갔다.

"크윽!"

"큭!"

두 마디 짧은 비명 소리가 들리고 처음부터 지금까지 지속적으로 고함을 지르며 주위를 혼란시키던 사내들 중 두 명이 그 자리에서 무너지며 주위를 울리던 소리가 그만큼 약해졌다.

쨍상―

"으윽!"

다시 한마디 비명 소리가 더 들리자 남은 사내들까지도 이제껏 지르던 고함 소리를 멈추며 바람처럼 쏘아져 와서 동료를 베고 있는 사내를 둘러쌌다.

"한꺼번에 쳐라!"

한 사내의 명령이 떨어지자 주변을 둘러선 사내들이 한꺼번에 동료를 벤 사내에게로 달려들었다.

째째쨍―

"크윽!"

“으헉!”

한꺼번에 덤벼들던 사내들 몇 명이 다시 그 자리에 무너져 내렸다.

“이, 이놈!”

데리고 온 무사들의 죽음을 본 섭부길이 쾌속하게 적을 향해 뛰어들었다.

“당신 상대가 아니에요.”

날카로운 여인의 목소리가 들리며 섭부길에 한발 앞서 갈미란의 칼이 사내를 향해 날아들었다.

쨍—

쨍강—

순식간에 몇 번의 칼 부딪치는 소리가 들리며 두 남녀 사이에 어지러운 검무가 펼쳐졌다.

“이런 건방진 계집이?”

이제껏 한마디도 하지 않고 섭부길이 이끌고 있던 무사들을 베어넘기던 사내가 갈미란의 칼에 낭패를 당했는지 억눌린 소리를 토했다.

“이자는 내가 맡을 테니 당신은 어서 형제들을 도와주세요.”

갈미란은 서서히 밀리고 있는 섭부생 형제들과 같이 온 무사들을 보며 빠르게 소리쳤다.

“신세 좀 지겠소, 소저!”

섭부길이 고개를 끄덕이고는 얼른 섭부생 쪽으로 달려갔다.

“네놈은 내 칼이나 잘 살펴라.”

달려가는 섭부길을 향해 사내가 칼을 휘두르려는 찰나 갈미란의 칼이 어지러운 궤적을 그리며 사내를 향해 날아들었다.

“하앗—”

진로가 차단된 사내가 콧김을 내뿜으며 갈미란을 향해 칼을 휘둘렀다.

휘리릭—

설산신마 명기해의 설운검법이 갈미란의 손에서 현란하게 펼쳐졌다.

째째쨍—

설운검법의 표홀하고 어지러운 검초를 본 사내가 깜짝 놀라며 검을 마주하려는 순간, 슬쩍 검로를 바꾼 갈미란의 검이 쾌속하게 아래에서 위로 치고 올라갔다. 그 초식은 우괴 우승곽의 유마칠검 중 가장 강맹한 초식이었다.

"어헉!"

표홀하고 현란한 검초에서 갑자기 흉맹한 검이 사선으로 치고 올라오자 예상치 못한 검격에 깜짝 놀란 사내는 급히 칼에 내력을 쏟아 부으며 중검으로 치고 나갔다. 그러나 그 짧은 순간의 멈칫거림이 사내의 운명을 생(生)에서 사(死)로 돌려놓았다.

"크윽!"

갈비뼈 어림에서부터 사선으로 길게 칼자국이 난 사내가 고통스런 표정을 지으며 천천히 무너졌다.

"저 계집이?"

갈미란과 부하 한 명의 대결을 유심히 지켜보던 중년인이 수염을 부르르 떨며 고함쳤다. 모조리 베고 장내를 정리할 줄 알았던 부하가 새파란 계집에게 힘도 한번 못 써보고 베어져 버린 것은 뻔히 보고도 믿을 수가 없는 일이었다.

어떤 놈들인지는 좀 더 두고 봐야 알겠지만 모두 비슷한 수준으로 특출한 고수는 없어 보였다. 그랬기에 자신 옆에 있는 부하 한 명만 가세시키면 장내는 순식간에 정리가 될 것 같았는데 뜻밖에도 놈들 중

새파란 계집의 검이 고수 수준이었다.

"당장 저 계집부터 잡아와라."

중년인이 옆에 있는 사내들에게 고함치자 다섯 명의 사내들이 갈미란을 향해 쏘아져 나갔다.

"차앗—"

섭부길을 공격하던 사내를 해치우고 신형을 옮기던 갈미란은 한꺼번에 달려오는 사내들을 보고 급히 칼을 휘둘러 사내들의 합공을 차단했다.

째째쨍—

한꺼번에 달려드는 다섯 사내들의 칼을 모두 막은 갈미란은 사내들의 포위망을 분산시키며 한쪽에 집중적으로 칼을 휘둘러 나갔다.

한 명씩 상대한다면 수월하게 대적할 수 있는 수준이었기에 갈미란은 빠르게 칼을 쳐내고 정면에 있는 한 사내를 집중적으로 공격하며 앞으로 나아갔다.

"어딜?"

갈미란의 의도를 눈치 챈 다른 네 사내들이 갈미란의 측면과 후면을 맹렬히 공격해 들어왔다.

"영리하군!"

갈미란은 입술을 질끈 깨물며 정면에 있는 사내에 대한 집중적인 공격을 포기하고 양 옆과 뒤에서 몰려드는 칼을 막아 나갔다.

"하앗—"

갈미란의 칼이 방향을 바꾸는 순간을 틈타 밀리기만 하던 정면의 사내가 훌쩍 날아오르며 쾌속하게 칼을 내려쳤다.

"위험해요!"

근처에서 싸우던 섭부용이 갈미란의 주의를 환기시키려고 고함을 질렀다.

파앙―

"크아악―"

갈미란이 급히 신형을 옆으로 이동시키며 반사적으로 위에서 아래로 떨어지는 칼을 쳐내려는 순간 허공에 솟구친 사내의 신형이 떨어져 내리던 속도보다 더 빠르게 뒤로 퉁겨져 나가며 처절한 비명을 질렀다.

퍼엉―

다시 한 번 장력이 쏟아져 나오며 갈미란을 포위한 또 한 명의 사내가 비명도 지르지 못한 채 피떡이 되어 장원 한쪽 화단에 처박혔다.

"당신들은 부친을 부축하시오."

섭장천을 부축하며 두 사내를 날려 버린 설수범이 섭부생 형제들에게 섭장천을 넘겨주며 싸늘한 눈빛으로 갈미란 주변에 남아 있는 사내들에게 다가갔다.

"아, 아버지!"

"공자님!"

두 사내의 처참한 죽음에 잠시 얼이 나가 있던 사람들의 의식이 돌아오며 설수범에게로 시선이 모아졌다.

"다친 데는 없소?"

갈미란에게 시선을 준 설수범이 걱정스런 눈빛으로 갈미란의 전신을 훑어보았다.

"괜찮아요, 전……."

갈미란이 설수범의 몸에서 뿜어져 나오는 살기에 주춤거리며 답했다.

"여자 하나를 다섯 명이 포위하며 칼을 휘두르는 것은 같은 남자로서 수치스런 일이지. 그렇다고 생각지 않나?"

갈미란 주위에 서 있는 세 사내를 보고 설수범이 조용하게 말하자
세 사내가 움찔하며 공포에 질린 눈빛 속에서도 일순 수치스런 감정을
내비쳤다.

"그것으로 네놈들은 가장 처참한 죽음을 맞게 될 것이다."

스르릉—

설수범이 바닥을 향해 손을 뻗자 바닥에 아무렇게나 떨어져 있던 검
한 자루가 자석에 끌리듯 설수범의 손바닥으로 끌려왔다.

"그런대로 괜찮은 검이군!"

휘리릭!

손에 잡은 검을 한번 쳐다본 설수범이 슬쩍 칼을 휘두르며 한 발 앞
으로 나섰다. 주워 든 칼의 무게라도 가늠하듯 가볍게 흔들며 한 발 내
디딘 단순한 동작이었지만 그 움직임에서 뿜어져 나오는 기운은 장내에
서 지켜보는 모든 사람들에게 흡사 집채만한 바위가 갑자기 하늘에서
뚝 떨어져 자신도 모르게 뒤로 물러서게 만드는 그런 느낌을 주었다.

"여자에게 달려들 때는 야차 같더니 그 기상은 다 어디로 갔느냐?"

주춤 뒷걸음질을 치는 세 사내를 보고 설수범이 차갑게 조소를 피워
올렸다.

"제길!"

뒤로 주춤주춤 물러나던 사내들 셋이 수치심 가득한 표정으로 이를
악다물었다. 본능적인 두려움으로 자신도 모르게 뒤로 물러섰지만 상
대는 하나뿐이었고 자신들보다 오히려 더 젊어 보였다. 그런 상대에게
공포감을 느끼며 뒤로 물러섰다는 사실을 의식하게 되자 수치심과 함
께 말할 수 없는 분노가 치솟았다.

"죽어라!"

사내 하나가 쏜살같이 뛰어들며 검을 휘둘렀다. 그와 동시에 양 측면의 사내들도 맹렬히 검을 흔들며 설수범에게 공격해 들었다.

우우웅─

사내들의 합공에 설수범은 천천히 검을 들어 올렸고, 들어 올린 검극에서 온 장원을 울리는 진동음이 들리며 푸르스름한 검기가 쭈욱 뻗어 나왔다.

휘이익─

사내들의 칼이 자신의 몸으로 향하는 찰나 설수범의 손에 들렸던 검이 신속하게 한 바퀴 원을 그렸다.

"크윽!"

마치 합창이라도 하듯 세 사내의 비명이 동시에 터져 나오며 칼을 놓치고 어깨를 감싸 쥔 사내들이 비틀거리며 뒤로 물러났다.

휘익─

검기가 더욱 강해진 설수범의 칼이 다시 한 번 허공을 갈랐다.

"으흑!"

다시 세 명의 사내들이 거의 동시에 비명을 내지르며 바닥에 무릎을 꿇었다. 설수범의 검기가 스치고 간 사내들의 발뒤꿈치 근육이 완전히 끊어져 피가 쏟아지고 있었다. 어깨의 근육과 발뒤꿈치 근육이 끊어진 그들은 다시는 칼을 휘두르지 못할 병신이 되고 만 것이다.

"이, 이놈!"

단 두 번의 칼질에 가장 아끼던 부하들 중 세 명이 영원히 검을 휘두를 수 없는 병신이 되는 것을 본 중년인이 기가 막힌다는 표정으로 설수범에게로 쏘아져 왔다.

"개를 두들겨 잡으면 주인이 나오게 마련이지."

맹렬한 기세로 날아오는 중년인을 본 설수범이 슬쩍 옆으로 신형을 옮기며 검을 휘둘렀다.

퍼엉—

쏘아져 오는 중년인 역시 그 속도를 유지하며 설수범을 향해 일장을 날렸다.

휘이익—

중년인의 장력에 맞서 설수범의 칼이 크게 한 번 허공을 갈랐다.

우우웅—

무겁게 휘두른 설수범의 칼이 지나간 자리에서 은빛 막이 생겨났고, 그 막에 가로막힌 중년인의 장력이 더 이상 전진하지 못하고 강한 진동음만 울리다 어느 순간 수증기가 흩어지듯 소멸되어 버렸다.

"이런 말도 안 되는……."

자신의 장력이 한 번의 칼질에 막혀 소리없이 사라져 버리는 것을 지켜본 중년인은 갈피를 잡지 못하고 두 눈만 부릅떴다. 두 개의 기운이 부딪친다면 폭발음이 들리거나 하다못해 바람 소리라도 나야 하건만, 웅웅거리는 진동음만 울린 채 자신의 내력이 모두 소멸되어 버렸다.

이제껏 전혀 경험하지 못한 무공에 중년인은 강한 의구심을 품으며 이번에는 그 자리에서 굳건히 발을 바닥에 고정시키고 쌍장을 다시 내밀었다.

퍼엉—

양손에서 뻗어 나온 쌍장이 바위라도 날릴 듯 설수범을 향해 휘몰아쳐 갔다.

휘익—

펑!

설수범의 칼이 좀 전과 똑같은 모습으로 무겁게 휘둘러졌다. 그러나 이번에는 진동음만 남기고 장력이 소멸되는 대신 엄청난 폭음이 사방으로 터져 나갔다.

"크윽!"

두 기운이 마주친 곳에서 강력한 폭발음이 터져 나오는 것을 들은 중년인은 처음에 품었던 의구심이 완전히 해결되었지만 폭발음과 함께 자신의 가슴으로 밀려드는 강한 반탄력에 고스란히 휩싸이며 바닥으로 나뒹굴었다.

"이, 이런 일이?"

수세를 취하며 단순하게 한 번 휘두른 칼에 오히려 공세를 취한 자신이 큰 충격을 받고 뒤로 밀린 상황이 이해가 가지 않는 중년인은 당황한 눈빛으로 설수범을 쳐다보았다.

아직 이십 대 중반의 나이로밖에 보이지 않는 애송이건만 조금도 서두르지 않고 주변 상황을 살피며 칼을 늘어뜨린 모습은 거대한 바위를 연상시켰다. 중년인은 새파랗게 어린 놈이 어찌 이런 엄청난 무위를 내보이는지 도저히 납득이 가지 않았다.

"대체 네, 네놈은 누구냐?"

폭포수처럼 눌러오는 무형의 압력에 서 있는 것조차 곤란함을 느낀 중년인이 떠듬거리며 입을 열었다.

"저승에 가면 알게 되겠지."

짤막한 한마디 말과 함께 설수범의 칼끝이 직선으로 뻗어 나오며 중년인의 심장을 찔러 들어갔다.

"어헉! 이놈이."

깜짝 놀란 중년인이 맹렬하게 쌍장을 휘둘러 화살처럼 빠르게 찔러

드는 공격을 차단해 나갔다.

"하앗—"

직선으로 찔러 들어가던 설수범의 칼이 풍차처럼 회전하며 중년인의 장력을 분산시킨 후 중년인의 오른쪽 어깨 위에서 비스듬히 떨어져 내렸다.

휘이익—

대경한 중년인이 왼발을 축으로 신속히 신형을 회전시키며 설수범의 옆구리를 향해 왼손을 쭈욱 뻗었다.

"참(斬)!"

한마디 고함 소리와 함께 설수범의 검이 무서운 검기를 내뿜으며 횡으로 갈라왔다.

찌이잉—

허리를 향해 쏘아져 오는 장력을 가르며 한 바퀴 선회한 설수범의 검에 중년인의 허리가 쩌억 갈라지며 두 개로 나누어진 중년인의 신형이 바닥으로 나뒹굴었다.

"으, 으……."

자신들의 우두머리가 처참하게 죽어간 장면에 장원을 지키던 무리들이 모두 싸울 생각도 못하고 설수범의 모습만 쳐다보았다.

"무엇 때문에 죽는지도 모를 네놈들까지 죽일 생각은 없다. 그러나 지금부터 단 한 놈이라도 칼을 휘두른다면 모조리 도륙할 것이다! 모조리!"

중년인과 그 부하들을 모두 처치한 설수범이 칼을 바닥으로 비스듬히 늘어뜨린 채 장내에 남은 무리들을 보고 단호하게 외쳤다.

"으으—"

아수라보다 더 공포스러운 기운을 뿌리는 설수범의 모습 앞에 대항하던 무리들은 칼을 들어 올리기는커녕 서 있기도 힘든 듯 다리를 후들거리고 있었다.

'할아버지…….'

그런 설수범의 모습에서 정마협 갈문혁의 신위를 떠올린 갈미란이 천마성 쪽으로 고개를 돌리며 입속으로 읊조렸다.

"설가로는 가지 않을 건가요?"

섭장천을 구하고 감숙섭가로 향하는 길목에서 갈미란은 설수범에게 질문했다.

천마성을 떠난 설수범이 제일 먼저 달려갈 곳이 감숙설가일 줄 알았는데 자신의 예상과는 달리 설수범은 섭씨 형제들을 찾았고, 그들을 앞세워 섭장천을 구해내고 섭씨세가로 가고 있는 것이다.

천마성 안에 이십 년 가까이 똬리를 틀고 앉아 뿌리를 키워 나가던 서천맹의 무리들을 모조리 색출하고, 철저하게 괴멸시켜 버린 치밀하고도 무서운 심계를 가진 사람이니 쉽게 짐작할 수 없는 계획을 세우고 있겠지만 도무지 추측조차 하지 못하겠으니 궁금증만 커져 가는 갈미란이었다.

"당분간은 가지 않을 것이오."

"당신이 가장 가고 싶어하는 곳이 그곳 아닌가요?"

"그렇소. 내가 가장 가고 싶은 곳이고, 가장 먼저 놈들의 세력들을 도륙 내고 싶은 곳이기도 하오."

"그런데 왜……?"

대답하는 설수범의 얼굴에 언뜻 고뇌의 빛이 어리는 것을 본 갈미란이 조심스럽게 질문했다.

"아직까지는……."

설수범이 무슨 말인가 답을 하려다 무겁게 입을 다물었다.

"언제나 그런 식이군요. 혼자 고민하고, 혼자 행동하고……. 하지만 당신은 이제 혼자가 아니에요. 천마성주의 제자이고, 정마수호대의 작은 주인이에요. 그러니 제발 그런 모습은 보이지 마세요."

갈미란의 눈에 서운함을 넘어선 원망의 빛이 번져 나갔다.

"미안하오."

"미안하면 저에게는 모든 걸 말해 주세요."

갈미란이 온 얼굴 가득 서운하다는 표정을 지우지 않고 재촉했다.

"아직까지는… 혈육끼리 정면 대결을 하고 싶지는 않소. 설가는 비천용문과 너무 가깝소. 그곳에 진을 치게 되면 당장 싸움이 벌어지게 될 것이오. 그러니 훨씬 아래쪽인 이곳 섭가에서 놈들의 모든 움직임을 차단할 것이오. 그리고 서서히 팔다리를 잘라갈 것이오."

설수범이 고뇌 어린 표정으로 답을 했다.

"제 질문이 당신의 가슴을 또 아프게 했군요. 하지만 미안하다는 말은 않겠어요. 이젠 당신의 모든 아픔은 내 아픔이니까요. 그리고 당신 가문의 일은 내 일이기도 해요."

강렬한 눈빛으로 말을 마친 갈미란이 말 잔등을 두드리며 앞으로 나아갔다.

"아가씨!"

설수범의 무심함에 토라진 듯한 모습으로 앞서 말을 달려온 갈미란은 조심해서 부르는 목소리에 잠시 주의를 둘러본 후 목소리가 난 쪽으로 신형을 옮겼다.

"왜 이렇게 늦었어요?"

잔뜩 긴장한 채 큰 나무 둥치 뒤에 몸을 숨기고 있던 정마수호대장 기전강을 보고 갈미란이 책망하듯 물었다.

"소주의 이목을 속이기가 어디 쉬운 일입니까? 여기까지 접근한 것을 알면 나중에라도 치도곤을 당할지도 모릅니다. 그러니 어서 용건을 말해 주십시오. 한시라도 빨리 십 리 밖으로 멀어지고 싶습니다."

기전강이 긴장된 표정으로 주위를 둘러보았다.

"귀신도 두려워서 근접을 하지 않는다는 정마수호대장이 맞나요?"

갈미란이 어이없다는 표정으로 기전강을 쳐다보았다.

"귀신쯤이야 우습지요. 하지만……."

"그만 됐어요. 그러니 용건이나 얘기하기로 해요."

갈미란이 기전강의 말을 자르며 한 걸음 더 다가섰다.

"그들의 움직임을 놓치지 않고 있겠지요?"

"한 발짝도 놓치지 않고 쫓고 있습니다."

기전강이 자신있다는 투로 대답했다.

"그럼 지금 그들의 행보는 어디로 향하고 있나요?"

"그들의 움직임으로 보아 며칠 전에 소주께서 박살을 내어버린 인가장(印家莊)으로 향하고 있습니다. 아마 그곳에서 상황을 조사한 후엔 이곳으로 들이닥칠지도 모릅니다."

"그렇게 되어서는 안 돼요! 절대로 그들이 이곳으로 오지 못하게 해야 돼요."

갈미란이 다급하게 소리를 질렀다.

"왜 그러시는지요, 아가씨? 그들이 그렇게 무서운 자들입니까?"

평소답지 않게 긴장한 표정으로 말하는 갈미란을 보고 정마수호대장 기전강이 의외라는 표정을 지었다. 천마성주의 손녀라는 위치에 있기는 하지만, 수십 년을 정마협을 모신 자신들로서도 오금이 저리게 만드는 사내를 쫓아다니며 단 한 번도 기죽지 않은 모습을 보이는 갈미란이 이런 표정을 하는 것은 도저히 이해가 가지 않았다.

"무섭다기보다는 그들과 마주치면 일이 너무 곤란해져요. 그러니 대장님께서 그들이 이곳으로 향할 기미가 보이면 미리 막도록 해주세요."

"왜 그러시는지는 모르겠지만 아가씨의 말씀이 그러하니 그들이 나타나면 모조리 쓸어버리겠습니다. 그러니 너무 걱정 마십시오."

"그렇게 하면 안 돼요. 그러니 그들이 이곳으로 향하는 조짐이 보이면 진천평(鎭賤平)을 지나지 못하도록 그들을 막기만 하고 제게 알려주세요."

갈미란이 기전강의 얼굴을 정면으로 응시하며 부탁했다.

"그건… 그건 안 됩니다."

기전강이 잠시 뜸을 들이다 단호하게 말했다.

"우린 소주와 아가씨를 철저하게 보호해야 할 임무를 부여받고 천마성을 떠나왔습니다. 소주의 뜻이 워낙 강경해서 떨어져 있지만 더 이상의 거리는 절대로 안 됩니다. 그러니 그들이 아무리 섭씨세가로 방향을 잡았다 할지라도 진천평까지 움직일 수는 없습니다."

기전강의 표정이 딱딱해졌다.

"그건 잘 알지만……. 그만둬요! 융통성없는 당신 같은 사람들에게 무슨 말이 더 먹히겠어요."

갈미란이 답답해서 못살겠다는 표정으로 한숨을 길게 내쉬었다.

"왜 그러시는지 정말 알 수가 없군요. 하지만 그들은 절대로 소주가 계신 곳까지는 접근할 수 없습니다. 그건 장담하겠습니다."

기전강이 아무 걱정 말라는 듯 소리쳤지만 갈미란의 표정에는 여전히 근심이 남아 있었다.

"대체 그들이 누구기에… 이크!"

궁금증 가득한 눈으로 질문을 하던 기전강이 저 모퉁이 뒤쪽에서 말발굽 소리가 들리자 벌떡 몸을 일으켰다.

"오늘은 이만 헤어지기로 해요. 다시 당부드리지만 그들의 움직임을 절대 놓쳐서는 안 돼요."

갈미란이 재삼 주의를 주자 기전강이 급히 고개를 숙이고는 빠르게 사라졌다.

"호위도 없이 그렇게 혼자 가버리면 위험하지 않소?"

갈미란에게 다가온 설수범이 걱정 섞인 목소리로 말했다.

"뒷간 가는 데도 호위를 데리고 가야 하나요?"

"푸훗!"

조금도 주저하지 않고 남자처럼 말하며 말에 오르는 갈미란의 모습에 섭부용이 입술을 가리며 실소를 터뜨렸고, 오히려 무안해진 설수범과 다른 남자들은 멀쩡한 하늘만 쳐다보며 딴전을 피웠다.

천하제일인이 준 선물

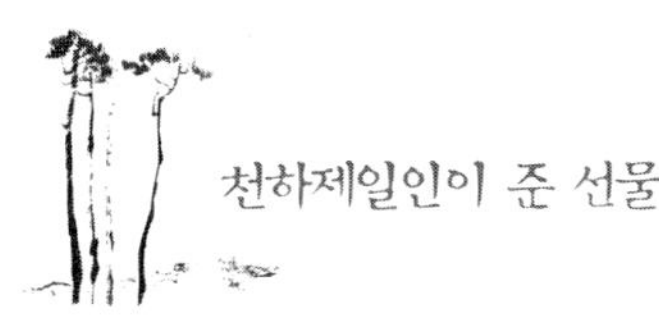

천하제일인이 준 선물

"또 왔구만! 그래, 내가 돈값은 충분히 했지?"

하성촌의 선주 하연원은 뜻밖의 방문객을 맞아 의외란 표정과 함께 언뜻 경계의 기색을 드러냈다.

"그렇더군요. 아주 신속하고 완벽하게 일을 처리했더군요."

자운엽이 냉랭하게 답하며 하연원의 눈을 응시했다.

'으음!'

칭찬과는 달리 뭔가 알 수 없는 빛을 띤 자운엽의 시선을 마주한 하연원의 표정이 미미하게 굳어졌다.

"그런데… 다시 어떤 일인가? 다른 부탁이 있는가? 그럼 주저없이 말해 보게. 일에 비해 받은 보수가 많았으니까 말일세. 하하!"

하연원이 과장된 웃음을 터뜨리며 말했다.

"청룡당주와는 어떤 관계이오?"

“무, 무슨 소리냐?”

갑작스런 자운엽의 질문에 하연원이 자신도 모르게 말을 더듬거렸다.

“질문이 잘못됐군! 진짜 하연원 선주는 어떻게 했소? 물론 죽였겠지?”

자운엽의 목소리가 더욱 낮아졌다.

“무슨 말인지 도통 알아들을 수가 없구만. 방금 자네가 한 질문에 대해서 해석을 좀 해주겠나?”

금방 냉정함을 되찾은 하연원이 느긋한 표정을 지으며 대꾸했다.

“해석이라면 못할 것도 없지요. 결론부터 말한다면 당신은 하연원을 죽이고 하연원 행세를 하는 가짜 하연원이지. 아마도 서천맹 소속이겠고……”

자운엽 역시 느긋한 표정을 지으며 대답했다.

“그런 말도 안 되는 추리의 근거는?”

“당신들은 내가 공야세가로 들어갈 때부터 날 감시했더군. 아울러 공야세가의 모든 행동들도 마찬가지로 감시했을 것이고……. 그리고 공야 가주를 통해 부탁한 글귀가 이곳을 운항하는 배들의 돛 폭에 걸리면서부터 당신은 이곳에서 그 배들을 조직적으로 감시했겠지. 또 약 두 달 전부터 이 집 식구들의 외출이 전혀 없다고 하더군.”

“글쎄? 그것만으로는 충분한 설명이 안 될 것 같은데……?”

“처음 이곳에 왔을 때 당신의 행동이 좀 거슬렸지. 조금 의심이 갔지만 별다른 낌새가 없기에 관심을 꺼버렸는데 의외로 큰 이무기가 날 미행하더군. 그 이무기 손에 죽을 뻔했는데 일이 잘되어 이렇게 당신을 다시 찾은 것이오.”

"그래도 아직 이해가 안 가는걸. 이무기에게 죽을 뻔하다가 겨우 살아났다면 천리만리 도망부터 가야 할 것이 아닌가? 그런데도 이곳으로 오다니 약간 정신이 나간 것 같군."

"바빠서 그냥 갈까 하는 생각도 했지. 그런데 그 이무기와 싸우면서 약속을 했거든. 당신들 조직을 모두 깨부수고, 모두 죽이겠다고 말이오. 운 나쁘게도 당신이 그 첫 번째 제물이 되는 것이지."

자운엽의 눈빛이 싸늘해졌다.

"정말 재미있는 얘기야. 새파란 애송이 놈이 영리한 것 같으면서도 한편으로는 바보 같군. 그냥 갔으면 목숨은 부지할 수 있었을 것을."

하연원이 애석하다는 표정으로 탁자에서 판관필을 꺼내 들었다.

"그동안 팔자에도 없는 선주 노릇 하려니 좀이 쑤셨는데 정말 잘됐어. 하하하!"

가짜 하연원이 신난다는 표정으로 웃음을 터뜨렸다.

"혹시 사중협이라는 말은 들어봤소?"

"무림인이라면 다 아는 얘기지."

"그럼 당신들 우두머리인 태상맹주라는 사람이 사중협에게 막혀 아직 뜻을 이루지 못했다는 것은 알고 있소?"

"글쎄? 금시초문인걸."

하연원이 고개를 갸웃거렸다.

"그런 것도 모를 만한 위치이면서 날 죽이겠단 말이오?"

자운엽이 피식 웃음을 터뜨렸다.

"무슨 말을 지껄이는지 알 수가 없군. 하지만 너 같은 애송이 하나는 언제든지 죽일 수 있지."

쉬익―

말을 끝냄과 동시에 하연원의 판관필 끝이 자운엽의 심장을 찔러들었다.

"후후!"

한줄기 조소를 흘린 자운엽이 쌍장을 쭈욱 뻗었다.

화르르—

비명도 지르지 못한 하연원의 몸이 숯덩이로 변해 바닥으로 무너졌다.

"도대체 어디 갔다 오는 길이냐?"

동굴 밖으로 나갔다 돌아오는 자운엽을 보고 사중협이 소리를 질렀다.

"벽력의 힘을 한번 써보고 왔는데 전 힘이 빠지거나 하지 않고 멀쩡하군요."

동굴로 들어온 자운엽이 만족한 얼굴로 사중협을 쳐다보았다.

"이런 놈을 보았나?"

자운엽이 동굴 속으로 들어오는 모습을 보자마자 벌떡 일어나 뚫어지게 자운엽의 얼굴만 쳐다보던 사중협이 마침내 고함을 질렀다.

"왜 그러십니까, 사부님?"

자운엽이 입가에 묻어 있던 미소를 지우며 눈을 동그랗게 떴다.

"이놈아! 어디 간다면 말을 하고 가야 할 것이 아니냐. 네놈 마음대로 그렇게 훌쩍 밖으로 나갔다가 청룡당주가 데리고 온 패거리들을 다시 만나기라도 하면 어쩌려고 그러느냐!"

사중협의 고함 소리가 더욱 커졌다.

"이젠 사부님께서 전해주신 벽력의 힘도 있고……."

"갈!"

온 동굴을 울리는 사중협의 목소리에 자운엽이 찔끔하며 입을 다물었다.

"기고만장하지 말거라, 이놈! 아직까지는 쉬운 상대들이 아니다. 이제 겨우 껍질을 깨고 나온 병아리 주제에 독니가 번뜩이는 지네 떼들을 이길 수 있을 것 같으냐?"

사중협이 노여움 가득한 눈빛으로 자운엽을 쏘아보았다.

"그럼 언제쯤 지네를 맛있게 쪼아 먹을 수 있겠습니까?"

사중협의 노한 눈빛을 잠시 외면하던 자운엽이 심드렁한 목소리로 물었다.

"그래도 이놈이……."

사중협이 도저히 어찌할 수 없는 놈이라는 표정으로 자운엽을 쳐다보았다.

"그건 그렇고, 진이 쳐져 있는 동굴을 어떻게 빠져나갔다가, 또 어떻게 들어온 것이냐?"

사중협의 표정에 어렸던 노여움이 서서히 강한 의구심으로 바뀌어 갔다. 근처까지 접근한 청룡당주 때문에 최대한 복잡한 진을 설치해 놓았고, 그 진이 아무런 손상을 입지 않아 안심하고 있었는데 자운엽의 모습은 온데간데없었고, 반나절이 더 지나 불쑥 동굴 입구로 고개를 들이밀고 나타난 모습이 너무 어이가 없었다.

"어제 밤을 꼬박 새우며 저 위에 있는 책들을 읽어보았지요."

짤막하게 답한 자운엽이 동굴 벽면 위쪽에 있는 선반으로 눈길을 돌렸다.

"그래서?"

"그래서라니요?"

"그래서 밤새 그걸 다 익히고 여기를 빠져나갔다 다시 들어왔단 말이냐?"

사중협이 반신반의하는 눈빛으로 자운엽의 표정을 살폈다.

"쿡쿡!"

빤히 쳐다보는 사중협을 보고 자운엽이 괴소를 흘렸다.

"이놈이?"

사중협의 눈매가 매서워졌다.

"사부님께선 여전히 제자의 자질을 의심하시는군요."

"무슨 소리냐, 이놈?"

"멀쩡히 나갔다가, 또 이렇게 멀쩡히 돌아온 것을 보고도 의심하고 계시지 않습니까?"

"내, 내가 언제 그랬느냐, 이놈아!"

사중협이 얼른 눈길을 돌리며 소리를 쳤다.

"그럼 다시는 그런 눈빛으로 쳐다보지 마십시오. 이제껏 제대로 된 사부를 못 만나서 그렇지 어디 내놓아도 안 빠지는 제자입니다. 험험!"

누구를 칭찬한 것인지 모를 말을 떠벌린 자운엽이 헛기침을 몇 번 했다.

"제대로 된 사부에, 어디 내놓아도 안 빠지는 제자? 낯짝이 간지럽지도 않느냐, 이놈아?"

기도 안 찬다는 표정을 한 사중협이 헛바람을 내쉬었다.

'쿡쿡! 노인과 어린애는 비슷하다더니.'

슬쩍 곁눈질로 사부의 표정이 많이 풀린 것을 확인한 자운엽이 다시 질문했다.

"그런데 청룡당주란 인간은 아직 동굴 속에 갇혀 있습니까?"

"오늘쯤이면 빠져나올 것이다. 그런데 왜 그러느냐?"

혹시라도 엉뚱한 호승심을 발동시키려는 것이 아닌가 염려한 사중협이 자운엽의 눈을 쏘아보았다.

"누누이 말씀드리지만 전 그렇게 멍청한 인간이 아닙니다."

"말은 잘한다, 이놈. 그런 놈이 며칠 전에는 그렇게 죽자 사자 싸웠느냐?"

사중협이 시선을 거두며 허리를 굽혀 진을 형성하고 있는 쇠말뚝의 위치를 바꾸었다.

"그럼 그 노인이 동굴을 빠져나오기 전에 떠나겠습니다."

사중협의 굽은 등을 잠시 쳐다보던 자운엽이 무심하게 말했다.

툭―

다시 한 개의 쇠말뚝을 잡은 사중협의 손이 멈칫하며 제 위치를 놓쳤다가 얼른 위치를 바로잡으며 노구를 일으켰다.

"아직은 시간이 좀 남아 있다!"

조금 전 자운엽의 음성처럼 무심한 어조로 말한 사중협이 동굴 안으로 들어가 조그마한 보따리 하나를 들고 나왔다.

"저 주시는 겁니까?"

자운엽이 입맛을 다시며 사중협의 눈길을 외면한 채 보따리에만 시선을 고정시키고 있었다.

"쯧쯧! 먹을거리라도 되는 줄 아는구나, 이놈!"

"아닙니까?"

"돌아다니다가 심심하거든 풀어보든지 말든지 마음대로 하거라."

사중협이 휘익! 하고 보따리를 자운엽의 코앞으로 던졌다.

"무엇입니까, 이것은?"

긴 한숨을 한번 내쉰 자운엽이 눈을 들어 사중협의 시선을 마주쳐 갔다. 그러나 이번에는 사중협의 시선이 멀리 동굴 밖으로 향하며 자운엽의 시선을 외면했다.

"심심할 때 풀어보면 알 것이 아니더냐, 이놈아!"

사중협의 음성이 필요 이상으로 높아졌다.

"전 웬만해선 안 심심해지는 체질인지라… 그래도 뭐, 시간 나면 억지로 한번 심심해 보죠."

자운엽이 보따리를 옆에 끼며 천천히 등을 돌렸다.

"이 진형(陣形)이면 좌로 일 보, 우로 삼 보……."

동굴 입구에 박힌 쇠 말뚝을 보며 조심스럽게 발을 옮기던 자운엽이 우뚝 그 자리에 섰다.

"왜 그러느냐?"

사중협이 얼른 표정을 바꾸며 자운엽을 쳐다보았다.

"제자, 이래 봬도 따르는 여자가 하나… 아니, 꽤 있습니다."

"웬 헛소리냐?"

"돌아올 땐 손자를 하나 안고 올지도 모른단 말이지요. 그러니 적적하시더라도 조금만 참으십시오."

빠르게 말을 내뱉은 자운엽이 발 옆에 있는 쇠 말뚝 하나를 뽑아 들었다.

"무슨 짓이냐, 이놈아? 그건……."

"아직도 제자의 자질을 의심하시는군요. 그 벌로 문제를 하나 내드리고 가겠습니다. 심심하실 때 한번 풀어보십시오. 쿡쿡!"

장난기 가득한 웃음을 흘린 자운엽이 손에 든 말뚝을 바닥 한곳에 깊숙이 꽂았다.

"이놈아, 그곳은……."

동굴 입구가 울창한 가시덤불로 변하는 것을 본 사중협이 다급성을 터뜨렸다.

"큭큭!"

자운엽의 웃음소리가 가시덤불 너머로 천천히 멀어져 갔다.

히히히힝―

긴 울음소리와 함께 흑룡이 바람처럼 달려왔다.

"하하! 그동안 아무 일 없이 잘 숨어 지냈느냐?"

자운엽도 마주 달려가 흑룡의 머리를 안고 목덜미를 쓰다듬어 주며 며칠 떨어져 있던 회포를 풀었다.

"자, 어서 나루터로 달려가 장강을 거슬러 올라가기로 하자."

자운엽은 헤어질 때 바위틈에 숨겨두었던 안장을 흑룡의 등 위에 얹고 고삐를 물린 후 안장 위로 훌쩍 뛰어올랐다.

"가자꾸나!"

자운엽이 가볍게 고삐를 흔들자 흑룡이 서서히 속도를 높이며 질주하기 시작했다.

"대체 뭘 싸준 걸까?"

흑룡과 함께 장강을 거슬러 올라가는 배에 탄 자운엽은 넓은 뱃전 한쪽 구석에 쌓인 짐 더미에 느긋하게 등을 기댄 채 사중협이 건네준 보따리를 풀기 시작했다.

천하제일인으로 칭해지는 사람이 자신에게 준 물건이니 결코 예사롭지 않을 것이라는 생각과 함께 보따리를 푸는 자운엽의 가슴은 한없이 두근거렸다.

"뭐야, 이거?"

설레는 마음으로 보따리를 푼 자운엽은 보따리 안에 든 빈약한 내용물을 보고 더없이 실망한 표정으로 입맛을 다셨다.

뭔가 대단한 물건이라도 들었을 줄 알았던 보따리 속에는 두툼한 봉서 세 개와 작은 목갑 하나, 그리고 술병 하나가 들어 있었다.

"나참! 무슨 신선주도 아닌 평범한 화주(火酒)를 굳이 이 보따리에 싸서 보낼 건 뭐란 말인가? 그냥 떠날 때 뱃속에 넣고 가게 하면 되었을 것을……."

자운엽은 술병 마개를 열고 코를 킁킁거리다 평범한 냄새의 화주임을 다시 한 번 확인하고는 한층 더 실망한 표정을 지었다.

달그락—

술병 뚜껑을 닫고 옆으로 밀쳐 둔 자운엽은 같이 싸준 작은 목갑 뚜껑을 열었다.

"점입가경이구만!"

목갑 속에 있는 내용물을 확인한 자운엽은 지금까지 지은 실망의 표정을 모두 합친 것보다 더한 실망의 표정을 지었다. 천하제일의 천재라는 사람이 준 목갑이라면 아무리 못해도 영약 한 가지 정도는 들어 있으리라 생각했는데 여러 개의 칸이 나누어진 목갑 안에는 도토리 한 개, 좁쌀 두어 숟갈, 무슨 물고기 껍질 한 장, 건포 몇 조각, 그리고 이름은 정확히 기억나지 않지만 들판에서 흔히 볼 수 있는 꽃잎 몇 장 등등… 도저히 무얼 하라고 준 건지 모를 물건들만 들어 있었다.

"급히 서두르느라 목갑이 바뀌었나 보군……. 젠장!"

목갑 뚜껑을 거칠게 닫은 자운엽은 허탈한 표정을 지으며 한숨을 푹 내쉬었다.

술병을 보따리에 싸 보낸 것은 그런대로 이해가 갔다. 사제지간의 연을 맺었으면서도 술 한잔 나눌 시간이 없었으니 이렇게라도 술을 한 병 보낸 뜻은 알겠지만 목갑은 도저히 자신에게 보낼 이유가 없는 것이었다. 틀림없이 영약이 될 만한 것이 든 목갑과 바뀐 것이라는 확신이 들었다.

"그렇다고 다시 돌아갈 수도 없는 일이고. 쩝!"

입맛을 다신 자운엽은 두툼하게 쓰여진 봉서 세 개를 집어 들었다.

"무슨 봉서가 세 개나 되나?"

두툼한 봉서 세 개에 일(一)에서 삼(三)까지 번호가 적혀져 있는 것을 본 자운엽은 고개를 갸웃거리며 일자가 쓰여진 봉서를 집어 들어 안에 든 서찰을 꺼냈다.

실망으로 내뿜는 한숨 소리가 여기까지 들린다, 이놈아!

옆에서 쳐다보며 쓰기라도 한 것 같은 서찰의 첫 구절이 자운엽을 비웃고 있었다.

"후후!"

한 방 맞은 기분이 된 자운엽이 나직한 웃음을 흘리며 다음 구절로 눈길을 옮겼다.

벽력의 힘을 얻고 잠들어 있는 동안 네놈 몸속의 기운들을 다시 세세하게 살펴보았다. 내가 만든 내력과 정체 모를 또 하나의 기운이 잘 섞여 앞으로 나를 원

망하는 일은 생기지 않을 것 같다. 그렇다고 기고만장하지 말거라, 이놈아! 다행히 원숭이인간은 되지 않겠지만 그 기운들은 단시간에 급격히 축적된 것이므로 그 깊이가 깊지 않음은 네놈도 잘 알 것이다.

"쩝!"
자신의 내심을 정확히 꿰뚫어 보고 있는 사부의 글을 대하며 자운엽은 연신 입맛만 다셨다.

물론 그것만으로도 당할 자가 그리 많지 않겠지만 서천맹의 태상맹주 같은 노괴물들을 상대하기에는 부족함이 많다. 다시 말해 그런 노괴들을 만나면 네놈은 이 사부 이름에 먹칠을 할 가능성이 높다는 말이다. 그래서 네놈이 잠든 사이 네놈 몸속의 기운들과 가장 잘 어울리며, 가장 무리없이 내력을 상승시켜 줄 방법들을 생각해 보았다.

"휴우—"
자운엽은 서찰의 내용을 읽어갈수록 목갑이 바뀌었다는 자신의 생각이 점점 들어맞는 것을 느끼고 다시 한숨을 내쉬었다.

술병 속의 술과 목갑 속의 내용물들을 살펴보았을 테니 긴 설명은 않겠다. 네놈이 보기에도 그것은 어디서나 볼 수 있고, 어디서나 구할 수 있는 평범한 술과 꽃잎, 고기 가죽 등등이다. 그 때문에 어리둥절하고 실망스런 표정을 짓고 있을 것임은 안 봐도 환하다.

"뭔가, 이건? 그럼 목갑이 바뀌지 않았단 말인가?"

실망 가득한 표정을 지운 자운엽은 눈빛을 빛내며 얼른 다음 구절들을 읽어 내려갔다.

세상에서 가장 비범한 것들은 가장 평범한 것들 속에 숨겨져 있는 법이다. 그러나 대부분의 사람들은 자신 가까이에 있는 평범한 것들 속에서 그것을 찾아내지 못하고 수년, 또는 수십 년을 허비하며 세상 곳곳을 돌아다니더구나. 네놈에게 준 술 한 병과 목갑 속의 물건들 역시 평범하기 짝이 없는 것이다. 그러나 그것들이 하나로 섞이고, 그 평범함 속에 있는 기운들이 상승 작용을 일으키게 되면 얼마나 비범한 영약이 되는지는 네놈이 직접 체험해 보면 알 것이다. 술병에다 목갑 속의 물건들을 넣고 정확히 하루 동안만 그늘에 놓아두었다가 마시도록 하거라. 그리고 그것을 마신 즉시 네놈 몸속에 있는 기운들을 두 번째 봉투 안에 든 서찰의 내용대로 운기하거라. 그러면 당장 천방지축으로 설치지만 않는다면 언젠가 서천맹의 노괴와도 싸울 힘을 얻게 될 것이다. 명심할 것은 그 목갑 속에 있는 것들 중 이파리 하나, 좁쌀 한 알이라도 흘리지 않고 술병에 담아야 한다는 것이다. 그것들은 이 세상에서 유일하게 네놈에게만 상승 작용을 일으킬 수 있는 영약이고, 지금 현재 네놈 몸 상태에 가장 잘 맞는 영약이니라. 따라서 조금이라도 네놈 내력이 더 상승한다면 그건 단순한 화주가 되고 말 것이다. 그러니 한숨 그만 쉬고 최대한 빨리 복용하도록 하거라. 고얀 놈! 네놈 때문에 며칠 밤을 잠도 못 자며 무슨 고생인지 모르겠구나.

첫 번째 봉서의 서찰은 그렇게 끝을 맺고 있었다.
실망감 가득한 얼굴로 서찰을 읽어 내려온 자운엽은 서찰의 내용이 끝날 무렵에 와서는 처음의 그 표정은 온데간데없고, 온 얼굴 가득 태울 듯한 열기와 함께 종이라도 뚫을 듯한 눈빛을 빛내고 있었다.

"사부, 당신은 정말 제 사부 될 자격이 충분한 사람입니다!"

못 박힌 듯 서찰에서 한참 동안 눈을 떼지 못하던 자운엽은 긴 한숨을 내쉬며 흥분된 마음을 가라앉혔다. 그리고 헌신짝 쳐다보듯 하던 술병과 목갑을 신주단지 모시듯 조심스럽게 갈무리했다. 또한 그것들을 복용하고 나서 운기시킬 운기법이 적힌 두 번째 봉서의 서찰을 읽으며 머리 속에 새기기 시작했다.

"마지막 서찰에는 또 무슨 내용이 적혀 있을까?"

두 번째 봉서의 서찰에 적힌 운기법을 모두 머리 속에 각인한 자운엽은 서둘러 세 번째 봉서를 열어 서찰을 꺼냈다.

나는 벽력의 힘을 장력으로만 딱 두 번 뿌려보았다. 한 번은 서천맹의 태상맹주 가마룹이란 자와 싸울 때였고, 두 번째는 광동에서 파락호 열한 명을 만났을 때였다. 그렇게 한 번 벽력의 힘을 내뿜을 때마다 몇 달간은 자리보전을 할 만큼 기력이 빠졌었다만 네놈은 나와 같은 천형의 체질을 타고나지 않아서 그런지 그런 부작용은 없을 것 같아 다행이다. 그런고로 네놈은 틀림없이 그 힘을 수시로 휘두르는 칼로 뿜으려 온갖 방법을 다 강구할 것이라 생각한다. 그건 네놈의 손과 팔의 근육을 보면 충분히 짐작이 가더구나. 어쨌든 네놈에게 맡겨둘까 하다가 한 가지 걸리는 점이 있어서 부득이 하룻밤을 더 지새우게 되었다. 며칠 전 청룡당주와 싸울 때 네놈이 휘두르는 칼을 보았다. 그건 분명 내 첫 호흡의 내력을 바탕으로 만든 검법이더구나. 수천 마리의 나비가 동시에 춤을 추는 듯한 제법 괜찮은 검법이었다. 하지만 그 검법이 네놈 머리 속에 고스란히 새겨져 있는 이상 칼로 벽력의 힘을 내뿜으려면 많은 시행착오를 거쳐야 할 것이다. 벽력의 힘을 얻지 못했을 때는 그런 현란한 검초가 훨씬 효과적이겠지만 그 힘을 얻은 이상 그런 검초는 오히려 힘을 반감시킬 우려가 있다. 그래서 그때 본 네놈 칼의 궤적을 토대로 벽력의 힘을 내뿜는 데 가장 효율적인 검결을 하나 만들어보았다. 급하게 만든 검결이라 미진한 데도 있을 것이다. 그러나 그것은 네놈이 충분히 보완하리라 믿는다. 그렇지 못한다면 네놈은 내 제자 될 자격이 없는 놈이다.

"이럴 수가!"

세 번째 서찰을 다 읽은 자운엽이 비명처럼 탄성을 터뜨렸다.

서찰의 내용이 끝나고, 그 뒤에 그려져 있는 한 초식의 검결은 언뜻 허술하기 짝이 없는 것같이 엉성해 보였지만 그 속에 벽력의 내력이 스며든다면 더없이 무서운 초식이 되는 것이다.

"어떻게 하룻밤 새 이런 것을 만들 수가 있는지요, 사부?"

자운엽은 멍한 표정으로 사중협이 기거하는 구당협 쪽을 돌아보며 넋 나간 듯이 중얼거렸다.

"사부 한 사람 때문에 서천맹의 마수가 몇십 년 동안 가로막혔다는 말을 처음에는 도저히 믿지 못했는데, 이제는 확실히 믿을 수 있겠습니다. 후후!"

난생처음으로 존경의 표정을 지은 자운엽이 고개를 끄덕거렸다.

"멋지군!"

다시 한 번 검결을 뚫어지게 쳐다본 자운엽이 무의식 중에 손가락으로 검로를 따라 그렸다.

<제7권 끝>

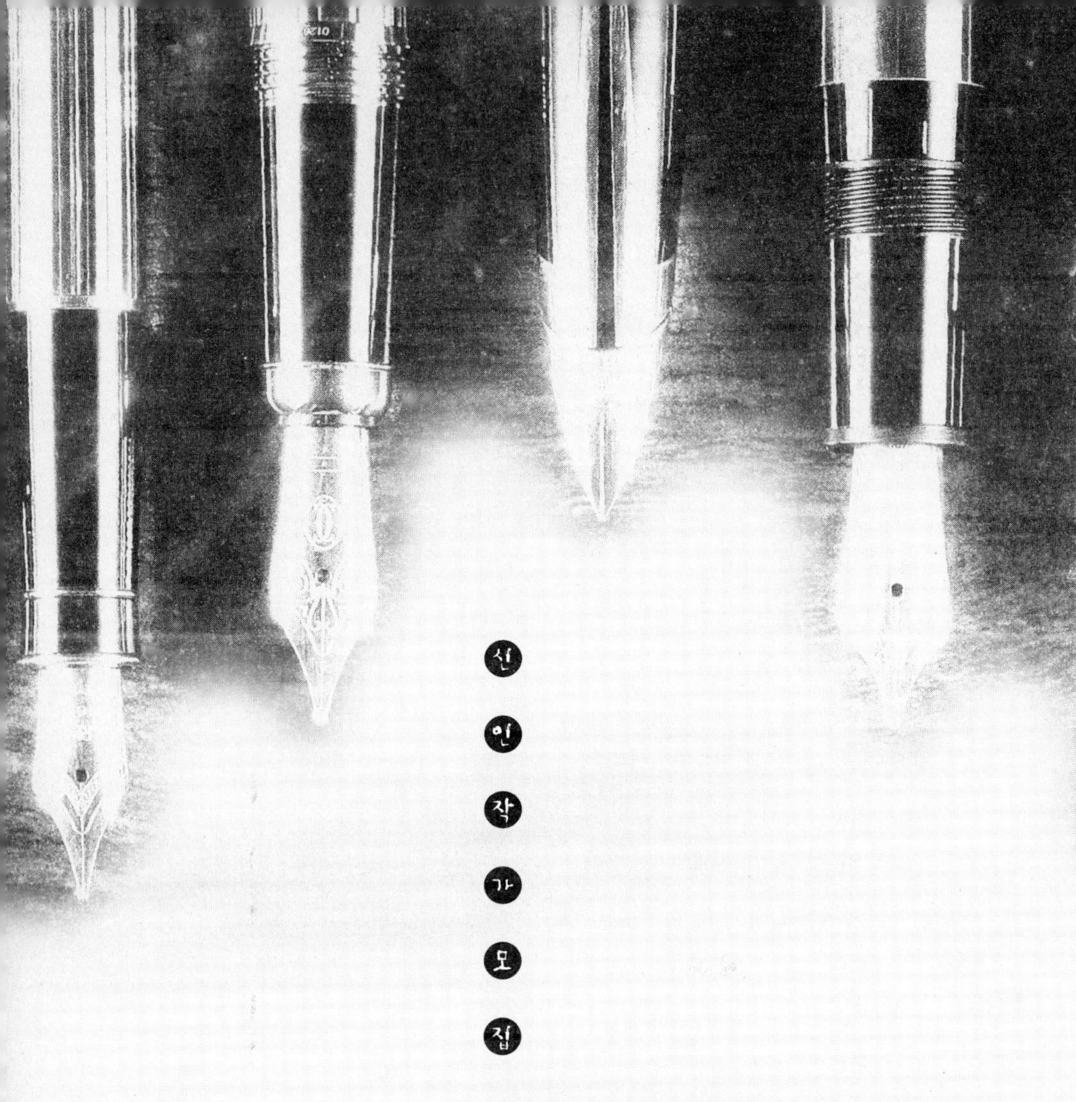

신 · 인 · 작 · 가 · 모 · 집

시작이 반이라고 했습니다.
작가의 길에 대한 보이지 않는 벽을 과감히 깨뜨리십시오!
청어람은 작가 지망생 여러분들의
멋진 방향타가 되어드리겠습니다.

저희 도서출판 청어람에서는
소설 신인 작가분들을 모집합니다.
판타지와 무협을 사랑하시는 분들의 많은 참여를 바랍니다.
소정의 원고(A4용지 150매)를 메일이나 우편으로 보내주시면
검토 후 출판 여부를 알려드리겠습니다.

주소:경기도 부천시 원미구 심곡1동 350-1 남성B/D 3F 우편번호420-011
TEL:032-656-4452 · **FAX**:032-656-4453
http://**www.chungeoram.com**
e-mail:chungeoram@chungeoram.com